Chocolate Celebration

Natsume Seiso

チョコレート・セレブレーション

星奏なつめ

contents

illustration♥ カスヤナガト
design♥ 木村デザイン・ラボ

チョコレート・セレブレーション

Chocolate Celebration

星奏なつめ

八月某日　厳《おごそ》かなパイプオルガンの音色に誘われるようにしてチャペルの扉が開いた。純白のドレスに身を包んだ千紗《ちさ》は、その波打つようなトレーンが引き立つよう、いつもよりかなり高め──一三センチヒールの華奢《きやしや》なパンプスでゆっくりと優雅に歩き出す。

目の前に続くバージンロードに、ステンドグラスから溢《あふ》れる祝福の光がゆらめく。そのあまりの美しさと透き通るような聖歌隊の声が、緊張に強張《こわば》る千紗の体を優しく溶かしてくれる。

ああ、なんて素敵なのかしら……。幼いころから夢見ていた憧れのワンシーンに胸がときめく。ううん、もう憧れなんかじゃない、だって私は彼と──。

長いようで短い半年間、思えばいろんなことがあった。始まりはお礼のつもりで渡した義理用のチョコレート。五〇〇分の一の奇跡で彼の手に舞い込んだそれは、たくさんの誤解と混乱、そして運命の恋を引き寄せてくれた。

その極度に厳《いか》めしい風貌《ふうぼう》から、会社では殺し屋だの元組員だの、あらぬ噂《うわさ》を立てられてしまう彼──私自身もあんなに怖がっていたその人と、まさかこんなに素敵な日を迎えられるなんて……！

一身に注がれる参列者の視線に照れながらもようやく辿《たど》り着《つ》いた祭壇《さいだん》。その前で待っていたのは白いタキシードに身を包んだ最愛の王子様だ。

王子と呼ぶには少し生真面目《きまじめ》、それにかなりズレている。それでも、千紗が一生を委《ゆだ》ねられるのはこの人をおいて他にないと、胸の中の子猫もニャアニャア連打で太鼓判を捺《お》している。

一八〇センチを優に超える長身の彼——その愛《いと》しいコワモテを見上げた千紗は、

——あ……れ……？

違和感に軽く小首をかしげる。

彼の顔が逆光でよく見えない……。それにウェディングベールのせいかな。いつもはギラギラと主張の激しい特徴的な三白眼《さんぱくがん》が、今日は驚くほど落ち着いて見える。ベールの効果ってすごい。あんなにもキレッキレな鋭い眼光をここまで抑え込めちゃうなんて……。こんなに穏やかな目元、まるで別人みたい……って——！

よもやの事態に気付いた千紗は、顔にかかっていたベールを自ら捲《まく》り上《あ》げ——

「あっ、あなた誰……？」

ベールマジックなどではなく、本当に別人——己の前に立つ見知らぬ花婿の姿に唖《あ》然《ぜん》となる。

なんでこんなことになっちゃったんだろう。事の発端は一ヵ月前に遡《さかのぼ》って——

Chocolate Celebration

第一章 ハッピーエンドのその先で

「しっかしまぁよく続いてるわねぇ、あんたと北風《きたかぜ》さん。二人の小《こ》っ恥《ぱ》ずかしい話聞いてるとゾワゾワしてきちゃって常時引き始めの風邪《かぜ》みたいよもう」

ある日の仕事終わり、いつものダイニングバーで飲んでいると、聞き役だった恵里《えり》子《こ》はぶるぶるとその身を震わせ、「マスター、葛根湯《かっこんとう》をダブルで！」と相変わらずの冗談を言った。毎回飽きもせず北風の話ばかりする千紗に辟易《へきえき》しているようだ。

「ごめんごめん。別に惚気《のろけ》てるつもりはないんだけど、龍生《たつお》さんのこと話してるとつい夢中になっちゃって……」

ホワイトデー明けの撲殺《ぼくさつ》未遂《みすい》事件《けん》を乗り越え、北風と本当の意味で両思いになってから早数ヵ月——季節は夏を迎えていた。それなのに千紗の頭は未《いま》だ春色、幸せモード全開で、かつては仕事の愚痴《ぐち》がメインだった恵里子との話題は、そのほとんどが北風の話に取って代わっていた。

「あー、もうほんとつまんないわー。孤独な元スナイパーとの道ならぬ恋なら応援のしがいもあるけど、ただ顔が怖いだけのオッサンとの恋バナなんて聞かされてもねー。おまけに重度の潔癖症《けっぺきしょう》持ちとか意味わかんないし！」

愛する君のために組織滅ぼしましたーみたいな顔してるくせに、実際はただ雑菌駆除してるだけでしょ、紛《まぎ》らわしいったらありゃしない！　不満そうにこぼした恵里子はさらに続けて、

「あんたにはなんやかんやで誰もが羨《うらや》むすんごいイイ男つかまえてほしかったんだけどねー、あたしとしては」

「えー、龍生さん、すっごくイイ人だよ？　あんなに素敵な人、他にはいないと思うけどなー。まぁ見かけはちょっと個性的で、取っつきにくい雰囲気あるけど……」

「どこがちょっとよ、歩く核抑止力みたいな男じゃない。会社のみんな、あんたたちのこと羨むどころか事件性感じちゃってるわよ？　あの巻物だって黒い噂の種になってるみたいだし」

「あー、あれねぇ……。私としてはよかれと思って話したんだけどなぁ……」

巻物というのは何かの比喩《ひゆ》や俗称ではなく、そのものズバリ巻物——忍者愛用のアレだ。日本の伝統文化を尊《とうと》ぶ北風が千紗のためにわざわざ手作りしてくれたサプライ

ズ誕生日プレゼント――なのだけど、二人の交際を聞きつけた後輩にその話をしたところ、何をどう取り違えたのか、〈付き合わずんば命あらず〉と血文字で記された脅迫状……というか脅迫巻物で迫られてしまったために、千紗は泣く泣く北風と一緒にいるんだ、などという事実無根のおかしな噂が広がってしまった。

「北風さんって彼女にどんなものプレゼントするんですか？　なんて興味津々で聞いてきたから、正直に答えただけなんだけどなぁ。彼のちょっとズレてるけど文学的なところを知ってもらえれば、殺し屋的なイメージが少しは薄れると思ったのに。私たちが本当に思い合ってるんだってこと、なかなか信じてもらえないのよね……」

ため息をついた千紗は、グラスに入ったジンジャーエールをストローでぐるぐるとかき混ぜる。北風とのことは、何かとこんがらがって上手《うま》く伝わらない。初カレとの一件で恋愛には消極的だった千紗にとって、こんなにも夢中になれる恋は久々すぎるほどに久し振りなのだ。もういい大人だし、社内恋愛でもあるから節度は守らなきゃ、とは思うけれど、それでも少しは誰かに祝福してほしかった。

だけど現実は、早くいい相手を見つけろとお節介気味な心配をしていた綿貫《わたぬき》課長ですら『三春《みはる》君、働きすぎて判断力が落ちてますわー、危険な恋が楽しいのはドラマの中だけですけんねー、現実は法令遵守《ほうれいじゅんしゅ》でお願いしますわー、親が泣きますわー』なんて別の意味で心配してくる始末だ。

恋愛方面にはなぜか鋭い後輩、桃原《ももはら》だけは二人の両思いを察したようだけど、『先輩ってああいうコワモテがタイプだから今まで独身だったんですねぇー。あそこまでの物件、なかなかありませんもんねー、そりゃ行き遅れちゃうわけだぁー』と、失礼かつ変な方向に納得してしまっていた。

「龍生さん、自分から主張するタイプの人じゃないし、私以外には基本無口だから特に弁解もしないのよね。そのせいか余計におかしな噂が広まっちゃって……」

「北風さん、言動もいちいちズレてるし、顔以外も疑惑の宝庫だものねー」

「彼が本当は怖い人じゃないんだってこと、みんなにもわかってほしいのになぁ……」

嘆息をもらした千紗は、「あ、でも……」と顔を上げて、

「彼の本当の良さを知っちゃったら、会社の女の子たちみんな恋に落ちちゃわないかな？　社内でライバル続出なんてことになったらちょっと困っちゃうかも……」

「ないない、それは絶対ないから！」

ぶんぶんと首を振って力強く否定した恵里子は、「まっ、さすがに結婚まで行けば二人の仲が本物だってみんな信じるでしょ」とカクテルに口を付ける。

「そうだ！　披露宴の入場曲、『ゴッドファーザー』のテーマにしてよ。和装なら

『仁義なき戦い』ね」

「ちょっ、なんでそんな余計に誤解されそうな選曲しなきゃいけないのよ！」

目一杯反論しつつも、「それに……」と顔色を曇らせた千紗は、

「そんなにすぐ結婚ってことにはならないわ。彼にその気がないみたいなの……」

「なによ、ラブラブなんじゃないの？　結局受け取ったんでしょ、あの指輪」

それはそうだけど、と俯《うつむ》いた千紗は、ブラウスの中に隠れていたネックレスを取り出す。チェーンに通してあるのは、北風からもらった母親の形見――一粒ダイヤのエンゲージリングだ。ホワイトデーのあの日、北風はこの指輪を前にプロポーズしてくれた。これからの人生を、共に歩んでは頂けませんか、と――。

義理チョコならぬ事故チョコを渡してしまった当初は、北風の鋭すぎる眼光や黒い噂を恐れ、気持ちもないのに付き合うフリをしていた千紗だが、交換日記やデートを重ねるうちに、いつしか本気で恋に落ちていた。だからプロポーズ自体はとても嬉《うれ》しいことだったのだけど、指輪に込められた北風と彼の母親の純粋な思いを知った千紗は、事故チョコの真相を明かせず、不誠実な対応をしていた嘘《うそ》つきな自分は彼にふさわしくないと、一度はその申し出を断っていた。

だがその後の鈍器《どんき》騒動《そうどう》で無事誤解は解け、北風と本当の意味で両思いになれた千紗

は、晴れてこの指輪を受け取ることができた――のだけど、

「婚約中って感じが全くしないのよ。この数ヵ月、会話の中に結婚の『け』の字も出てこないっていうか……。いつごろまでには結婚したいですね－、なんて話が出てもよさそうなものなのに……」

そう言って唇《くちびる》と肩をすぼめると、怪訝《けげん》そうに眉《まゆ》を寄せた恵里子は、

「あんたたちさぁ、ちゃんと進展してんの？」

「してるよ？　そりゃ結婚の話こそ進んでないけど、お互い下の名前で呼び合う仲にはなったし！　龍生さん、千紗さんって！」

「はぁ？　ようやく下の名前でって、あんたたち今まで何やってたのよ」

「普通にデートしてたけど？　動物園に行ったり美術館に行ったり。さすがに平日は忙しいからなかなか時間とれないけど、この前は会社の昼休みに公園ランチしちゃったんだから！　お弁当作り合って交換したの！　遠足みたいで楽しかったなぁ－」

「アッソウ、ヨカッタネ」

死んだ魚のような目になった恵里子は、「てかあたしが聞いてるのはそういうことじゃないのよ、ぶっちゃけ夜の方はどうかって話よ」と勢いよくカウンターを叩《たた》く。

「撲殺未遂のとき、どさくさに紛れてキスはしたんでしょ？　その先はどうなのよ。

前に彼とならそーゆーのもオッケーだって言ってたじゃない。自然な流れならって」

「そそっ、そんなこと大きな声で蒸し返さないでよ恥ずかしい……」

ストレートすぎる追及に真っ赤になった千紗は声のトーンを落としながらも、

「いい流れはあったのよ？　自然にそーゆー雰囲気になったっていうか……」

そう、確かにいい流れではあったのだ。あれは本当の意味で彼と付き合い始めてから二ヵ月――五月の終わりごろだったろうか。初夏とは思えぬほどに気温が上がる中、指輪とともにもらった鈍器――もといオジギソウが想像を絶するほどの勢いで急成長してしまった。元気がいいのはなによりだけど、これ以上陣地を広げられると洗濯物を干せなくなっちゃう、どうしよう――。そんな千紗の悩みに応《こた》えた北風が、ある土曜の昼下がり、自宅までオジギソウの手入れに来てくれることになった。

実のところ、北風が千紗の家に来るのはそれが初めてだった。無事にオジギソウの剪定《せんてい》が終わり、お礼にと千紗が手料理を振る舞ったその夜のこと。テレビで流れていた洋画を彼となんとなく見ていたら、いきなり赤面必至なラブシーン（ケンカ中のカップルが森で遭難《そうなん》からの突然の抱擁《ほうよう》、そしてなぜか都合良く出現した小屋でまさかの大わらわ！）が始まってしまった。一瞬気まずくなったものの、なんとなく互いを意識した千紗たちはいわゆるイイ感じになり、『あ、あの……』と硬くぎこちない、だ

けどどこか面映《おもは》ゆそうな表情で北風は、

『いま私が千紗さんに触れることは可でしょうか否《いな》でしょうか……？』

そんな律儀《りちぎ》な彼らしい問いかけに、『かっ、可でございます……よ？』と照れながらもおかしな返答をした千紗を、北風はふわりと優しく抱き締めてくれた。それから『千紗さん……！』『龍生さん……！』と互いの名を呼び合った二人は何度か小鳥のようなキスをして、そのうちに自然な流れで北風の手が千紗に触れたとき、

『やだ、だ……め……』

そんな甘い吐息をもらしながらも、いよいよ私たち、恋の中学校卒業なのね……？

嬉し恥ずかしい気分に千紗が頰《ほお》を染めた次の瞬間――

『失礼、今日は私のために格別な晩餐《ばんさん》をご用意頂き、まことにありがとうございました。それでは！』

そう言い残した北風は、何事もなかったかのようにあっさり帰ってしまったのだ。

「嘘でしょ？　そこまでいっといてそんなことってある？」

千紗の話を聞いた恵里子が、信じられない、と何度も瞬《まばた》く。

「私もそう思った。ここまできて突然帰還なんてありえないでしょって。だけどもしかしたら……北風さん、私の盛り上がりに欠ける胸を見て盛り上がりきれなかったの

かも……。ちょうどその辺りに手が触れたときだったたし、元カレにも言われたことあるのよね、胸が小さいのが私の難点だって……」

やっぱり男の人ってそういうの気にするのかなぁ、と横目で恵里子をチラリ。ゴージャスな巻き髪の下に隠れる……と思いきや全くもって隠れていない、髪型同様にゴージャスな胸に羨望《せんぼう》のため息をつく。——と、「中身があんたならたとえ男だったとしても構わない——なんて鳥肌日記よこしてきた男よ？ そんなつまんないこと気にするわけないでしょ」と笑い飛ばした恵里子は、

「彼もうアラフォーだし、ナニがアレだったんじゃない？ 手料理にマムシの粉でも混ぜとけばよかったのに。やっぱりさぁ、いいスッポン鍋屋、紹介しようか？」

「そ、そういうことじゃないと思うけど……。でっ、でも一応教えてもらっていいかな、万が一ってこともあるし……！」

念のために、とスッポン鍋の名店リストをスマホに送ってもらった千紗は、

「だけどもし仮にそれが原因だとしても、それ以来全然そーゆー雰囲気にならないっていうのも変じゃない？ 未遂くらいには陥《おち》ってもいいと思うんだけど……。あれからだって、龍生さんが家に来る機会自体はあったのよ？ だけど、あの日みたいに熱烈モードになることはなくて……」

一回目の剪定終了後もオジギソウはめげずに成長を続けていたため、北風は定期的に手入れに来てくれていた。だけど本当にそれだけ。剪定後、千紗の手料理を楽しんだ彼は、少しの談笑ののち、極めて健全かつ颯爽《さっそう》と帰路につく。報酬が夕ご飯な出張園芸屋さん状態だ。

あの夜の熱い流れよもう一度——と、胸焼けしそうなほどに甘ーいデートムービーを借りてきたり、濃いめのチークで色っぽく火照《ほて》った頰を演出してみたり、それとなくそーゆー雰囲気を醸《かも》し出《だ》そうと試行錯誤《しこうさくご》はしてみたのだけど、そのどれもが空振りに終わってしまっている。

「この間なんて、胸がないなりにもセクシーに攻めてみようと思って背中のザックリ開いたワンピ着てみたの。なのに龍生さんったら、『森にでも行かれたんですか？　背後の生地が見事に破れてしまっている……！　きっと木の枝にでも引っ掛けてしまったのでしょう、さあさあこれをどうぞ』なんて、ソファにあったブランケットで隠しにきたんだから。あれこそがほんとのありがた迷惑だわ！」

こっちなんて、いざってときのために例のカバー的なものまで準備してるっていうのに……！　思い出して口を尖《とが》らせる千紗に、「ちょっ、マジでウケるんですけど！　ただのオッサンじゃつまんないと思ってたけど、そこまでズレてんならアリだわアリ！」と恵里子が吹き出す。

「他人事《ひとごと》だと思って楽しまないでよ、こっちは本気で悩んでるんだから」

もう、とため息をついた千紗は、慎《つつ》ましやかな胸元に光るエンゲージリングに視線を落とす。こうしてネックレスとして持ち歩いているのは、千紗の指には少し大きいからだ。折を見てサイズを調整、本来の居場所で輝かせてあげたいという思いはあるが、結婚の話が宙に浮いてしまっている現状ではなかなか実現しづらい。

結婚ともなると、さすがにそーゆーことの相性は大事になってくるだろう。もしかしたら自分にそーゆー方面での魅力が欠けているせいで、北風があのプロポーズを白紙に戻したがっているのでは——そんな不安から、結局指輪はネックレスに通したまま。向こうにはもうその気がないのに、これ見よがしにサイズ修正なんて情けないことはできない。

「私ばっかり期待しちゃってバカみたい。見かけ倒しで実はお子ちゃまな私とは、次のステップには進めないのかなぁ、龍生さん……」

「なによ、それでもラブラブではあるんでしょ？　そーゆーこと抜きにしてもさ」

「うん……ちゃんと愛は感じるよ？　私のこといつも女神だとか大げさなくらい褒《ほ》め称《たた》えてくれるし、大切にされてるなって思う。まぁたまにケンカしたりもするけど」

「ケンカって、あんたたちが？」

「そりゃケンカくらいするわよ」

ついこの前も、どっちがより相手のことが好きかで言い合いになったばかりだ。

「私が龍生さんを思う気持ちの方が大きいに決まってるのに、彼ってば自分の方がその数億倍も私のこと愛してるなんて言うのよ？」

私の方が絶対龍生さんのこと好きなのに！　と子どもっぽく頬を膨《ふく》らませる千紗に、

「ケンカだなんて言うから何かと思えば……」と呆《あき》れたように笑った恵里子は、

「あーもう、あんたたちの惚気ゲンカ聞かされてたら鳥肌立ちすぎて点字みたいになっちゃったじゃないよ、この腕だけで何か伝えられそうよ、『バカップルの片割れはこちらです』とか！」

「ちょっ、だから惚気じゃないんだってば！」

「はいはい、ごちそうさま。ついでに今日のお会計もあんた持ちでよろしく！」

そう言ってパンと両手を合わせた恵里子は、「その調子なら大丈夫よ、遅かれ早かれ間違いなく結ばれるわ、あんたと北風さん」と、からかう風でもなく、穏やかな笑みを浮かべる。——が、その横顔がなぜだか寂しげに見えて、恵里子、ひょっとして何かあった……？　と、千紗の胸がざわめく。

大学時代からの長い付き合いである恵里子は、交友関係が太平洋よりも広いのだけど、それでも時折、今のような物悲しい表情を浮かべることがある。敵を威嚇《いかく》するかのようにシュッと長く伸びた睫毛《まつげ》の下で輝く彼女の双眸《そうぼう》は、息を呑《の》むほどに妖艶《ようえん》でミステリアスで、そして同時になんともいえない儚《はかな》さを秘めている。

千紗と出会うずっと以前から、何か大きな翳《かげ》りのようなものを抱えてきたらしい恵里子は、過去に何があったのか、その胸を苛《さいな》んでいるものの正体がなんなのか、決して口にしようとはしなかった。それは千紗を信頼していないのではなく、余計な心配をかけまいとしているからなのは、これまでの付き合いからなんとなくわかる。

だけど近ごろは、ふとした瞬間に何か思い詰めたような顔を覗《のぞ》かせることもあって、なんだか心配になってしまうのだ。急に姿を消して、そのままふっといなくなってしまいそうなその危うさに、何か力になれればいいのに、とは思うけれど、それでも彼女の心を無理にこじ開けるようなことはできなくて――

「恵里子さ、もしかして元気なかったりする……？」

核心を突けない曖昧《あいまい》な問いかけに、「そう？」と小首をかしげながら、長めの前髪を掻《か》き上《あ》げる恵里子。その瞳の奥がほんの少し揺らいだ。

「もし、もしだけどね、何か話したいことがあったらいつでも言ってね。私じゃ何の力にもなれないかもしれないけど、それでも話を聞くくらいはできるから」

……って立ち入りすぎたかな。過度な詮索《せんさく》を嫌がる恵里子だ、こんな押しつけがましい親切発言、しない方がよかったのかもしれない。

「ごめん、こんなベタな友情ごっこみたいな台詞《せりふ》、また鳥肌立っちゃうよね？」

「うん、立ちすぎてまた大根下ろせそうよ、下ろし器の恵里子って二つ名が付いたらどうしてくれんのよもう」

困ったように両腕をさすった恵里子は、都会の夕暮れみたいにとびきり美しく、だけどどこか儚げに笑った。

「でも嫌じゃないよ。あんたのそういうとこ、嫌いじゃない」

★

「ふぅむ、ついに半年、か――」

七月末日。就寝の支度を調《ととの》えた龍生が、自宅リビングの壁掛けカレンダーをめくりながら唸《うな》る。明日から始まる新しい月――八月を飾るのは眩《まぶ》しいほどのひまわり畑だ。ああ、この太陽のごとき美しさ、まるで千紗さんのよう……いや、彼女の方がより鮮烈に素敵だ、すまんなひまわりたちよ……！

三春の可憐《かれん》な姿を思い浮かべた龍生は、役目を終えた七月のページ（こちらも彼女の美しさには負けるが、それでも壮麗《そうれい》な七夕《たなばた》の星空写真だ）をシュパっと勢いよく破りながらも、「ああ、マイエンジェルとの交際が始まった彼《か》のバレンタイン月からついに半年が——！」と、再度感嘆の声をもらす。

これはそろそろ結婚の話を進めてもよい頃合いではなかろうか。カレンダーに姿勢良く向き合った龍生が、ふむ、と厳かに頷《うなず》くと、

「えー、もうしばらくは様子見た方がいいと思うけどなー。焦りは禁物、下手《へた》すると嫌われちゃうよー、龍生ー」

ソファに俯《うつぶ》せに寝転んでいた莉衣奈《りいな》がスマホをいじりながら横槍《よこやり》を入れてきた。ファッション情報でもチェックしているのだろうか、「あっ、このサンダル可愛《かわい》いー！」などと、先ほどからその視線はスマホ画面に釘付《くぎづ》けだ。

「こら、そんなところでだらだらしている暇があるならその上をさっさと片付けなさい。そこの雑誌もゲームもＤＶＤも、一週間前から置きっぱなしじゃないか」

いったい何度言わせれば気が済むんだと、ものぐさな妹に散らかされたローテーブルを見やる。が、「後でやるよー、後でー！」と、信憑性《しんぴょうせい》ゼロな決め台詞で受け流し

た彼女は話を戻して、

「だいたい半年っていうけど、正式なお付き合いが始まったのはホワイトデー明けでしょー？　正確にはまだ交際五ヵ月――なのにもう結婚とか三春さんドン引きだって。わかってる？　彼女、龍生のこと好きになってからまだ日が浅いんだからね？」

「それはもう承知の上だ。お前にも散々釘を刺されてしまったしな――」

そう、あれはホワイトデー明けの、三春と本当の意味で付き合い始めたころのことだ。浮きに浮かれ、ヘリウムガスのフル充填《じゅうてん》されたバルーンのごとく地に足のついていなかった龍生はすぐにでも三春と結婚したいと、向こう一年分の大安をリストアップしてしまうほどの意気込みだった。が、妹に言われてしまったのだ。

『盛り上がってるとこ悪いんだけどさー、チョコくれた段階では三春さん、龍生のこと全然好きじゃなかったんだよ？　運悪く恋に落ちちゃったのだってほんの最近のことみたいだし、それがいきなり結婚だなんて早すぎて引くよー！』

こら、運悪く恋に落ちたとはなんだ失敬な！　さりげなく兄を侮辱《ぶじょく》する妹に反論しつつも、確かに莉衣奈の意見も一理あるな、と当時の龍生は冷静に考え直した。

思えばホワイトデーに水族館デートをしたあの日、三春にプロポーズまがいのことをしてしまったが、あれは彼女が『バレンタイン以前から自分を好いていてくれた』

という前提あってのことだ。よもやあの告白チョコが事故物件だったとは露知らず、勘違いしたまま愚行に走ってしまったにすぎない。己の方はもう何年も三春に首ったけだったが、彼女の方はそうではなかったのだ。

人間万事塞翁《にんげんばんじさいおう》が馬《うま》——結果的には相思相愛の仲に発展したこともあり、ぬぉぉ、討《う》ち死《じ》にしたはずのプロポーズに起死回生の好機ありだ！　と不覚にもうきうきバルーン化してしまったが、莉衣奈の指摘通り、三春はまだ己に好意を抱いて間もない状態。そんな彼女を慮《おもんぱか》るなら結婚など時期尚早だ。あのプロポーズは一旦保留とするのが妥当だろう。

龍生としては今すぐ、コンマ一秒も待てないほどには三春と結婚したい。そのくらい強く深く彼女のことを愛している。が、その思いをそのまま押しつけるのは愛ではなくただのエゴだ。せめてあのバレンタインの奇跡から半年ほどは結婚の話を先延ばしにしよう——そう思い直した。

その半年がようやく過ぎようとしている。今こそ封印されし結婚話を復活させるときだ——！　そんな伝説の聖剣を手にした勇者のごとき気迫を漲《みなぎ》らせていたところに、

「えー、もうしばらくは様子見た方がいいと思うけどなー」と莉衣奈がスマホをいじりながらも再び水をさしてきたのだった。

「前にも言ったけど、三春さんが龍生に対して感じてる『好き』は龍生の気持ちと意味的にはイコールだけど質量的にはイーブンじゃないの。一騒動あった中、運悪く生じた奇跡——廃棄物から取り出されたレアメタル級の、誤差みたいな量の『好き』なんだから。龍生が思ってるほどは三春さん、まだ龍生のこと好きじゃないよきっと」

「そ、そうなの……か……？　もう半年近くも付き合ってきたから、そろそろ結婚話も解禁かと思っていたのだが……」

「だめだめ、早い早い！　それにあんなハイスペ美女が詐欺《さぎ》的な目論見《もくろみ》もなしに龍生と付き合おうだなんて、やっぱり納得できないっていうか、正気《しょうき》の沙汰《さた》とは思えないんだよね。三春さん仕事忙しいみたいだし、ただ血迷ってるだけなんじゃないの？」

実の兄をサラリと愚弄《ぐろう》してきた莉衣奈は「ひょっとして恋の吊《つ》り橋《ばし》理論《ろん》だったりして！」とスマホを操作していた手を止め、龍生の顔を見上げる。

「よく言うじゃん、極度の緊張状態をともにした相手とは恋に落ちやすいってやつ！」

「はて、千紗さんとそのような恐ろしげな体験をした覚えはないのだが……」

「そういうことは鏡見てから言ってよ。龍生の場合、その存在自体が極度に恐ろしげなんだよ？　今思えば三春さん、初デートで観覧車とか怖すぎだったと思うんだよね。だって実際は好きでもない、しかも著《いちじる》しく凶悪顔の男と狭い密室で揺られてたわけでしょ？　吊り橋なんて目じゃないくらいのハラハラだったんじゃないかなー」

「なっ、するとあれか……？　千紗さんはその際のドキドキを恋と勘違いしてしまったと、そういうわけなのか……？」

驚愕《きょうがく》の新事実に体を戦慄《わなな》かせる龍生。「うん、その可能性は高いと思うよ」と大《おお》仰《ぎょう》に頷いた莉衣奈は、

「たとえ勘違いでもドキドキが持続してるうちはいいけど、さすがに一生は続かないでしょ？　美人は三日で飽きるって言うけど、コワモテも三年くらいすれば耐性がつくと思うんだよね」

「なんと、千紗さんの恋は余命三年であったか……！　私の方は三年どころか永遠《とわ》に彼女と生きていきたいというのに……！」

「このままどうにか誤魔化して結婚まで進んだとしても、ある日突然吊り橋の魔法が解けてお離婚なんて事態になったら龍生、ショック死待ったなしでしょー？」

「ああ、その可能性は限りなく高い」

「だからこそ焦りは禁物だよ。正直なとこ、二人はどこまで進んでるの？」

「どこまで……？　そうだな、かなり順当に進んでいる。ついに互いを下の名前で呼び合う仲にまで進展したしな」

実はついこの間まで彼女のことを以前と同じく名字で呼んでいたのだ。交際当初から『千紗さん！』と情熱を込めて語り掛けたい――そんな衝動に駆られることはあったのだが、照れのせいか上手く言い出せず、『ちっ、ちちち……』と図らずもキザな舌打ちを披露するに終わった。その後も飽くなき挑戦は続いたが、結局いつも噛《か》み噛み――『ちっ、ちちちち……ちっ、ちちちちち……』と、もはや舌打ちでもない、小鳥の囀《さえず》り状態だった。

これでは『龍生』ではなく『雀生《すずめお》』だ、語呂が悪すぎる……！　そもそもいくら付き合っているとはいえ、許可もなく突然下の名前で呼び掛けるなど失礼では――？　親しき仲にも礼儀ありという言葉もあるし……ううぬ。

そんな苦悩に頭を抱えていたとき、三春が言ったのだ。『あのう、そろそろ下の名前で呼んでくれてもいいんじゃないですか』と――。

『そそっ、そのような恋人気取りな行為、ほほっ、本当によろしいのですか――？』

願ってもない、だが畏《おそ》れ多《おお》すぎる提案に三白眼を白黒させていると、

『恋人気取りじゃなくて恋人なんですけど？　北風さ……龍生さんは私の彼なんだってこと、もう少し自覚してくれなきゃ困ります』

龍生のことをさりげなく下の名で呼び直した三春は拗《す》ねたようにそう言って、『こ

れからはちゃんと千紗って呼んでくださいね』と少し面映ゆそうに微笑《ほほえ》んだ。

そんなお願いをされてしまっては呼ばぬわけにはいかない。いや、是非呼ばせてほしい——！　照れと迷いをかなぐり捨てた龍生はそれ以降、彼女のことを『千紗さん』と呼んでいる。

「どうだ、すごいだろう。互いを下の名前で呼び合う——早くも夫婦《めおと》一歩手前だ。もちろん呼び方の変化だけじゃないぞ？　先日はなんと弁当を作り合ったりもしたのだ。おおっと、莉衣奈には少し刺激が強すぎる話だったかな、ふははははは」

甘い記憶に頬をにやつかせていると、「ちょっと待って何その距離感！　到底事後とは思えないんだけど……！」と、ただでさえ丸い目をさらに丸くした莉衣奈は、

「まっ、まさか龍生と三春さん、まだ一線を越えてなかったりする……？　わわっ、龍生ってば今度こそついに枯れちゃったの——？」

兄のあらぬところに視線を移した莉衣奈が「そっかー、もうアラフォーだもんねー」と哀《あわ》れんだように首を振る。こら、何を考えているんだ、やめなさい！

「だってそれ以外ないじゃん、いい年した大人が付き合って五ヵ月でまだ健全交際なんてさー。もしかしてまた『嫁入り前の娘さんに手を出すなど言語道断！』とか父親モード入っちゃってる？　私言ったよねー、あんまり手を出さないのも失礼だよって」

「いや、それが……その……」

こんな話を妹にするのはいかがなものか……。一度は躊躇《ちゅうちょ》した龍生だったが、「えー、なになに気になる！　教えてくれないと押し入れの奥に湿ったパン放置して疑似マリモ育てるよ？」という莉衣奈のおぞましすぎる脅《おど》しに、「そっ、それがどうやら彼女は接吻《せっぷん》以上のことを望んでないようでな……」と重たい口を開く。

いくらお前は父親か！　と言われても、龍生としてはやはり、そういうことは男としてのケジメをつけてから――結婚してからの方がよいのではと考えていた。それほどに三春のことを大切にしたいと願っていた。だがもし莉衣奈の言うように、本当に彼女がそれを望んでいるのならば、男としてはもちろんやぶさかではない。

そして、そんなやぶさかではない事態はある日突然発生した。あれは三春の自宅へオジギソウの手入れに行ったときのことだ。無事剪定を終え、そのお礼にと彼女の手料理をご馳走《ちそう》になったその夜、偶然流れていた少々過激な映画に触発された龍生は、なんだか三春に求められているような気がしたのだ。どちらからともなく甘い口づけを交わした二人はその後――

「なーんだ、まだかと思ったらちゃっかりやっちゃってんじゃん！」

心配して損したー、と話の腰を折ってスマホいじりを再開する莉衣奈に、「こら、そんな明け透けな言い方はやめなさい」と注意しつつも、「それにただの未遂だ」と龍生は悔恨《かいこん》に満ちた表情を浮かべる。

刺激の強い映画に惑わされ、三春に接吻以上のものを求められていると勘違いしてしまったが、実際はそうではなかったらしい。勢い余って彼女の体に手が触れた龍生を三春は拒絶したのだ。

女神のように優しい彼女だ。龍生の暴挙にも決して強い口調になることはなかった。が、それでも怒りに紅潮した顔で、『やだ、だ……め……』と、一文に『やだ』と『だめ』二つの否定語を織り交ぜながら、控えめな語調で、だがしかし確実に拒否の意向を示してきたのだった。

「えー、彼氏を部屋に上げといてそんな生殺しアリ？　まぁ三春さん美人だしいろいろ経験値高そうだし、アラフォーなのにビギナー丸出しな龍生のがっつき加減に引いちゃったのかもねー」

「ううぬ……そもそもは女性の家に長居してしまったこと自体が間違いだったのだ」

破廉恥《はれんち》な映画に流され、理性を失いかけていた己を思い出した龍生は、自分の愚《おろ》かさにぶるぶると拳《こぶし》を震わせる。

女神のように懐《ふところ》の深い三春は、あの夜の失態を口に出して咎《とが》めてくるようなことは決してしなかった。が、あの日以来、時折落ち込んだような暗い表情を見せることがあり、信頼していた相手が獣化しかけたことへのショックは多分にあったのだろう。

「千紗さんの嫌がることはするまい、そう誓ったはずなのだがな……」

龍生にはあの事故チョコを本命と勘違いして暴走――三春を振り回してしまった前科がある。結果として畏れ多くも両思いにはなれたが、莉衣奈の言うように、己と三春の『好き』はイーブンではないのだ。以前のような身勝手な行動で彼女を困らせることだけは避けたい――そう思った龍生は、正式な交際開始以来、自分本位な判断をしていないか不安で、何をするにしても細心の注意を払ってきた。

デートの際も、行き先や食事場所に始まり、休憩を入れるタイミングや除菌スプレーをする間隔など、事前に細かいプランを作成して提出、数多《あまた》ある候補案の中から、彼女の評価が最も高かった案を採用した。彼女の望まないことをして嫌われたくない、その一心だった。結婚話を無理に進めないのも、気安く彼女を下の名前で呼べなかったのもそうだ。

「あの夜も一応、自分では確認したつもりだったのだ。彼女に触れてもよいか事前に口頭で了承を得た……つもりだった」

「えー、じゃあもしかしてそれ以来一度も手を出してないってこと？　その後三春さんの家に行ったりはしなかったの？」

「いや、オジギソウの件があるのでな、不躾《ぶしつけ》ながらも彼女の部屋に上がること自体は何度もあった。が、やはり一度失った信頼を取り戻すのは簡単ではないらしい」

「え、なにそれどういうこと？」

「心優しい千紗さんは、あの夜のことを口に出して咎めることはなかった。が、試されている感はあってな……」

彼女の家に行くと、いつも必ずと言っていいほどに既視感を覚えるのだ。オジギソウの剪定後振る舞われるお礼の手料理、そしてその後流れる破廉恥な表現を含む映画と、それによって引き起こされる邪《よこしま》な思いのパンデミック――もしやタイムリープでも起きているのか、今何周目だ――？　と思わず確認してしまいたくなるほどのデジャヴだったが、どれも紛れもない現実――同じ世界線上の出来事だった。

「恐らくは私が信頼に足る男かチェックしているのだろう。千紗さんは、あの日と同じシチュエーションに陥っても私が自制心を保っていられるか試しているのだ」

その証拠に、家を訪れるたびに映画の過激さと彼女の色香は着実に増加、試験の難易度はエベレスト級にまで上がってきている。枯れかけとはいえ龍生も男、正直限界だ。が、彼女を傷付けるようなことはもう二度としたくない――そう必死に己を律する龍生は、今のところどうにか試練を乗り越えられている。

このまま順調に信頼を回復していけば、交際半年（正確には五ヵ月）記念として宙に浮いていた結婚話を持ち出しても、好意的に受け止めてもらえるのではなかろうか
――そう思い込んでいたが、ここにきて吊り橋理論なる新たな問題が浮上してきた。

「千紗さんの私に対するドキドキが余命三年の勘違いだったとは……」

これは忌々《ゆゆ》しき事態だと頭を抱える龍生に、まだファッション情報をチェックしているのだろうか、「あー、やっぱりこれ可愛いなぁー」とスマホ片手に吐息をもらした莉衣奈は、「そうだ！」とその大きな瞳を輝かせて、

「ねぇ、三春さんの恋の余命が延びるように協力してあげよっか、お兄ちゃん」

突如《とつじょ》飛び出した『お兄ちゃん』呼ばわりに、龍生の背中がゾワリとなる。そう、普段は兄を呼び捨てにする彼女がこう言うときはいつも――。身構える龍生に、莉衣奈は手にしていたスマホ画面を「はいこれ」と向け、満面の笑みを浮かべた。

「成功報酬はこのミッシェル・ロザリーのサンダルでいいよ、お兄ちゃん！」

ううぬ、これはやはり早まってしまったのではないか――？

莉衣奈と恋の延命作戦部隊を組んだ……というか組まされた翌々日の日曜、北風家

のリビングには非日常空間が広がっていた。ダイニングテーブルを挟んだ向こう側に、なななんと女神が降臨しているのだ。

「すみません千紗さん、急にデートの行き先を変更、このような下界にお呼び立てしてしまって……」

「いいんです、図書館ならまたいつでも行けますし。それに嬉しかったです、龍生さんの家にお呼ばれなんて初めてで。その……そんなに見られるとなんだか緊張してきちゃいますけど……」

ぽっと頬を赤らめた三春が、面映ゆそうに視線をそらした。付き合いたての彼女が彼氏の部屋（一人暮らし）に初めてやってきた――そんな照れくさくも初々《ういうい》しい場面に誤認してしまいそうだが、そのような甘い雰囲気では決してない。というのも、今三春の向かいに座って彼女をガン見しているのは龍生ではなく、莉衣奈なのだ。いったいどこから出してきたのか、キツネ目のように吊り上がった所謂《いわゆる》ザマス眼鏡《めがね》をかけた彼女は、そのフレームをくいっと上げながら、

「――で、どうなのかしらウチの龍生ちゃんは。そちらと上手く馴染《なじ》めてますの？」

「は、はぁ……。最初は慣れないこともあって口数も少なく、かなり緊張していたようですが、最近ではお天気以外の話も楽しそうにしてくれるようになって……まだま

だ硬い部分はありますが、こちらの方でも誠心誠意サポートさせて頂きますのでどうぞご安心くださいっ！」

――ななな、なんだこの保護者面談のような会話はっ！　私はクラスに打ち解けられずに悩む恥ずかしがりの生徒かっ……！

三春と莉衣奈、二人の家庭訪問感溢れるやり取りにいたたまれなくなった龍生は、いったいどういうつもりだ、と隣に座る莉衣奈を肘《ひじ》で小突く。

「だってウチの龍生ちゃんとお付き合いしてるのがどんな人かちゃんと確かめなきゃでしょー？　前にバイトで会ったときはあんまり話せなかったし、パパとママの分まで妹の私が厳しーくチェックしますからねっ！」

覚悟しなさいよっ、と再びザマス眼鏡のフレームを上げる莉衣奈。だからそれはなんなんだ、お前はコンタクト派だろう！　ぬぉっ、しかもレンズを指で触ったな、指紋だらけじゃないかっ！

耐えられなくなった龍生は「ああもう貸しなさいっ！」と莉衣奈から眼鏡を奪取《だっしゅ》、「私の妹ともあろう者がこんな汚染された状態の眼鏡をかけるなどっ！」とポケットから出した除菌クロスでピカピカに磨き上げる。

「すみません千紗さん、女神をご招待するにあたって失礼のないよう、年の瀬以上の気合いで大掃除したつもりだったのですが、まさか当日になってこのような汚染眼鏡が出てくるとは思わず……。不快な思いをさせていたら申し訳ない……！」

「いえ、大丈夫です、レンズの汚れなんて全然気付きませんでしたし……。それより、妹さんの……莉衣奈ちゃんからのお話というのは……？」

「それが、その……大した話ではないと思うのですが……なあ莉衣奈」

とりあえずは恋の残量を知りたいから三春さんに会わせて——。そう言って彼女を家に連れてくるよう指示してきたのは莉衣奈なのだ。このタイミングで妹に引き合わせるなど、いかにも嫁に来いと変なプレッシャーを与えているようで、恋の吊り橋トリックを聞いてしまった龍生としては、早まってしまったのではないかと胸が痛む。

が、事の発端である莉衣奈は余裕の表情で、

「龍生、ケーキ買ってきたんでしょ？　早く出しなよ、三春さん食べたいって！」

はっ、そうだった！　思い出した龍生は冷蔵庫に向かうと、ケーキの入った箱を取り出してテーブルへと戻る。これまでの人生、彼女はおろか友人すら家に呼んだことのない（というかどちらもいなかった）龍生に、客人をもてなすならケーキが鉄板だよと莉衣奈が教えてくれたのだ。すみません段取りが悪くて、と三春に頭を下げる龍生の手からケーキの入った箱を引ったくった莉衣奈は、

「わーい、おっきーい！　龍生ってばホール買いしたんだー……って何これ！」

わくわく顔から一転、箱を開けた莉衣奈が渋面を作る。

「何って、ケーキだろ？　三六〇度どの角度から見ても紛《まご》うことなきケーキだ」

「えー、やだよこんなの、思ってたのと全然違ーう！　今日は美味《おい》しいケーキが食べられると思ってお昼セーブしてたのにー！」

ぶーっと、不満そうに口を尖らせた莉衣奈は、「ねぇ見てよ、大人な彼女を迎えるってのにこれひどくない？」と三春にケーキの箱を向ける。

「わぁ可愛い……！　子どものころを思い出しますね！」

「でしょうね、これ子ども用の誕生日ケーキだからね、デコレーションにウサちゃんクマちゃん乗っちゃってるからね、見た目重視で味とか二の次のやつだからね」

「いっ、いけなかったか？　ヒーロー大集合ケーキよりは、メルヘン動物の森ケーキの方が千紗さんらしくて良いと思ったんだが……はっ、もしや第三の選択肢、働く乗り物ケーキが正解だったのか――？」

「いやそうじゃないから。てか何このチョコプレート〈祝　千紗さんご訪問〉って！」

「なっ、お前だって好きだったろうこういうの。動物さんいっぱいのやつにお祝いメッセージ書いてほしいって、よくねだってきてた……よな？」

「それいつの話ー？　こんな子ども騙《だま》しのじゃなくて、もっと大人っぽいのがあったでしょー？　キャラクタージャなくてフルーツのいっぱい乗ったタルトとかさぁ」

「それはケーキではなくタルトだろう。私の中でケーキといえば当然これだったんだがな……」

甘い物が苦手な龍生が普段ケーキを買うことはまずない。が、莉衣奈がまだ小さかったころ、誕生日のお祝い用に購入したことは何度もあって、その際のイメージが未だに残っていた。

「すみません、千紗さんには少し……いや、かなり子どもっぽかったようですね。過去の記憶を手掛かりにこんなものまで用意してしまって、まったく私ときたら……」

箱の隅に入っていたロウソクの袋を隠すように取り出した龍生に、「いえ、嬉しいです、なんだか童心に返ったような気がして……！」と瞳を輝かせた三春は、

「それ、何本立てましょうか？」

「いやしかし、よく考えたら今日は誰の誕生日でもありませんし、年の数だけ並べるというのもおかしな話ですよね」

「じゃあ六本にしませんか？　私たちが正式に付き合い始めてから五ヵ月の五本に、北風家初訪問記念の一本を加えて六！」

「なるほど、いいですね！　バレンタインに私たちの運命が動き始めてから六ヵ月記念の六とも重なります！」

「龍生さん……！」

「千紗さん……！」

「はいはいはーい、勝手に二人の世界に入らないでー！　私を忘れないでザマスー！」

ゴホンとわざとらしく咳《せき》をした莉衣奈が、浄化済みの眼鏡をかけて、

「龍生ちゃん、ケーキだけじゃなくて飲み物も出してちょうだい、莉衣奈ちゃん喉渇《のどかわ》いてきたわ」

おかしい。千紗さんをもてなすはずが、すっかり妹にパシリにされている……。だが千紗さんにも飲み物は必要……というかタイミング的にはもっと早く出すべきだったのでは――？　気付いた龍生は「しばしお待ちを！」と三春に声を掛けキッチンに急行、やかんを火に掛ける。

普段人を家に招くことがないせいか、我ながら段取りが悪すぎる……。はぁ、と嘆息しつつもガスレンジの前で湯が沸くのを待っていると、キッチンカウンターを挟んだ向こう側では小姑《こじゅうと》気取りの莉衣奈が、「さぁて、飲み物がくるまで三春さんの査定といきましょうか。北風家の長男にふさわしい相手かどうかチェックするザマス

よ？」と威圧モードになる。

　こら、千紗さんに余計なプレッシャーを与えるな！　これでは恋の延命どころか死期が早まってしまうっ！　カウンター越しに慌《あわ》てて止めに入ろうとした龍生だったが、当の三春は嫌な顔一つせず、「そういえばこれお土産《みやげ》です、甘さ控えめなので龍生さんとどうぞ」と紙袋からリボンの掛かった包みを取り出す。

「なによ、お菓子でご機嫌取りってわけ？　それこそ子ども騙しな戦法ザマスねー」

　そう言いつつもちゃっかり受け取った莉衣奈は、「わー、オレオカールトンホテルのクッキー詰め合わせだー！　これ一度食べてみたかったんだよねー！」と、高級ホテルのロゴ入り包装紙をビリビリに破って箱を開けると、

「さっすがオレオカールトン！　奥深い繊細なお味でほっぺた落ちてきちゃうよー！」

　兄の買ってきた子ども用ケーキそっちのけで、さっそくクッキーをむさぼり始める。相変わらず現金な野生児だ。

「気に入ってもらえてよかったぁ」

　ほっとしたように破顔する三春に、「安心するのはまだ早いんじゃない？　いくら高級とはいえ、お菓子くらいじゃ買収されないザマスよっ！」と、莉衣奈はだらしな

く緩んだ頬をキュッと引き上げる。

「言っておきますけどウチ、壺《つぼ》も水晶も絵画もいりませんからねっ！」

「あっ、そういえばこれも……！」

莉衣奈の不躾すぎる発言は気にも止めずに、何かを思い出したらしい三春は先ほどのとは別の、やたらパンパンに膨らんだ紙袋を手にすると、

「壺でも水晶でも絵画でもなくて悪いんだけど、これ、もしよかったらもらってくれないかな？　私のお古なんだけど……」

「わぁー可愛いー！　しかもたくさんあるーっ！」

紙袋に入っていたのはかつて三春が愛用していたと思《おぼ》しき洋服の数々だった。彼女らしい清楚《せいそ》で愛らしい意匠《いしょう》のスカートやワンピースに莉衣奈が歓喜の声を上げる。

「えっ、これ全部私にくれるのっ？　古着買い取りませんか、有名ブランドの数量限定品なのでプレミアがついて若干お高いですけどね商法とかじゃなくタダで？」

「それはもちろん。デザイン的に私はもう着られないんだけど、まだ全然綺麗《きれい》だし可愛いし、なんだか捨てられなくて取っておいたものなの。大学生の莉衣奈ちゃんになら似合うと思うし、気に入ったものがあったら使ってくれると嬉しい」

「やーん、千紗お姉様大好きー！」

祈るように手を組んだ莉衣奈が猫なで声で体をくねらせる。我が妹ながらなんてチョロいんだ……。龍生が苦笑していると、ザマス眼鏡を外してすっかりフランクモードになった莉衣奈は三春に向かって、

「――で、なんだって龍生なんかと付き合おうと思ったのー？　最初は事故だったって聞いたけど、その後どんな血迷い過程が？」

唐突な質問に「えっと、その……」とたじろいだ三春は恥ずかしそうに俯くと、

「べ、別に血迷ってるわけじゃないのよ？　確かに最初はいろいろ誤解しちゃってたけど、今はもう、その……すっかり龍生さんに夢中だしっ！」

「うぇー、なにそれやっぱり血迷ってんじゃん！　だってあの顔だよ？　常識的に考えて夢中になりようがないでしょ、ほらよく見て！」

くるりとキッチン側を向いた莉衣奈が龍生の強面《こわもて》にぴしっと人差し指を向ける。こら、人を指で差すのはやめなさい失礼だぞ。や、失礼なのはそれだけではないが……。

「もしかして千紗さん、バレンタインあたりにヤバい風邪とか引いちゃったんじゃない？　高熱で正常な判断ができなくなったまま、ずるずるとこじらせ続けて今日まできちゃったとか？」

いくらなんでもそれはこじらせすぎだろう。もはや風邪ではなく大病の領域だ。心

の中でツッコんでいると、「そう言われてみれば……」とまさかの賛同をした三春は、

「ある意味病気かもしれない……。恋の病っていう世界で一番幸せな病気！」

そう言っておどけたように笑った。可憐だ……！　思わず頬を緩ませる龍生だったが、「うわー、千紗さんってば働きすぎて脳細胞死んじゃったんだねー、バイトで見かけたときも超絶忙しそうだったもんねー」と三春に憐憫《れんびん》の眼差《まなざ》しを向けた莉衣奈は、

「でなきゃ結膜炎《けつまくえん》で一時的に目が見えにくくなってるんじゃないかな？　コワモテがぼやけて疑似イケメンに見えてるとか！　ていうか龍生、飲み物まだー？」

人を散々貶《けな》しておきながらちゃっかり催促《さいそく》してくるとは……。なんてやつだと顔を引きつらせる龍生に、どこか困ったように微笑んだ三春は、

「私、龍生さんのこと、ちゃんと好きですから」

だから、信じてください――そう訴えかけるように、莉衣奈を、そして龍生をまっすぐに見つめた。

――僭越《せんえつ》ながら、存じております。

ありがたすぎる彼女の言葉に顔が熱くなる。女神にお出しするのだ、念のためにもう一度磨いておこう。三春に軽く一礼した龍生は、カップとソーサーを綺麗な布巾《ふきん》でピカピカに拭《ふ》きながらも思う。

彼女が私のことを『ちゃんと』好きだという身に余る光栄自体は把握している。が、はっきり言って私の方が彼女のことをより『ちゃんと』愛している。同じ『ちゃんと』でも、私の方が彼女の一〇〇億倍『ちゃんと』好きだ。形式上は両思いでも、二人の間にある恋の天秤《てんびん》は私側に傾いてばかりで、均衡《きんこう》などまるで取れていないのだ。彼女にこの話をすると『いいえ、私の方がずっとずっと好きですから！』と怒られてしまうために、もう敢《あ》えては口にしないが……。

——ああ、千紗さんに嫌われるのが怖い。己の思いに比べれば砂粒ほどの『ちゃんと』さえもが、じきに潰《つい》えてしまうのではないかと思うと夜も眠れないのだ。

いつの間にか莉衣奈と談笑を始めていた三春に視線を送ると、彼女の首元にはネックレスに通された一粒ダイヤの指輪が光っていた。

『三春さんが私のことを愛していないのはもうわかっています。それでも、もう一度だけチャンスをください。それで駄目なら、そのときは指輪を返却して頂いて構いませんから』

そう言って、半ば押し切るように受け取ってもらった母の形見だ。繊細なチェーンで宙ぶらりんになった指輪が、『婚約の件は保留中なんですから、両思いだからって調子に乗らないでくださいね』と物語っているようでつらい。

　もし許されるのならば、あの指輪が彼女の薬指に輝いているところを見たい。が、なぜ指にはめてくれないのですか、などと催促するようなことは聞けない。そんなことをしたらウザい男だと、彼女の保有する微々たる恋心が消し飛んでしまうだろう。

　ああ、圧倒的に経験値が低すぎて片思いの先にある恋の段取りがわからない！
両思いだがイーブンではないこの恋の天秤を釣り合わせるにはどうしたらいいのだ。

　いっそのことさらなる吊り橋効果を狙《ねら》って、来週のデートは恐ろしげな場所にでも誘ってみるか？　そうだ、飢えたライオンがひしめくサバンナで野宿でもすれば、あまりの恐怖にドキドキが大爆発——恋の寿命も延び……いや、だめだ。そんな危険なところに千紗さんを連れてはいけない。そもそも騙し討ちのようなやり口で彼女の愛を獲得しようなどと、いくら切羽詰まっているとはいえ卑怯《ひきょう》すぎる、人間失格だ！

　己の浅はかさに嫌気がさしながらも、引き続きカップを磨いていると、

「千紗さんと私、服の好み一緒かもー！」

「わー、嬉しい！　そうだ、ミッシェル・ロザリーの新作発表見た？」

「見たー！　秋物のコレクションも超可愛いよねぇー。発売が待ち遠しいなぁー」

莉衣奈と三春の楽しげな会話が続いている。いかん、早く飲み物を出さねば！

慌ててコーヒーを淹《い》れた龍生だったが、しまった、本当にこれでよかったのだろう

かと不安がよぎる。つい普段通り自分の好きなコーヒーを用意してしまったが、三春の気分には合わなかったかもしれない。

「けどさー、今気になってるのは同じミッシェル・ロザリーでもシューズラインの方なんだよねー。夏物のサンダル、ビビッドなオレンジが奇跡的にキュートなの！」

「それってヒール部分にお花のビジューがついてるやつ？　実は私、オレンジとレッド色違いで買っちゃった。どっちか一方に決められなくて」

「えーっ、いいなぁー！　でも確かにレッドの方も可愛くて迷……」

「すみません千紗さん！　貴女《あなた》に何の断りもなくコーヒーを、それもホットで淹れてしまったのですがよろしかったでしょうか？」

彼女の意向に反する飲み物など出せない！　焦った龍生は莉衣奈の発言をぶった切って確認を入れる。

「今からでも別の物……紅茶や緑茶に変更可能で……はっ、もしグァバ茶などのハイカラな飲み物をご所望でしたら急ぎ買ってきますが？」

「いえ、コーヒーで大丈夫です」

「ほっ、本当にいいんですか？　コーヒーといってもインスタントですよ？」

「えっ、ええ……それで大丈夫ですよ？」

「本当に本当ですか？　私のために最高級のクリスタルマウンテンも用意していないなんて使えない男ね、とか思ったりしてませんか？　そうだ、やっぱりグァバ茶買ってきましょうか？　昨日健康番組でやっていたんです、今グァバ茶が熱いと！」

三春に嫌われたくない――そんな思いが募って執拗《しつよう》に確認してしまう。今日はただでさえケーキの選定、それに飲み物を出すタイミングで失敗しているのだ。これ以上ヘマをして恋の余命を縮めたくはない。彼女を失望させぬよう、細心の注意を払わねば……。そう思って三春の指示を仰《あお》ぐが、「いえ、本当に大丈夫ですから」と彼女は優しく微笑むばかりだ。女神すぎる！

「でっ、ではこのままコーヒーの線で進めさせて頂きます！　千紗さんは確か、ミルクを入れる派でしたよね？」

「ええ、お願いします」

「龍生ー、私ドラゴンフルーツのスムージーがいいー！　アーモンドミルク割りでー」

「そんなものはない。あっ、こら、つまみ食いはやめなさい、行儀が悪いぞ！」

まだ切り分けてもいないケーキからイチゴをつまんで頬張る莉衣奈を注意しながらも、龍生の脳裏にはさらなる飲み物問題が浮上する。

コーヒーに入れるミルクとは、どんな種別のものを如何様《いかよう》にどれほどの量用意すればいいのだ……？　普段ブラックしか飲まないせいで皆目見当もつかない！　莉衣奈の場合は確か、パックの牛乳を計量も加熱もせずにそのまま注いで、『うわー、今日は入れすぎちゃったよー、なんかぬるーい！　まっ、いっかー』などと、その都度濃度の異なる甚《はなは》だ低クオリティなものを生み出していたが、まさかそんな雑な作りの一品を女神にお出しするわけにはいかない。ここは万全を期すべく断りを入れておこう。

そう判断した龍生は、「ねぇねぇ、千紗さんって靴のサイズ何センチー？」とおかしな質問を始めた莉衣奈を遮《さえぎ》り、

「すみません千紗さん！　コーヒーに入れるミルクですが、我が家で愛飲しているヒグマ乳業の低脂肪牛乳『北海道からこんにちは』を使用してもよろしいでしょうか？　量的には一二〇ＣＣのコーヒーに対して三〇ＣＣを予定しているのですが……」

「えっ、ええ……それでお願いします」

「ほっ、本当にいいんですか、低脂肪牛乳……それも特選ではなく無印、お買い得ラインのものです。ああ、こんなことなら同じヒグマ乳業の中でも最高峰と言われる『全道民が泣いた！　ヒグマの奇跡』を用意しておけばよかった！」

ぬおお、失敗した！　不手際が多すぎて千紗さんの恋の熱がまた一度下がってしまう……！　絶望に顔を歪《ゆが》める龍生だったが、「本当に大丈夫ですから、今ある牛乳を

お願いします。量も目分量で構いません」と相変わらず女神は優しい。が、その言葉を鵜呑《うの》みにしていいのだろうか――？

「……えっと、靴のサイズ、だっけ？」

一人懊悩《おうのう》する龍生を気にしながらも、三春は莉衣奈の質問に答える。

「そうそう。私は二二なんだけど、千紗さんもサイズ同じならいらない靴とか譲ってもらえちゃうなーなんて思って！」

こら、どさくさに紛れてたかるのはやめなさい！　いつもなら一喝《いっかつ》するところだが、飲み物問題に気を取られて上手く切り替えができない。ううぬ、決断を急がねば千紗さんの恋心もコーヒーも冷めてしまうではないか……！　焦る龍生の頭に新たな疑問――砂糖はどうすればよいのか問題が浮かんだ。

「す、すみません、千紗さんはコーヒーに砂糖、お入れになりますよね？」

「えっ、あっ、はい、スプーン一杯くらいでいいんですけど……」

「なるほど。ちなみにスプーン一杯というのは山盛りでしょうか擦《す》り切《き》りでしょうか、目安としては何グラム？　すみません、交際相手の使用する砂糖事情も知らないとは、言語道断だと叱責《しっせき》されても仕方ありませんね……。ああ、こんなことなら普段貴女がコーヒーを嗜《たしな》む際の様式を逐一チェックしておけばよかった！　千紗さんにばかり夢中で、ミルクや砂糖のことは二の次……完全に油断していました」

「い、いえ……逆に必要な量をグラム単位で正確に把握されてても怖いっていうか……。特にこだわりもありませんし、適当にサラサラっと……」

「ああ、優しい嘘ならやめてください！　遠慮はご無用ですから、どうか本音で答えてください！　貴女に必要なミルクと砂糖の種類、それから量を……」

「あーもう、龍生うざーい！　適当でいいって言ってるんだから適当に作っちゃいなよー！　……でさ、千紗さん、足何センチ？　私とシェアできる感じ？」

「そっ、それがね……」

「はっ、やっぱりグァバ茶ですか？　グァバグァバしたいご気分なんですね？　他にもご希望ありましたらなんでも言ってください！　くっ、空調はいかがですか？　寒かったり暑かったりしませんか？　そっ、そうだ、菌！　大気中の菌具合は……」

「あーもう龍生ってばうるさーいっ！　千紗さんとの話全然進まないじゃんもうっ！」

たまらず声を荒らげた莉衣奈は、

「あっ、千紗さんコーヒーに黒糖入れたいって！　家にあるような加工黒糖じゃなくて、天然のやつ！　それも波照間島《はてるまじま》産のを三粒入れるのがベストだって！」

「なんと！　さすがは千紗さん、私の想像を超える独自のこだわりをお持ちだ！」

「えっ、私はそんなこと一言も……！　普通のお砂糖で十分……っていうかむしろ普通のお砂糖でお願いしますっていう……」

「いえいえ遠慮はご無用です！　急ぎ買って参りますのでしばしお待ちを！」

ああ、これでようやっと女神の真に欲する飲み物をお出しできる……！

鋭い三白眼を爛々《らんらん》と輝かせた龍生は、「莉衣奈、少しの間千紗さんの相手を頼む！」と波照間島産天然黒糖探しの旅に出たのだった。

☆

「ほ、ほんとに行っちゃった……」

必ずや活《い》きの良い天然黒糖を捕まえてきますから――意気揚々《いきようよう》とそう宣言した北風が疾風《しっぷう》のように家を飛び出した後、リビングに残された千紗は小さく肩をすくめる。

「ほんとバカだよねー。龍生ってば思い込んだらすぐ突っ走っちゃうんだから。あ、どうせならドラゴンフルーツのスムージーも頼めばよかったなー」

気付いた莉衣奈が、しまったーと無念そうに息をついた。

――どうしよう、妹さんと二人きりになっちゃった……。

洋服の件で少しは打ち解けられたような気もするけど、それでもまだ距離感が摑《つか》めずに緊張してしまう。彼の家族に会うなんて生まれて初めての経験だ。鈍器事件の前日、アルバイトに来ていた彼女に会社で話し掛けられたことはある。だから正確に言うと初対面ではないのだけど、あのときは彼女のことを恋敵《こいがたき》だと誤認していたから、彼の家族に接しているんだ、なんて意識は全くなかった。

誤解が解けた際、一度きちんと挨拶《あいさつ》しておかなきゃ、とは思っていたのだけど、年度末で忙しかったこともあり、業務に追われてバタバタしているうちに彼女のアルバイト期間が終了、結局大した会話もできずに今日まできてしまっていた。

龍生さんの彼女にふさわしいかどうかの査定、まだ続いてるのかな……。今日私を呼び出したのって莉衣奈ちゃんなんだよね？　いったい何の用だろう。挨拶が遅いわよって、怒ってたりして……？

なんとなく気まずくなって会話に困ってしまう千紗だったが、

「そうだ！　冷めちゃうし、コーヒー飲んじゃおっか！」

思い立ってキッチンへ向かった莉衣奈は、北風が用意しかけていたコーヒーに、そいやっ！　と豪快に牛乳と砂糖をぶっ込むと、「はい、莉衣奈ちゃん特製コーヒーお待ちーっ！」とテーブルまで持ってきてくれた。

「あ、ケーキも先に食べちゃおっか、龍生どうせ甘いの苦手だしー！」

「うーん、でものけ者にするみたいで悪いし、龍生さんが戻ってくるの待ってからにしようかな。ほら、ロウソクを立てるの楽しみにしてると思うし！」

「うぇー！　あれほんとにやる気なの？　千紗さんも物好きだねー。結局のところ千紗さんって………靴のサイズ何センチ？」

え、その話、まだ続いてたんだ？　呆気《あっけ》にとられつつも「二三なの」と返すと、

「えー、残念すぎるー！　同じサイズだったらミッシェル・ロザリーのサンダル、飽きたころに貰《もら》い受けようと思ったのになぁ……」

肩を落とした莉衣奈が、「はぁー、やっぱりサンダルは龍生に頑張ってもらうしかないかぁー。でもなぁー、上手くいくかなぁー」と、ぶつぶつよくわからないことを呟《つぶや》く。――と、ふっと閃《ひらめ》いたらしい彼女は、

「ねぇ、龍生の子どものころの写真見たくない？」

「見たい！　すっごく見たい！　あんなに大きな龍生さんが小さかったころの姿なんて全然想像できないしっ！」

歓声を上げる千紗に、「オッケー！　ちょっと待っててね！」と席を立った莉衣奈は、

すぐにアルバム数冊を抱えて戻ってくると、

「じゃじゃーん、龍生ってば生まれたときから完成されたコワモテだったんだよー！」

そう言って彼女がめくったアルバムには、北風が生まれたときの写真だろうか、病院の小さなベッドの上で虚空《こくう》を見つめる、鋭い三白眼の赤ん坊が写っていた。

「かっ、可愛い……！　赤ちゃんにしては異様に殺気立ってるけどそれでも可愛い！　白目部分のやけに多いハスキー犬の子どもって感じで、ぎゅーって抱き締めたい！」

「えーっ、それ褒めすぎだって、ハスキー犬に失礼だよ。やっぱり千紗さん、長引く結膜炎で目が霞《かす》んでるんじゃないかなー？」

「そんなことないって！　あ……この方がお母様？」

やけに威圧感のある赤ん坊を抱いた、聖母のような女性の姿に千紗の目が留まる。凛《りん》とした瞳が印象的なその人は、だけどとても柔らかな面差しをしている。かつて北風が千紗のことを母親に似ていると言ってくれたことがあったが、そう言ってもらえるのが申し訳ないくらい綺麗な人だ。

「とっても優しそうな方……」

「優しかったよ。とっても優しかった」

亡き母を懐かしむように目を細めた莉衣奈は、「あ、こっちはパパ」と別の写真に写る男性を指差す。

「えっ、この方が？　ほっ本当に……？」

思わず確認してしまった。だって意外や意外、北風の父親は控えめに言ってもかなりのハンサム——凜々《りり》しめの顔つきではあるが、黒目が大きいせいだろうか、他者を威嚇するようなギラつきはなく、愛嬌《あいきょう》のあるまろやかなドーベルマンといった感じだ。なんならご近所でカッコいいと評判の、千紗自身の父に似ているくらいだ。もっとも、いろいろ調子に乗って浮ついたところのある父に比べると、北風の父親の方がはるかに真面目で落ち着いた佇《たたず》まいをしているけれど。

「パパとママ、美男美女カップルでしょ？　龍生ってば二人の凜としてる部分を異常に尖らせた感じで生まれてきちゃったからねー。眠れる尖らせ遺伝子が頑張りすぎちゃったっていうか、ウチの家系では異例のミュータントコワモテなんだよねー」

私のときは丸ませ遺伝子が頑張ってくれてよかったー、と兄とは正反対の、まぁるい瞳を閉じてしみじみと頷いた莉衣奈は、「パパはね、顔だけじゃなくて人柄もよかったんだよ？」と誇らしげに微笑む。

「まぁ私が生まれる前に亡くなっちゃったから直接は会ったことないけど、ママたちが言うには無口で無骨で武士っぽい堅さがある人で、だけど誰よりも優しくて子ども思いで……まあそれが仇《あだ》になっちゃったって部分もあるんだけど――」

そこまで言って言葉を詰まらせた莉衣奈は、写真に写る父をそっと指で撫《な》でながら、

「パパね、道路に飛び出した子どもを車から庇《かば》おうとして事故に遭っちゃったんだって。全然面識のない子だったんだけど、とっさに体が動いちゃったんだろうね。パパの最期を話すとき、ママはいつも寂しそうに、だけどそれでもパパらしいよねって笑ってたなぁ……って千紗さんってばそんな暗い顔しないで、別にしんみりさせたかったわけじゃないしっ！」

思わず涙目になる千紗を、両手をぶんぶんと振って制した莉衣奈は、

「私、直接は会えなかったけどパパが自分のパパでよかったって自慢に思ってるし、パパの分もママや龍生が一緒にいてくれたから寂しいとか思ったことないし……ほら、楽しい思い出もいっぱーいっ！」

そう言って脇によけてあった別のアルバムを開いた莉衣奈は、「見て！　悪魔が天使のお世話してる！」と幼き日の己と北風の写真を指差す。

中学、いや高校時代だろうか、妹とは一五歳差の北風は学ランを着ており、相変わらずの鋭い眼光が不良グループの一味にしか見えない貫禄《かんろく》を醸し出しているのだけど（詰襟《つめえり》をきっちり留めているから団長というよりはインテリな参謀っぽい）、まだ小さ

な妹にご飯をあげているその姿は、コワモテだけど優しいお兄ちゃん感がありありと伝わってきてほっこりとしてくる。

「改めて見ても全然似てないけど、二人は本当に兄妹なんだねー。今日のやり取りを見てても思ったけど、龍生さん、ちゃんとお兄ちゃんしてる」

「かなりズレてるお兄ちゃんだけどねー。幼稚園のときなんて、忙しいママに代わって龍生がお弁当作ってくれてたんだけど、茶色とか黒とか、渋い色合いのおかずばっかりでちっとも可愛くないの。せめてリンゴはウサギさんにしてほしいってお願いしたら、龍生どうしたと思う？」

「リクエストに応えてくれたんじゃない？　可愛い妹のために……」

「それがさー、今日のお弁当はお前の望み通りウサギさんだぞっていうから楽しみにしてたらさ、木彫りのクマみたいにリアルなウサギ型のリンゴがバーンと入ってたんだよね。しかも剝《む》き損じた赤い皮が流血っぽくなってて、獲物にされかかってたところを命からがら逃げてきた手負いのウサギ感満々、可愛さゼロの野性味溢れる姿に思わず泣いちゃったよー」

　呆れ声を出しながらも莉衣奈がアルバムのページをパラパラとめくっていく。親子遠足やクリスマス会など、数々の行事に保護者代理として参加していた若き日の北風の姿に、やっぱりお兄ちゃんしてるなぁ、と再びほっこりしていると、あれ……？

「龍生さんの写真、やけにブレてるの多くない？」

「あ、気付いちゃった？　それねー、近くにいた人に『写真撮ってください！』って頼むんだけど、龍生の顔が厳めしすぎるせいかみんな怖がっちゃって、ブルブル震えながらシャッター押されちゃうんだよねー。そのせいかどの写真もブレブレ。ママがカメラマンのときとか、三脚でタイマー使ったときのはバッチリ撮れてるんだけど、人に頼んだ龍生とのツーショットは必ずと言っていいほど残念な仕上がりになるの」

当時を思い返した莉衣奈がぶふっと吹き出す。なるほど……。龍生さんってば小さいころからほんと苦労人っていうか、可哀相《かわいそう》すぎるんですけど……！

「ああもう、タイムスリップして私が撮り直してあげたいっ！」

ブレブレ写真に秘められた悲しすぎる事情に心を痛めていると、「残念なのは写真の仕上がりだけじゃないけどねー」と苦笑した莉衣奈が「ほらこれ見てよ」と、とある写真を指差す。ブレていないところを見ると北風の母親が撮ったものだろうか、運動会で二人三脚をする父親役の北風と莉衣奈が写っている。ブレてはいないが、なんだか妙な写真だ。というのも北風のハチマキの位置が明らかにおかしい。

「ねぇこのハチマキ、巻くのが下すぎて目隠し状態になってない？　龍生さん、これで前見えてるのかな……？」

「それがさー、『この凶器すぎる目つきが威嚇要素になってしまってはスポーツマンシップに反する！　正々堂々と勝負するにはこの目を隠すしかあるまい！』なんてわざと変な位置に巻いちゃったの。確かに鋭い三白眼は隠れたけど、ガタイのいい大男が目隠し状態だなんて怪しすぎでしょー？　結局みんな畏縮《いしゅく》しちゃって、まともな勝負にはならなかったよねー」

うわー、笑っちゃいけない話なのに龍生さんらしすぎて笑っちゃう……！　堪《こら》えきれずに千紗が肩を震わせていると、

「大丈夫だよ、これもう笑うしかない話だから！　龍生ってばコワモテな上にズレてるから騒ぎを起こしてばっかなんだよねー。性格はバカ真面目だし融通きかないし小言多いしウザいしド潔癖だし、なんていうかもう面倒くさすぎる男なんだけど……」

散々難点を挙げながらも写真の中の北風に柔らかな視線を向けた莉衣奈は、

「それでもね、龍生はいつもママや私のことを――家族のことを第一に考えてくれて、家の手伝いはもちろん、パパのいない私に寂しい思いをさせないようにって、休日はいつも遊びに連れて行ってくれたし、どうせとんでもないオチが待ってるってわかってるのに学校行事には必ず出てくれたの。参観日のときなんて『ヤクザが乗り込んで

きたぞー』って警察呼ばれちゃって、それでもめげずに翌年は帽子にサングラスにマスクで変装してきて、でもそれがまた怪しくって『誘拐犯がいるんですけど』なんて結局通報されたりして、さすがにもう来ないだろうと思ったその翌年は、『これなら目元も隠れるし、ひょうきんな印象で警察沙汰《ざた》にはなるまい』ってひょっとこのお面付けてきて、先生から『真面目な授業なんです、親御さんがふざけないでください！』とか怒られちゃって……ほんとバカみたいな男なんだけど、だけどそれでも私にとっては唯一無二の大切な兄なんだよね。だから――」

そこまで言ってキュッと口の端を引き結んだ莉衣奈は千紗に向き直ると、

「お願いだから千紗さん、早いうちに龍生と別れてくれないかな？」

「え…………？」

冗談などではない、本気の声音だ。莉衣奈のまっすぐすぎる視線に射貫《いぬ》かれて、千紗は言葉を失ってしまう。

「え……と……それは……どうして……なのか……な……？」

動揺しながらも、必死に言葉を紡《つむ》ぐ。――と、「別にね、千紗さんのこと悪い人だって疑ってるわけじゃないよ？」と前置きした莉衣奈は、

「でもほら、千紗さんってすごくモテそうだし、龍生のこと『たまにはイケメン以外

の珍獣と遊んでみるのもいいかなー』的な気まぐれで選んだのかもしれないけど、龍生の方はそうじゃないっていうか、飽きたからって簡単にポイされても困るし、もしそんな中途半端な気持ちでいるなら付き合ってほしくないんだよね」

それまでとは違う真剣な表情を見せた莉衣奈はさらに続けて、

「今ならさ、千紗さんと別れても龍生、まだなんとか生きていけるっていうか、まあ現時点でもかなりの痛手ではあるから、生気をがっつり吸い取られてジョーズの干物みたいになっちゃうかもしれないけど、それでもどうにか暮らしていけるだろうし、私もどうにかなだめられると思うし……。だけどこれ以上千紗さんと一緒にいたら龍生、もう千紗さんなしじゃ生きていけなくなっちゃう。だから、遊びのつもりなら今すぐ龍生と別れて……って千紗さんってば泣いてる――？」

さめざめと涙を流す千紗に驚いた莉衣奈は「違うの！　千紗さんの人となりを否定してるわけじゃなくて……！」と弁解しつつも、

「ただ龍生、千紗さんみたいに経験豊富じゃないっていうか、女の人と付き合うのなんて初めてだし、だからもしお別れしたとき冗談抜きで身投げとかしかねないっていうか、ホワイトデー騒動のときなんて出家しようとしたくらいで、だから一時の気の迷いなら他を当たってほしいっていうか……っておかしいな、私、こんなこと言うために千紗さんを呼んでもらったわけじゃないのに……」

むしろ、無理やりにでも二人の恋愛寿命延ばして可愛いサンダルゲットする予定だったのに……と困惑気味にごにょごにょ呟いた莉衣奈は、

「ととと、とにかくっ、龍生には今まで苦労した分も絶対幸せになってもらわないと困るっていうか、そうじゃなきゃ嫌だっていうか……や、だから泣かないでよ、私が意地悪してるみたいじゃん！」

いじめてるわけじゃないのよ、泣くのやめてー、と慌てふためく莉衣奈に、「違うの、悲しいわけじゃなくて……」と溢れ出る涙を指で拭《ぬぐ》った千紗は、

「龍生さん、莉衣奈ちゃんにすっごく愛されてるんだなぁって思ったら、よかったーって嬉しくなっちゃって……。外見のせいで散々な目に遭ってきた彼が、それでもまっすぐいられたのは、莉衣奈ちゃんがいてくれたおかげでもあるんだなって……！」

安堵《あんど》したように微笑んだ千紗は、ぴっと姿勢を正して莉衣奈に向き直ると、

「大丈夫、遊びなんかじゃないから。もう後戻りできないほどに彼のことが好きなの」

「そ、そう……？　な、ならいいんだけども……」

千紗の口からサラリと出た愛の言葉に莉衣奈の方が赤面してしまう。その様子に
「ごめんね、なんだか照れちゃうよね……」とはにかんだ千紗は、

「でもね、龍生さんのことを思うと、胸の中の子猫がみゃーみゃー幸せそうにはしゃぎだすの。この子がこんなにも懐《なつ》いてる人は龍生さんの他にはいないわ」

「うえぇ？　正直それはどうかと思うよ？　胸の中に猫とか、千紗さんやっぱり仕事のしすぎで頭がショートしちゃってるんじゃ……」

「やだ、そんなことないわ。龍生さんのおかげで心にゆとりを持てるようになったの。それに伴《ともな》って子猫のお部屋もスペース拡大、龍生さんの一挙一動にみゃーみゃー思う存分じゃれつけてるんだから！」

「うわー、なにその乙女思考……！　や、確かにね、龍生の話聞く限りでは千紗さんってばちょっと頭がお花畑？　って思うことあったけど、まさか龍生の妄想フィルターなしでもここまでの威力とは……。三春千紗、恐ろしい子っ……！」

　驚愕した莉衣奈が白目になって口元を覆う。が、「まぁそういうとこも含めて二人はお似合いなのかー」と、すぐに小リスのような愛らしい表情に戻って、

「龍生のこと、よろしくお願いします。龍生と一緒だと旅先の写真とか、自撮り以外ブレブレになっちゃうと思うけど、行く先々で巻き添えの職務質問とか受けちゃうかもだけど、ってかそれ以上にいろいろこじらせちゃってる困った兄ですけど、誠実さと優しさだけは誰にも負けないってこと、妹の私が送料無料・返品不可の一〇〇年保

証でお届けするんでっ！」
そう言って勢いよく頭を下げた莉衣奈は、だけどすぐに顔を上げて、
「いけない、もう一つお願いしとかなきゃいけないんだった……！」
「お願い？　もしかしてさっき言ってたサンダルがどうのっていう？」
他に心当たりがなくて首をかしげると、「や、それは龍生にたかるんで大丈夫！」
と元気に否定した莉衣奈は、「ただ……」と視線を落として、
「ときどきで、できる範囲でいいので龍生のこと、甘やかしてあげてくれませんか？
龍生って諦《あきら》めたり我慢することに慣れすぎてるっていうか、パパの分も自分が家族の
支えにならなくちゃって子どものころからずっと気を張ってて、家の外でだってあの
コワモテが不用意に人を脅かさないようにって、あれでも言動にはすごく気を遣《つか》って
て、いつも人の心配ばかりでワガママになれない、甘え下手なとこがあるから……。
私が甘やかせたらいいんだけど、『む、さては何かねだるつもりだな？』なんて疑わ
れちゃって素直には受け取ってもらえないし……」
まぁいつもおねだりばっかりしてるから当然っちゃ当然なんだけど――と、困った
ように笑った莉衣奈は、
「龍生が本気で甘えられる人がいるとしたら、それはたぶん千紗さんだけだと思うか

ら、ほんとたまにで、もしなんだったらオリンピックみたいに四年に一度とかでもいいんで、龍生のこと、目一杯甘やかしてやってもらえませんか？」

「り、莉衣奈ちゃん……っ！」

なんだかんだで兄想いすぎる莉衣奈に、またもやじーんときてしまった千紗がうるうるしていると、なんだか照れくさくなったらしい莉衣奈は、

「つ、ついでに私のことも目一杯甘やかしてくれるとなお良しです……！」

そう冗談めかして笑うと、「あっ！」と閃いて小悪魔の瞳を瞬かせた。

「今日着てるそのワンピ、飽きたら私に譲ってね、千紗お姉ちゃんっ！」

★

必ずや女神の望む理想のコーヒーを淹れてみせる！　そう勇んで天然黒糖クエストに挑んだ龍生だったが結果は空振り、自宅へ戻ったときにはもう夕刻だった。

「すみません千紗さん、近所のスーパーを巡ってはみたのですが、天然黒糖、それも波照間島産限定となると、大量生産されていないためかなかなか置いておらず……」

ただでさえ散々待たせているのだ、さすがの女神もさぞかし憤慨《ふんがい》しているだろうと

平謝りしながらリビングに入る。――と、すっかり莉衣奈と打ち解けた様子で談笑していた三春が「あっ、龍生さんおかえりなさい！」と相変わらずのエンジェルスマイルで迎えてくれた。

ああ、ここは楽園か……！　思わずにやついてしまう龍生だったが、ふとテーブルに視線を移すと、用意したケーキはそのほとんどが莉衣奈によって平らげられており、領土の激減したメルヘンの森には子グマが一匹取り残されるのみだった。

「散々文句を言っていたわりに、客人そっちのけでむさぼり食うとは何事だ！」

「だってお腹《なか》すいちゃったんだもーん！　でもでも千紗さんの分はちゃんと残してあるよ？　千紗さんが龍生のこと待つっていうから、ロウソクもまだ使ってないし」

一匹残った子グマの周りにロウソクを六本ブスブスっと豪快に立てた莉衣奈は、

「ほら、早く火付けちゃいなよ！　千紗さんもう帰らなきゃいけない時間だし、サクッと済ませちゃって！」

「い、いやしかしだな、これではお祝いというより、逃げ遅れた子グマを火炙《ひあぶ》りでいたぶっている感が出はしないだろうか？」

「ですね……。なんだか儀式の生け贄《いけにえ》にしてるみたいで可哀相……」

龍生に同意した三春が打ち込まれた杭《くい》――ではなく、ロウソクに囲まれた子グマを見つめながら困り顔になる。結局絵的に残酷すぎるということで、火を付けてのお祝いはなし、難を逃れた子グマは、天使な三春の誘《いざな》いによって、安らかに胃袋へと旅立ったのだった。

「今日は本当にすみませんでした。あんなに大口を叩いておきながら結局天然黒糖もグァバ茶も見つけられず、ロウソクでのお祝いさえ中止になってしまうとは……。失望……しましたよね？」

三春を駅まで送る道すがら、今日の不手際を思い返した龍生が改めて謝罪する。

「んもう、そんなことで失望なんてしません！　おかげさまで莉衣奈ちゃんと二人、ガールズトークできて楽しかったです」

「そっ、それならば良いのですが……」

だがしかし、はたしてそれは彼女の本心なのだろうか――？

すっかり日の暮れた夜道を三春と並んで歩く龍生。その心にもくもくと疑惑が湧《わ》き上《あ》がる。何かと慈悲深い彼女のことだ、私を傷付けまいと本音を言わないだけで、心の内では恋の寿命がガリガリ削れまくっているのかもしれない。

「つ、次はちゃんと用意しますから！　天然黒糖にグァバ茶、それからケーキはもう少し大人向けのものを探してみます！」

「次……かぁ。なんだかいいですね、次があるって！」

「そっ、それならば良いのですが……」

だがしかし、はたしてそれは彼女の本心なのだろうか——？

真に受けて『では来週もいかがですか？』などと誘おうものなら、社交辞令も理解できない男だとウザがられ、『もうやめて、三春の恋のライフはとっくにゼロよ！』的な状態に陥りはしないだろうか。またもや疑念を抱いた龍生は、

「とはいえ無理強《むりじ》いをしているわけではないのでご安心ください！　そっ、それに今日妹に引き合わせたのは、早く結婚しろという無言の圧力的な意図では決してなく……」

三春に嫌われぬよう、しどろもどろになって弁解する龍生に、ぴたとその歩みを止めた彼女は、

「したくないんですか、結婚」

宝石のように美しい瞳が龍生をとらえる。

「そっ、それはもちろんしたいです！　貴女と結婚したい熱だけで南極の氷を全て溶かしてしまえそうなほどにはしたい！　ですが千紗さんの気持ちが一番……」

「私はしたいです」

「ふぁ……っ！　そっ、それはゾンビ的なあれですかね、実は『私は死体です』という意味合いでの発言でしょうか？」

「なっ、そんなわけないじゃないですか、なんでこのタイミングでゾンビをカミングアウトしなきゃいけないいんですかっ！」

　もう、と口をすぼめた三春は「私そんなにやつれて見えます？」と隠すように頬を押さえると、龍生の視線から逃れるように早足で歩き出す。「い、いえ違うんです！」と慌てて追いかけた龍生は、

「千紗さんからゾンビを感じたことなどこれまで一度もありません！　ですがその、私という人間は勘違いしやすい質《たち》のようで、念のために確認をと思いまして」

「勘違いなんかじゃないです。私、龍生さんと結婚したい熱で、この距離からでも火星の氷溶かせちゃうと思います」

「なんとっ、それは大事《おおごと》ですね、宇宙をも揺るがす大事件だ！　ＮＡＳＡも黙ってはいないでしょう」

「はい、だから私たち、早く結婚した方がいいと思います。宇宙の秩序のためにも！」

　三春はそう言って、はにかみながらもいたずらっぽく微笑んだ。そんな彼女を前に、

でっ、では早急に結婚いたしましょう！　私のエゴではなく、宇宙のエコのためにも！　と、無重力気分で舞い上がってしまう龍生だったが、

――いやしかし、千紗さんは今、吊り橋効果のせいで判断力が鈍《にぶ》っている。私の強面がもたらすドキドキに耐性を得てしまったら、現時点では盛り上がっている結婚熱もすっかり冷え切ってしまうのではないか？　それこそ、溶けてしまった火星の氷を完璧《かんぺき》に復元できるほどの、尋常ならざる冷気を放ちながら……！

そんな不安のブラックホールに吸い込まれていく。あああ、千紗さんと結婚したい！　が、血迷った状態の彼女を騙すような形では嫌だ！　そう結論づけた龍生は、

「たっ、大変恐縮ですが、結婚に関してはもう少し熟考を重ねた方が良いと思われます。もちろん千紗さんに非があるわけでは断じてありません！　が、くどいようですが貴女と私の『好き』には質、量ともに大きな開きがあり、持続性の面でも圧倒的な差が見込まれます。ゆえに結婚という永続性の期待される行為に及ぶ場合……」

「また、ですか……。龍生さんは私の『好き』が信じられないんですか？」

再び足を止めた三春が、不服そうに龍生を見上げる。

「私、龍生さんが思っている以上に龍生さんのこと好きですよ？　角質層のすみずみにまで『好き』が行き渡ってる……！」

「大変恐縮です。――が、私はそれに輪を掛けて貴女のことが好きです」

そうなのだ。どう考えても私の方が尋常でなく彼女を好いている。それに、彼女の『好き』は吊り橋マジックによってもたらされた偽物だ。奇跡を無効化した状態で、それでも私と結婚したいと思って頂かねば……。

とはいえ具体的にはどうすればよいのだ？　彼女を奇跡という名の呪《のろ》いから解き放つには……ぬぉぉ、わからん……！　わしゃわしゃと髪を掻きむしりながら一人懊悩していると、「あの……」と意を決したように口を開いた三春は、

「今度はうちに来ませんか？　私の自宅――ではなく実家の方に。残業も多いし会社の近くから通いたいなって一人暮らししてるんですけど、実は実家もそこまで遠くはないんです。ここからだと電車で一時間ちょっとくらい」

「よっ、よろしいのですか？　このタイミングでご両親と顔を合わせるとなると、結婚を前提に交際していることを報告することになり、それはつまり結婚の許しを得るために伺《うかが》っているも同然で……」

「だめ、ですか？」

「いえ、千紗さんが社交辞令でも言葉の綾《あや》でもなく、心の底から寸分の狂いなくそう望んでいるのなら是非とも馳《は》せ参《さん》じたい所存です。千紗さんのご家族には一度きちん

とご挨拶せねばと思っていたので」

「じゃあ決まりですねっ！　両親のスケジュール、確認しておきます」

嬉しそうに声を弾《はず》ませた三春は、あ、もう着いちゃった、と進行方向の先に見えた駅を名残惜《なごりお》しそうに見つめる。ここでもう大丈夫です、と駅の少し手前で微笑んだ彼女は、しかしさよならは言わずに上目遣いに龍生を見上げると、咲き誇る薔薇《ばら》のように美しく、情熱的な眼差しで、

「龍生さん……！」

「ちっ、千紗さん……！」

駅前とは思えぬほどに人通りの少ない往来で、二人は時が止まったかのようにただただ見つめ合う。長く繊細な睫毛を幾度となく悩ましげに瞬かせる三春に、

――こっ、これはもしや、口づけをおねだりされている……？　いやむしろ、そんな要望がなくとも是非とも唇を合わせたい！　そう願ってしまうほどに彼女の魅力が竜巻を起こしており、その華麗すぎる突風に龍生の理性決壊警報が発令されてしまう。ぐずぐずしていると直《じき》に電車が到着――下車した乗客たちが改札から出てきてしまう。幸いにも人目のない今この一瞬こそが好機だ……！

闇夜《やみよ》に紛れ、衝動的に三春の唇を奪おうとした龍生だったが、あの夜の、『やだ、

だ……め……』と己を拒絶した、彼女の艶《つや》っぽくも失望に暮れた瞳が頭をよぎり、いかんいかんと我を取り戻す。

冷静に考えろ、彼女がこんなにも悩ましげに瞬きを繰り返している理由はただ一つ――。口づけをと前のめりになっていた体をぐっと起こした龍生は、

「さては千紗さん、目にゴミが入ってしまいましたね？　ご安心ください、こんなこともあろうかと目薬を常備しています」

そう言ってポケットから未開封の目薬（マイルドで優しいさし心地&一回使い切りタイプ）を誇らしげに取り出した龍生は、

「嫌ですよね眼球の汚れ。直《じか》には手が出せない、そんな領域を侵されるなど悩ましげになって当然！　ですがこれを使えばミクロのゴミも滞《とどこお》りなく除去できますよ」

さあどうぞ、と意気揚々と目薬を差し出すも、三春はそれを受け取ろうとはせず、その小さな肩をしゅんとすぼめて、

「龍生さんの……ばか……」

「ふぁっ……ええと……それは何故《なにゆえ》に？」

意図がわからず呆然《ぼうぜん》としてしまう龍生だったが、「冗談です、忘れてください」とぎこちない笑みでかわした三春は「もう行きますね、明日も早いので……」と駅へ向

かうべく龍生に背を向けた。

「あっ、千紗さん、目薬をお忘れですよ……!」

慌てて呼び止めると、振り向いた彼女はどこか寂しげに首を振って、

「ごめんなさい、私が欲しかったのはその目薬じゃありません」

それだけ答えると、「でっ、では一体何をお求めで……?」と困惑する龍生を残し改札内へ入場、こちらを振り返ることなく、華奢なハイヒールで足早にホームへと向かってしまった。

徐々に遠ざかっていく三春の後ろ姿を見つめながら龍生は思う。彼女が本当に欲しかったもの——その正体は……そうか！　何度も悩ましげに瞬いていた三春の姿を思い起こした龍生は、マイルド目薬を悔しげに握り潰す。

ああそうだ、彼女が真に求めていたのはこんなものじゃない。甘美なほどに刺激的で鮮烈な体験——そう、メントール配合のクール系目薬による激烈な一滴であったに違いない！　それなのに私ときたら、こんな低刺激の目薬しか持ち合わせていないとは役立たずにもほどがある……！

ガクリと肩を落とした龍生は、これを教訓に今後はクール系目薬も常備するようにしよう、そう心に誓うと同時に安堵もしていた。

——劣情に負けて早まらなくてよかった……！　彼女から口づけを求められている、などという妄想に取り憑《つ》かれて愚行に至っていたらと思うと……ああ恐ろしい。

そもそも両思いなど——片思いの向こう側など、事故チョコの奇跡で偶然巻き込まれた異空間のようなもの。本来私がいていいフィールドではないのだ。今はこの奇跡的な恋が少しでも長く続くよう、出すぎた真似はせず、千紗さんの望むことだけを粛々《しゅくしゅく》と完遂《かんすい》していこう。

そう結論づけた龍生は、そのためにはまず波照間島産の天然黒糖とグァバ茶、それにクール系目薬を入手せねばと、駅の前で一人、重々しく頷きながらも再び思う。

ああ、今日もどうにか彼女を守れてよかった。勢い任せに接吻などしなくて本当によかった、と——。

☆

「今日も進展なし、かぁ……。それにしたってキスくらいしてくれてもよかったのになぁ、キスは初めてじゃないんだし……」

北風家への訪問を終えて自宅に戻った千紗は、宝物にしている例の巻物を見つめながら駅での別れを思い出して不満をこぼす。

そりゃ公共の場所で口づけなんて、そんな大胆なことできる人じゃないってわかってるけど、あのときは他に人もいなかったし、イイ感じに薄暗くて雰囲気もあったし、色気のない私なりに頑張ってアピールしてみたんだから、何も唇じゃなくたって、せめてオデコかほっぺにちゅーくらいくれてもバチは当たらないんじゃない？　なのにあんな思わせぶりな素振りを見せておいて、いきなり目薬をどうぞだなんてズレすぎにもほどがあるっていうか、あーもう、龍生さんのばかっ……！

ぶすぅっと頬を膨らませる千紗に呼応するように、胸の中の子猫もむすぅっとお冠《かんむり》で尻尾《しっぽ》を立てる。やっぱり私、女としての魅力に欠けてるのかなぁ……。

俯いて、存在感の薄い己の胸を見つめる。子どものころからいつか大きくなると信じて早二七年――もうこれ以上の成長は見込めないだろう。それどころかやだっ、垂れて萎《しぼ》んでさらに小さくなっちゃう未来しか見えない……っ！

だめっ、だめだめだめっ……！　ぶんぶんと首を振った千紗は、精神的にも物理的にも頽《くずお》れそうな己の胸に、「まだよ、君ならやれるよ諦めるなよ！」と、某元プロテニス選手調にエールを送ってみる。だけどもちろん、それだけじゃモヤモヤの霧は晴れなくて、この時間じゃまだ彼氏と一緒だろうし出てくれないだろうなぁと思いながらもスマホを取り出して恵里子に電話してみる。意外にもワンコールで出た恵里子は、彼女に言わせれば惚気でしかない千紗の文句を一通り聞くと、

『あーもう、まどろっこしいわねぇ。ウジウジ悩んでるくらいならバーで強いお酒でも盛っちゃえば？　でもってわざと終電逃させて、『大丈夫何もしないから。ただ休むだけだよ、ほらカラオケとかも付いてるみたいだし』なんて油断させつつホテルにでも連れ込んじゃえば、あとはなし崩し的にどうとでもなるでしょ』

「ちょっ、なんで私が襲う側？　しかも何そのチャラついたナンパ師みたいな誘い方、全然ロマンチックじゃない！」

『なによ、どっちがどう誘ったって結局やることは同じでしょ？』

これだから少女漫画脳のお子ちゃまは、と鼻で笑った恵里子は、

『あんたまさか、ベッドまでお姫様抱っこで運んでほしいとか言わないわよね？』

「えっ、ダメなの？　恵里子は運んでもらわないの――？」

『もらわないわよ、なんならベッドまで行かずに部屋に入った瞬間なだれ込むようにおっぱじまるわよ』

「そっ、そそそそそうなんだ……？」

なかなかに刺激的な発言に、聞いているだけで真っ赤になってしまう。まるで衣替

えをするように定期的に彼氏も変わっちゃう恋多き恵里子だから、そーゆー方面では経験豊富なんだろうし、真に受けすぎない方がいいんだろうけど……。

『しっかし、あんだけ男にガード堅かったあんたが、逆に手を出してほしくて悩むようになるとはねぇー』

スマホの向こうでニヤニヤしているらしい恵里子は、『そういえばあんた、今日北風さんの妹にも会ったんでしょ？』と話題を変えて、

『どうだった？　仲良くやっていけそう？』

「あー、うん、歓迎してくれたよ？　特にお土産のお菓子とお洋服を！」

天真爛漫《てんしんらんまん》な莉衣奈の言動を思い出して、茶目っ気たっぷりに答える。

「それにね、お兄ちゃん想いのとっても優しい子だった。あの二人が兄妹だってこと、もうわかってるはずなのに、それでも妬《や》けちゃうくらいの仲なのよねー」

『なにそれ、バカップルの片割れが嫉妬《しっと》するくらいベッタベタな兄妹だったわけ？』

「違うの、全然そんなのじゃなくて。むしろ龍生さん、莉衣奈ちゃんのこと父親モードで叱《しか》ってばっかりだし、莉衣奈ちゃんも龍生さんに対してなかなかに辛辣《しんらつ》っていうか、はっちゃけモードで手を焼かせてるって感じで、ぱっと見全然仲良しには見えないのよ？」

だけど互いに言いたい放題できるのはそこに愛があるからで、信頼してるからこそっていうか、表向きはどうあれ、深いところでちゃんと想い合ってるんだなってことが伝わってきて、微笑ましくなると同時になんだか羨ましくなってしまった。

「最近ね、龍生さんとの間に見えない壁を感じるのよ。他人行儀すぎるっていうか、気を遣わせてる感がハンパなくて……」

今日だってそうだ。飲み物なんて、ミルクやお砂糖の種類や量なんて、どうだってよかったのに。思い詰めてグァバ茶や天然黒糖を買いに出ちゃうくらいなら、水道水を出されるだけでもいいから、もっと龍生さんと一緒にいたかったのに……。

「龍生さんってば、私が大丈夫だって言ってるのに全然信じてくれないの。遠慮してるだけなんじゃないかって、顔色を窺《うかが》われてばかりでちっとも信用されてない……」

『まぁねー、あんたたちの場合、スタートからして嘘みたいなもんだからねー。ほんとは好きでもないのに付き合うような真似しちゃってたから、しかもそれが後から露見しちゃったから、多少の凝《しこ》りは残っててもおかしくないでしょ。ま、事の発端であるあたしが言うのもなんだけどさー』

「結果オーライとはいえ、かなり不誠実なことしちゃってたもんね、私……」

そりゃいろいろ疑われて当然か、と心苦しくも納得する一方で、だけどさすがに

『好き』の大きさまで信じてもらえないのはつらいなぁ、と思う。こういうこと言うと恵里子はまた惚気かって呆れちゃうんだろうけど……。

『大丈夫だって。北風さん、実家には来てくれるんでしょ？　せっかく結婚話が再浮上してるんだし、それこそ家族を紹介がてら強い酒でも盛って泥酔させて、証人のいる前で〈近いうちに必ず結婚します〉って証文に血判でも捺させちゃえば……』

「そんなのだめ！　ロマンチックのかけらもないじゃない！」

恋の子猫と一緒にぶんぶん首を振って猛抗議する。と、『あーもう、あんたってば恋愛に夢見すぎ！』と半ば苛立《いらだ》つように声を荒らげた恵里子は、

『恋なんてのはね、空に浮かんだシャボン玉みたいなもんなの。余裕ぶっこいて綺麗事ばっか並べてたら、気付いたときには跡形もなく消えちゃってるわよ？』

「でっ、でも……強引に捕まえようとしたらシャボン玉、壊れちゃうでしょう？　あんまり結婚結婚って主張しすぎると、面倒くさい重たい女だって愛想尽かされそうだし、あれこれ要求するワガママな子だなんて思われたくない。ただでさえ微妙に信頼されてない状況なのに、これ以上好感度を下げにいくようなことできないわ」

『なにそれ、恋人同士なのに本音で話せないってこと？』

「恋人だから、かも。ずっとこのまま好き同士でいたいから、少しでも嫌われる可能

性があるようなこと、したくないの」

　考えてみれば、北風に面と向かって本音をぶつけられたのは、ホワイトデー後のあの日——鈍器騒動のときだけかもしれない。年甲斐《としがい》もなく駄々をこねる子どものように騒いで、そのおかげで誤解が解けて本当の意味での両思いにはなれたのだけど、今思えば我ながらみっともなさすぎる醜態をさらしてしまったなぁと思う。

「龍生さんは凜としてない素の私でもいいって言ってくれたけど、それでもやっぱり不安なの。好きだからこそ、ほんのちょっぴりでも失望されたくないっていうか、ミクロレベルで嫌われたくないのよ。私が子どもっぽすぎるからそーゆー気が起こらないんじゃないか、なんてことまで考えちゃうし……」

　それこそ中学生かってくらいお子ちゃますぎる悩みを明かしてしまって、またバカにされちゃうかも……と身構えた千紗だったが、恵里子は『へぇ、本気の恋ってそういうものなんだ……』と珍しいものでも見つけたように呟いて、

『でも理想はもっとフランクな間柄、なんでしょ？』

「そりゃあね、龍生さんと莉衣奈ちゃんみたいな関係はいいなって思うけど、あくまでも二人は兄妹だもん。強い絆《きずな》があるでしょ？　どんなに羨んだって血の繫《つな》がった本当の家族には勝てな……」

『なにそれ。血が繋がってるから深い愛情が育《はぐく》まれるとかそんなの嘘っぱちよ』

いつもの恵里子とは違う、余裕のない尖った声音に、「え、あ……ごめん……」とわけもわからないままに謝ってしまう。——と、『謝らないで、今のはあたしがミスった。最近ちょっとナーバスなのよ……』と自分自身に苛立っている様子の恵里子は、一呼吸置いていつもの調子を取り戻すと、

『ていうかあんたもなるんでしょ、北風さんの家族に』

「え……」

『結婚するってそういうことでしょ？　あんたも妹ちゃんと同じ、彼の家族になるってことよ』

「そっか、結婚したら私、龍生さんの家族になるんだ……」

当然と言えば当然のことだけど、結婚について実はそこまでちゃんと意識していなくて、目から鱗《うろこ》が落ちるような思いがする。彼と一緒になりたいという思いはもちろんあるし、気持ちに嘘はないのだけど、その思いがどこから導き出されたかというと、両思いになったらゆくゆくは当然結婚、それこそがハッピーエンドであるというそれこそ少女漫画的な方程式が頭に根付いていたからだ。

北風との結婚に思いを馳せたとき、何の迷いもなく浮かんでくるのは結婚式で微笑

む二人の姿だ。映画のワンシーンを思わせるような素敵なチャペルで、童話に出てくるお姫様みたいなドレスを身に纏《まと》った自分と、祝福の声を受けながら照れくさそうに笑う彼——幸せそうな二人の姿が頭の中をメリーゴーラウンドする。けれど、そんなハッピーエンドの先のことに、家族になった二人のその後のことに、真剣に考えを巡らせたことはなかったかもしれない。恋をして結ばれた二人はいつまでも幸せに暮らしましたとさ、なんておとぎ話みたいに漠然とした夢がルームフレグランスのようにぶわぁっと広がっていて、それだけで満足してしまっているのだ。

『言っとくけど結婚なんて全然ハッピーエンドじゃないわよ？　そりゃ楽しいことがゼロとは言わないけど、ただでさえ大変な人生に背負《しょ》い込む苦労が二人分、子どもなんてできたらさらに増し増しになっちゃうんだから、ロマンチックな綺麗事だけじゃすまない苦難の道よ。こんなこと恋愛中学生なあんたに言いたくないけど……』

声を落とした恵里子は、それでもはっきりと続けて、

『恋なんていつか終わるものよ。どんなに大切に保管してても所詮《しょせん》はシャボン玉、割れるときにはパチーンとあっさり消えちゃうの。ラブラブな私たちだもん、結婚すれば絶対に幸せになれるわ！　なんて軽い気持ちでいたら後で痛い目見るわよ？』

未婚なはずの恵里子が結婚に対してここまでシビアなことを言うのは、これまでの

豊富な恋愛経験と、それからたぶん、彼女の育った特殊な家庭環境のせいだと思う。

——ウチの母親、結婚と離婚を繰り返す典型的なダメ人間だったから、賃貸の契約更新かってくらい頻繁《ひんぱん》に名字変わっちゃってたのよね、あたし。

詳しいことは教えてくれなかったけれど、いつだったか、何かの折に冗談っぽく話していたことがある。恋多き女で人付き合いも多いわりに、妙に醒《さ》めたところがあってドライなのは、彼女の複雑な生い立ちに由来しているのだろう。

『気をつけなさい、ただ結婚したくらいじゃ、家族ごっこはできても本当の家族にはなれないわ』

スマホ越しに響く、彼女の愁《うれ》いを帯びた声音に、やっぱり——この前バーで飲んだときも感じたけど最近の恵里子、なんだか元気ない、と心配になってくる。

もしかして彼氏と上手くいってないのかな。だけど恵里子、基本サバサバしてるから、仮にフラれたとしても去る者追わずって感じで、こっちがびっくりするくらいケロッとしてるタイプだし、実際大学時代からの長い付き合いの中、彼女が失恋して気落ちしてるところなんて見たことはない。それどころか、男なんて所詮は消耗品だなんて言って、かなり短いスパンで彼氏を変えているのだ。

親友としては、信頼できる人ともう少し落ち着いた恋愛をした方がいいんじゃ？

と心配になってしまうこともあって、実際に何度か勧めてみたこともあるのだけど、結婚願望ゼロだという彼女は『あたしそういうの向いてないから』と首を振るばかりだった。だからきっと今回も、彼のことで思い悩んでるってわけではなさそうなんだけど——どうしたんだろう、やっぱりいつもとは違う、思い詰めたような気配を電話越しにも感じてしまって——

「恵里子……何かあった？　前にも言ったけど、もし話したいことがあるなら……」

『あ、バレちゃった？　実は最近、妙なワンコに絡《から》まれて大変なのよねぇ』

わ、ワンちゃん……？　まさか獰猛《どうもう》な野犬が襲ってくるとか——？

想定外すぎるお悩みだけど、それはそれでかなりの大事よね、と心配する千紗に、

『や、全然怖くはないのよ？　鈍くさーい、モップみたいにもっさもさで垢抜《あかぬ》けない駄犬だし』と鼻で笑った恵里子は、

『だけど人の顔見るなり短い足バタつかせながら飛んできて、かと思えば『その爛《ただ》れた生活から今すぐ更生しろー』ってな感じにキャンキャンお説教してくんのよ、面倒くさいったらありゃしない。歪んだ発情期かしら』

モップみたいなワンちゃんがお説教って……。びっくりするほど雑な嘘ではぐらかされてしまった。誤魔化すにしたってもっとマシな話題あったでしょ、ともはやツッ

コむ気にもなれない。

やっぱり今回も悩みを打ち明けてはくれないのね……。いつものことだし、余計な心配をかけないようにって配慮なんだとは思うけど、それでもなんだか寂しい。

私じゃ恵里子の力にはなれないのかな……。スマホを手に黙り込んでいると、

『――ていうか大丈夫なの？』

逆に心配されてしまった。え、何の話？　と面食らう千紗に、すっかりいつもの調子を取り戻した恵里子は、

『実家に北風さんを呼ぶってことは、あのお父さんに会わせるってことでしょ？　なんか面倒なことになりそうな予感しかないんだけど』

「え、あー……うーん、彼氏を紹介するなんて初めてだし、ちょっとは騒いだりしちゃうかもしれないけど、たぶん大丈夫……」

『とは思えないけどねー。だって思い出してもみてよ、大学時代マイクロミニにキャミ一枚なんて、あばずれ感溢れる恰好《かっこう》で遊びに来たあたしに、娘に芳《かんば》しくない影響を与える可能性があるから今後は接触を控えてくれないか、なんて壁にあった高そうな絵を手切れ金代わりに頭下げてきた人だよ？』

「わーっ、その節はごめーん！　うちのお父さん、私に悪い男が寄ってこないか心配

したみたいで！　ほら、恵里子ってそれまでの私の友達にはいないタイプだったから
その……なんていうかカルチャーショック受けちゃったんだと思うの……」
　懐かしくも失礼すぎる父の暴挙に、数年越しのフォローを入れる。と、
『いいわよ別に気にしてないし。格式高いお嬢様校に入れて大切に育ててきた一人娘
が、大学に入ったとたんあたしみたいなの連れてきたらそりゃ引くって』
　本当に気にしていないという風にあっけらかんと答えた恵里子は、
『娘のためにそんなこと言えちゃうんだって感動したくらいだしね。それに、『安心
してください、娘さんに近付く悪い虫はあたしが美味しくいただくんで（イケメンに
限る）』って言ったら、『よろしく頼みます、でも恵里子ちゃんもほどほどにね』って
心配しつつも歓迎してくれたし。だから意外と仲いいのよ、あんたのお父さんとは』
「え、そうだったんだ、初耳なんだけど……！」
　確かに、恵里子のことを悪く言われたのは初めて家に呼んだあのときだけで、それ
以降は温かく見守ってくれてたっけ。当時はもう大学生だったし、娘の交友関係にあ
れこれ首を突っ込むのはやめたのかなって思ってたけど、まさかそんな裏取り引きが
あったなんて……！
『女のあたしにすらあの反応だったのよ？　男なんて連れて行ったら……ぶふっ、ト

ラブルの予感しかしないじゃない！』

「ちょっ、何笑ってるのよ！　あっ、もしかしてまた面白がってる？」

んもう、恵里子ってば心配してくれたと思ったらこれだもの。面白いこと好きもほどほどにしてよね、と肩をすくめながらも、確かに一筋縄にはいかないかもしれないと不安になってくる。

うちのお父さん、黙ってれば普通……というかむしろかなりカッコいい部類なのに、言動が玉《たま》に瑕《きず》なところあるのよね……。恵里子のときみたいに、壁の絵を手切れ金代わりに龍生さんとの交際を反対してきたりして――？

でも私だってもう子どもじゃないんだし、っていうかアラサーだし、いい加減大人になろうよって感じだし、結婚するなら遅かれ早かれクリアしなきゃいけない課題なんだからしっかりしなくちゃ！

そうよ、保留状態だった結婚話がようやく再始動したんだもの、このままとんとんっとゴールまで進みたい。家族を紹介しちゃえば、結婚に関してなぜかいまいち乗り気じゃない龍生さんも、きっとその気になってくれるだろうし……！

奮起した千紗は恵里子との通話終了後、早速親（といっても父ではなく、結婚に理解のありそうな母の方）に、「今度彼を紹介したいんだけど」と相談の電話を入れた。

Chocolate Celebration

第二章　平行線上の両思い

北風の家を訪れてから約二週間後の土曜日――今度は己の実家最寄り駅で彼と待ち合わせた千紗は、両親への挨拶を前にガチガチになった北風に、

「そんなに硬くならなくて大丈夫ですよ？　母に龍生さんのこと話したら、会えるの楽しみだわーって喜んでましたし、父とはまだ話せてませんけど、なんだかんだ言って私に甘いので、私の選んだ人ならって歓迎してくれると思います！」

そう言って優しく微笑みかける。が、「しかしですね千紗さん」と蒼白顔の北風は、

「女神である貴女のご両親ということは、これからお会いする方々もまた神！　光栄なことではあるのですが胃液がダバダバと洪水状態です。今の私の胃液排出量は世界No．1！　うっかり酸性度高めのカスピ海を生み出せそうです！」

んもう、龍生さんったら相変わらず大げさなんだから。苦笑しつつも「あっ、こっちです！」と実家に向かう千紗の足取りは北風とは正反対に軽い。花モチーフのつい

た夏らしいピンヒールサンダルで弾むように歩く。

子どものころから飽きるほどに慣れ親しんだ川沿いの道は、北風と一緒だととても新鮮に映ってなんだかうきうきしてくる。真夏の日差しを受けてギラギラと——少し乱暴とも思えるほどに輝く川の水面《みなも》すら心地良くて、すぐそばに架《か》かる、何の変哲もない橋さえもがロマンチックな名所に見えてくる。

恋の力ってすごい。うっとりモードになる千紗だったが、「神々との対話など私にはハードルが高すぎる……！」と相変わらず落ち着かない様子の北風は、

「今日の服装をどうすべきか悩みに悩んだ挙句、平素から通勤用に着ているスーツにしてしまったのですが、これは失敗だったかもしれません。神々の住まう場所、言わば神殿に向かっているというのに、いくらスーツとはいえ会社用など……ああ、なぜ新調しなかったのかと悔恨の念に駆られるばかりです」

張り切って白いスーツでもあつらえようと思ったのですが、純白だと結婚式を思わせてしまって、もう花婿気取りかと反感を買うのではと気掛かりで……ですが今考えれば純白が正解でしたよね、と悔やむ北風に、

「いえ、通勤用で正解です！　普段用とはいっても龍生さんの場合、全然ヨレヨレしてなくてピシッとしてますし、さすがご潔癖なだけあって清潔感に溢れててもう最高

です、むしろ通勤用スーツ以外考えられませんっ！」

　ていうか純白じゃなくてよかった、本当によかった！　龍生さんの場合、白いスーツ着ちゃうと花婿っていうより抗争感出ちゃうもんね……。初デートの際、真っ白なコートでマフィア北風と化していた彼を思い出した千紗は胸を撫で下ろす。その心から安堵した表情に、それならよかったです、といつもの調子を取り戻した北風は、

「そういえば、千紗さんのご助言通り、今日は除菌スプレーを家に置いてきました」

「すみません無理を言ってしまって。うちの親、なんていうかスプレーにはあまり良い印象を持ってないっていうか、噴射嫌い？　なところがあって……」

　自分で言っておきながら、噴射嫌いって何なのよ！　と内心ツッコんでしまう。

　実のところ、両親がスプレーに批判的だなんて事実はない。というか親とスプレーに関して熱く議論を交わしたことなんてない。だけど、彼が一心不乱に除菌しまくってる姿ははっきり言って怖……じゃない迫力がありすぎて、初見だとかつての己のように『あの人、ステルス部隊と格闘しちゃってる……？』なんてあらぬ誤解をしかねない。とはいえ生き生きと除菌に勤《いそ》しむ彼を否定するようなことは言えないし……。

　悩んだ末に千紗は、噴射が苦手な両親のために、どうか顔合わせ当日だけは除菌グッズを封印してくださいい、と前もってお願いしていたのだ。

龍生さんって顔だけじゃなくて言動もいちいち疑惑を呼びやすいから、いくら私の親でも初対面じゃ彼の素敵な部分を理解しきれないと思うのよね。二人の幸せな未来のためにも無用なトラブルは避けなくちゃ！　意気込んだ千紗は、北風の風変わりな行動を是正するべく心を鬼にしてさらにアドバイス。

「うちの親、眼球の動きに敏感なタイプなので、今日だけは不意打ちの眼筋ストレッチも控えてもらえると助かります。あっ、あとは………」

そのちょっとズレてるところをどうにか直してください、とはさすがに言えない。そもそも直せないからズレてるんだろうし、そういうところも含めて好きだし……キャッ。思わず頬を赤らめる千紗に、「わかりました。今日は心身ともに緊張デー、背筋も眼筋も緩めない方向でいきます」と頷いた北風は、

「そういえば、今日は秘密兵器を持ってきました」

ニヤリと不敵に笑った北風が手にしていた紙袋を見やる。通販でもしたのかな、小さめの段ボール箱がチラリと見えたけど、秘密兵器ってまさか本当に武器的なものだったりして……？　嫌な予感に身構えてしまう千紗だったが、

「これ、ひょっとこのお面なんです。神々にこの強面を怖がられてしまう恐れもありますからね。その際はこれで中和してしまおうと急遽《きゅうきょ》取り寄せてみました」

名案だと思っているのだろう、北風は得意気に胸を張った。
なんだ、ただのお面かぁー。それなら殺傷能力もないし特に問題なさそう。彼って
リアルに兵器が似合いそうな顔立ちだし、常人とは違ったベクトルの発想しちゃう人
だから、ひょっとしたらひょっとするかも――？　なんてつい疑ってしまった。正直
お面もどうかと思うけど、最新鋭の化学兵器を持ち出されるよりは数億倍マシだ。
「最近の通販、便利ですよね。コンビニ受け取りなんてサービスがあって、実は先ほ
ど受け取ってきたばかりなんです」
急な注文にもかかわらず間に合ってよかった、とほっとしたように破顔する北風。
それにしても、コワモテ隠しにひょっとこって……あ――！
「そういえばこの前、莉衣奈ちゃんに聞いちゃいました。授業参観にひょっとこ姿で
参加して、真面目にしてくださいって先生に怒られちゃった話！」
「ああ、聞いてしまったんですねお恥ずかしい……！」
莉衣奈のやつめ余計なことを、とばつが悪そうに渋面を作った北風は、だけどどこ
か自信ありげに「しかし今回は大丈夫です！」と続けて、
「あのときは授業でしたから始終真面目な空間が求められていましたが、今回は笑い
を誘うような、和やかなひとときも許されると思うんです。お面の質も、屋台で売っ

ているようなプラスチック製の安物ではなく、匠《たくみ》が作った本格的な木彫りの一点物。決しておふざけで用意したものではなく、至極真剣な思いで臨んでいるのだと必ずやご理解頂けるはずです！」

我ながら完璧なプランだ！　と、鋭い三白眼ながらもキラキラと少年のような眼差しを見せる北風に、ああもう龍生さんってばやっぱりズレすぎ……でも好きっ！　と胸の子猫がぴょんと飛び跳ねる。

「今日の顔合わせ、絶対成功させましょうねっ！　やれるだけの対策はしましたし、両親もきっと龍生さんのこと受け入れてくれると思います！」

そんな盛り上がりを見せながらも、橋を渡った千紗たちは実家の前まで辿り着いて、

――合鍵は持ってるけど、一応押した方がいいのかな……？

玄関のインターホンを前に戸惑った千紗は、押しちゃえっ、と呼び出し音を鳴らす。実家なのにインターホンを使うのはなんだか不思議で、隣に愛しい彼がいるってことはもっと不思議で――。そんな嬉し恥ずかしい気持ちで応答を待っていると、『ああ千紗か、今行く』と応えたのは父の譲治《じょうじ》だった。

ほどなくして玄関の扉を開けた父は相変わらずダンディで、俳優さんのような佇まい。見た目だけで言えば、ご近所でも評判のカッコいいお父さん……なのだけど――

「君が千紗の彼氏か、ウェルカムマイホーム……って借金取りじゃないか――！」

緊張のせいか、いつにも増して厳めしい表情の北風に喫驚《きっきょう》した譲治は、

「だっ、大事な話って借金の相談だったのか？　母さん、千紗に彼氏ができたとか言うからてっきり……。それにしても実家にまで取り立てにくるとは……千紗、いったいいくら借りたんだい？」

「違うのお父さん、私借金なんてしてない。この人は……」

「何？　千紗じゃないってことは……まさか母さんが――？」

浮上した疑惑に衝撃を受けた譲治はすぐさま家の中を振り返ると、

「深雪《みゆき》さーん、私に隠れて借金しちゃったのかーい？」

「あらやだ譲治さん、私が隠してるのはへそくりだけよ？」

家の奥から綿菓子のような柔らかい声が響いた。ほどなくして玄関までやってきた声の主は、貸した金返せやオーラ炸裂《さくれつ》中の北風にエンカウントしながらも、怯《おび》える素振りなく、くせ毛のせいでふわっとウェーブした髪を揺らして、

「あらまあ、近年稀《まれ》に見る凜々しいお顔！　私、千紗の母の深雪です」

と微笑む。譲治に圧倒され、秘密兵器のお面すら出せずにいた北風は、今度は初対面なのに怖がられなかったことに逆に困惑しつつも、

「おっ、お初にお目にかかります！　不肖《ふしょう》北風龍生、千紗さんとは、けけけっ、結婚を前提にお付き合いさせて頂いております……！」

「なっ、じゃあこの男が千紗の恋人だっていうのか！」

ようやく事態を理解したらしい譲治が、さらに厳しい顔つきになる。

「話が違うじゃないか！　母さんからの前情報では、彼も同じ会社の人間だと……まっ、まさか千紗、ヤミ金業界に転職を――？」

「そんなわけないでしょ！　龍生さんはヤミ金業者なんかじゃありません。れっきとしたミモザ・プディカの社員で、経理部に所属……」

「この顔で経理ぃ？　はーん、さてはマネーロンダリング的なことに荷担しているな？　闇社会からの特別顧問として雇われたのだろうが私の目は誤魔化せんぞ！」

「なんでそうなるのよ！　っていうか龍生さん請求関連の部署だし！」

「請求関連……まさか架空請求か――？　そんなことにまで手を染めているのかミモザ・プディカは！　そこそこ優良な企業だと信じていたのに……！」

いったい何を考えているんだ、と憤怒《ふんぬ》する譲治に、それはこっちの台詞です、と大きく息をついた千紗は、

「人を外見だけで判断しないで！　確かに龍生さんの目元、全人類の平均を大幅に上

回る鋭さを発揮してるし、取り立て屋どころかパッと見アサシン、二度見してもアサシンな風貌してるけど、性格は至って温厚、生真面目を絵に描いたような人なんだから！　お仕事だって合法なことしかしてないわっ！」

「何度見てもアサシンな顔ですみません……」

力一杯フォローしたつもりが、あらぬダメージを受けた北風が申し訳なさそうに俯く。違うんです龍生さん、そういう意味じゃなくて……！　こちらこそすみませんと謝りつつも、胸の奥がチクリと痛む。

お父さんだけを責められないよね、私だって昔は龍生さんのこと、よく知りもしないのに怖がっちゃってたわけだし……。まぁ外見というか、彼にまつわる黒すぎる噂の数々にビビってたってとこもあるんだけど……。何の落ち度もないのにじろじろ睨《にら》まれちゃうことも多かったしね。彼に言わせれば『女神を前にうっかり魅入ってしまっていた』そうなのだけど、事情を知らない当時は震え上がるほどに怖かった。

過去の誤解を思い出して、ごめんね龍生さん……！　といたたまれなくなる千紗だったが、「それにしてもさすがは千紗さんファミリー。三者三様、皆それぞれに神々しい……！」と感嘆した様子の北風は譲治に向き直ると、

「どことなくゼウス感がありますねお父さん！　それに男の私から見ても大変魅力的

で……その、僭越ながら亡くなった私の父に似ています！」

北風的には最大級の賛辞だったようだが、譲治的には惨事でしかなかったらしく、

「嬉しくない！　その強面の製造元と同じ括《くく》りにされても全然嬉しくないぞ！」

と憤慨する。──と、やだもうどうしよう。怒号を聞きつけたご近所さんたちが、

「三春さんち、誰かと揉《も》めてるみたいよー？」「あらやだ、あれってタチの悪い地上げ屋？」「まぁ怖い。この辺再開発とかされちゃうのかしら。うちまでとばっちりが来ないといいけど……」なんて騒ぎ出してしまった。広がる険悪なムードに、まさかこのまま門前払いになっちゃうんじゃ──？　と焦る千紗だったが、

「お母さん、地上げ屋さんより唐揚げ屋さんの方が好きだわぁー」

そんな微妙なオヤジギャグならぬオババギャグ（？）を呟いた深雪は、

「唐揚げ屋さん想像したらお腹すいてきちゃった。立ち話もなんだし、続きは家の中でしましょう？」

そう譲治に提案すると、満面の笑みを浮かべて言った。

「私は娘の彼をお家《うち》に『上げ』屋さん！　なんちゃって。さあ上がって、龍生さん」

「言っておくが、深雪さんがどうしてもと言うから仕方なく家に上げただけで、私は

君のことなどこれっぽっちも歓迎していないからな！」

　母の呼びかけで無事リビングに移動、ダイニングテーブルを囲むことになった千紗たちだったが、父の北風に対する反応は相変わらず渋い。向かいに座る北風をキッと見据えた譲治は、

「ちょっと顔が怖いからって調子に乗るなよ？　誰も彼もが君に恐れをなすと思ったら大間違いだ！」

　そう言いながらも、あれ、お父さんの手震えてない？　なんだ、しっかり怖がってるんじゃない……と、呆れつつも察した千紗は、

「安心してお父さん、怖いのは顔だけだから」

「すみません、顔だけが怖くて……」

　違うの龍生さん、だからそういう意味じゃなくて……！　隣で地味に落ち込む北風を、「大丈夫です、統計的には怖い部類かもしれませんけど、私的にはとっても愛くるしいお顔立ちですから……！」と励ます。

「千紗ちゃんの彼が来るって言うからお昼はお寿司《すし》を頼んだの。もうすぐ届くと思うんだけど、とりあえずはビールでいいかしら？」

　トレーを手にキッチンから出てきた深雪が、空のグラスとおつまみのナッツを配る。

「すみません、アルコールは除菌でしか嗜まないので……」

申し訳なさそうに首を振る北風に、じゃあお茶にしましょうね、と微笑んだ深雪は、

「ちょっと準備してくるから千紗ちゃん、龍生さんとお父さんのお相手よろしくね。

レッツ・キューピッドよ！」

パチリとウインクしてキッチンへ戻っていく。味方してくれてありがとうお母さん！　やる気を漲らせた千紗は北風のイメージアップを狙って、

「龍生さん、とっても優しい上に家庭的な面もあるのよ？　会社で一緒にお昼することもあるんだけど、この前なんてすっごく凝った三段重持ってきてくれたんだから！」

「かかか、会社に散弾銃——？」

「そうなの！　全部手作りで、だけど売り物と比べても見劣りしない素晴らしい出来映えで……あっ、もちろん見栄えだけじゃなくて腕前も確かなのよ？　いろいろあったんだけど、どの味も胸をズキューンって撃ち抜いちゃう感じ！　言ってみれば全てがベストヒットっていうか……ってお父さん聞いてる？」

どうしちゃったんだろう。「じっ、自作でしかもハイクオリティな散弾銃……？」と眉をひそめた父が、「それも確かな腕前でいろいろあった末にどのアジトでも心臓を狙い撃ちって……それも全てがベストヒットって……まさか全弾命中ってこと

か！」なんてよくわからないことを呟いて狼狽《ろうばい》している。

かと思えば、バンっとテーブルを叩いて、「いい加減に目を醒ましなさい千紗！　白昼堂々得意気にそんな物を披露する男、危ない予感しかしないじゃないか、取り立て屋の方がまだマシだ！」と声を荒らげる。

えー、お弁当を作ってくる男の人って、危険な香りどころかいい旦那さんになる予感しかしないけどなぁ。もしかしてお父さん、男子厨房《ちゅうぼう》に入らず的な考え持ってたりして？　だから率先して料理しちゃう龍生さんに苛立っちゃったのかなぁ。でもお父さん、休みの日たまにご飯作ってなかったっけ……？　おかしな父の反応に首をかしげながらも、そうだ！　と閃いた千紗は、

「龍生さん、今度あの三段重の作り方教えてもらえませんか？　父にも実際に作ってあげたらあの素晴らしさが共有できるんじゃないかって思うんです！」

「なるほど、百聞は一見にしかずですね。そういうことなら是非協力させてください」

「やめろ、やめてくれ！　私はそんなものいらないっ！　君、頼むから千紗をおかしな道に引きずり込まないでくれっ！」

必死の形相で訴えかけた譲治は「もう限界だっ……！」とテーブルに突っ伏すと、

「今日の私はね、海外ドラマで娘の彼（超絶カッコいい爽《さわ》やか好青年）を迎える寛容

なパパを演じる気マンマンだったんだぞ？　やあ、君が千紗のスイートかい？　ウチのママの作ったアップルパイは最高なんだ、食べていきなさいって親指立てながら白い歯でスマイル……そんな陽気なパパの気持ちを作って、心の台本何度も読み込んでたんだよ！　それなのにっ……こんな殺し屋崩れの強面男とトゥギャザーしちゃうなんて、パパは寝耳にウォーターだよっ！」

「お父さん、最後の方海外ドラマじゃなくてルー大柴《おおしば》になってる。それに龍生さんが殺し屋崩れだなんて絶対おかしな誤解してるでしょ？　そりゃ確かに顔はね、他の人より顕著な尖り方してる部分がないとは言わないけど……」

「顕著な尖り方って、そんなレベルじゃないだろう千紗！　想像してみなさい、娘に『見てー！　チョウチョつかまえてきたんだよー』と言われて、んー？　どれどれ、可憐なモンシロチョウかな、艶《あで》やかなアゲハチョウかなーとわくわくしていたら、娘が捕獲した蝶《ちょう》が異常に凶悪顔のモスラ（成体）だったときの衝撃を——！」

『すみません、異常に凶悪顔のモスラで……』とか気にしちゃうから！　心配になるなにそれ逆に想像しづらいんですけど！　ってかそんなこと言ったら龍生さんまた
千紗だったが、何やら他の点が引っ掛かったらしい北風は真剣な表情で、

「お父さん、モスラは蝶ではなく蛾《が》です。ですから蝶であることを前提としたその喩《たと》

えは不完全、修正案としましては世界最大の蝶、アレクサンドラトリバネアゲハ、もしくはゴライアストリバネアゲハを挙げるのが妥当ですが、最大といっても仰天《ぎょうてん》するほどの大きさはなく、お父さんの意図する驚愕度を正確に表現できるかどうか……」

「そんなことはどうでもいいんだよ、それよりお父さんって言うな！」

私はまだ君のことなど認めてはいないんだからな！　と立腹する父に「もう、お父さんってばいい加減にしてよね」と千紗は苛立ちの滲《にじ》んだため息をこぼす。

「えー、久し振りに会ったっていうのに冷たいよ千紗ー。それに今日はアメリカンな気分なんだ、昔みたいにパパって呼んでほしいよー、お父さんじゃ壁を感じるよー」

「いい年したアラサーが自分の親のことパパだなんて呼んでたら、それこそご近所さんがザワザワしちゃうでしょ？」

恥ずかしいから無理、と却下すると、「ならダディはどうだい？」なんてさらに恥ずかしいことを言ってくる。――と、ハッと何かを思い出したらしい北風は「遅くなりましたが……！」と持ってきた紙袋をガサゴソとあさって、

「これ、お土産の波照間島産天然黒糖です。どうぞ受け取ってくださいダディ」

「てっ、天然黒糖……って君がダディって言うな！」

「失礼、ではなんとお呼びすれば……？」

普通に名前で呼んでくれ、と答える譲治に、「では譲治さん」と北風が呼び掛ける。が、ノンノンと人差し指を左右に振った譲治は、

「言ったはずだぞ、今日は海外ドラマな気分だと。そんな平坦《へいたん》な発音ではなくもっと巻き舌で呼んでくれたまえ。喩えるならそう、ジョージ・クルーニーに呼び掛けるように……！　リピート・アフター・ミー！　ジョ〜〜ジ！」

「じょっ、ジョ〜〜〜ジ！」

やたら巻き舌になった北風が父の名を呼んだところで、「はーい、みなさんお待ちかねのお寿司来ましたよー！　マミー特製のミソスープ付きでーす！」と、父のアメリカンモードに付き合った母が再び顔を出した。

よかったー。急に謎の発音講座とか始まっちゃってもはや意味不明な状況だったし、ここで一旦仕切り直しにしよう。美味しいご飯を食べながらだったら、お父さんも少しは落ち着いて話を聞いてくれるだろうし……！

ジョ〜〜〜ジ！　ヘイ、ジョ〜〜〜ジ！　とバカ真面目にも自主練を始める北風を見つめながら、密かに気合いを入れ直す千紗だった。

「今日は千紗ちゃんが彼をお家に連れてきてくれた記念日だし、譲治さんもお寿司大

好きでしょー？　だから奮発して特上にしちゃった！」

「Ｏｈ、ありがとデスねー！　やっぱりジャパンのシースーは美味しいデスねぇー！」

とろけるような大トロをパクリと頬張った譲治が満面の笑みを浮かべる。もはや海外ドラマの陽気なパパでもルー大柴でもなく、ちょっと業界かぶれのうさんくさい外国人みたいになってる。けどまぁ龍生さんの批判じゃないならいっか。この和やかなムードのまま彼との会話も弾んでくれるといいんだけど。そんな淡い期待を抱いていた千紗だったが、あれ――――？

今度は父ではなく、隣に座る北風の様子がおかしい。母の作った味噌汁《みそしる》に口を付けた彼は、どうしちゃったんだろう、ピタリと動きを止め、お椀《わん》を手にしたままわななと震え始めてしまった。

うそでしょ、怒ってる――？　もしかして口に合わなくて激昂《げっこう》――？

彼のことをよく知らなかった半年前ならそう誤解していただろう。だが千紗はもう、この震えの原因を知っている。

――菌ね、菌が出たのね、除菌心が疼《うず》いているのね――？

察した千紗が北風の鋭い視線の先を追う――と、見てる……！　お椀の中をガン見してる！　作ったばかりのお味噌汁だし、そんなに変な雑菌いないと思うけどなぁ。

もしかして何かの拍子にホコリが入っちゃってたとか？　それとも味噌汁の前段階──味噌作りには欠かせない麴菌《こうじきん》とかまで気になり始めちゃった感じ──？

　そんなことを考えているうちにも北風の震えはさらに大きくなっていって、様子のおかしい彼に気付いた父が「ち、千紗、あの震えは大丈夫なのかい？　ひょっとしてちょっとヤバめのクスリが切れて禁断症状出てるんじゃないのかい？」なんて小声で訴えてきた。どうしよう、このままいつもの調子で『菌めぇぇー！　殲滅《せんめつ》だぁぁぁー！』なんて騒ぎ出す龍生さんを見られたら、薬物使用による幻覚症状疑惑待ったなしで通報されちゃうわ……！

　奇行《きこう》避けにと除菌グッズを封印させてしまったのがかえってマズかったようだ。殺菌できないフラストレーションのせいか彼の震えがハンパない。やばい、どうにかして彼の除菌心を静めなくちゃ……！　そうだ、消毒繫がりでマキロンとか手にしたら多少は落ち着くかも──？　思いついて「龍生さん、私救急箱取ってきますね……！」と席を立とうとした千紗に、

「あら龍生さん、どこか怪我《けが》でもしちゃったの？」

　驚いた母が「もしかして猫舌？　お味噌汁でヤケドしちゃった？　それなら千紗ちゃん、救急箱じゃなくて氷持ってこなくちゃ。お口の中は絆創膏《ばんそうこう》貼れないのよ？」な

んてどこかズレた調子で口を挟む。

「う、うん、知ってるよ……？　でも彼、今すっごく緊張してるみたいでその……滅菌ガーゼとかそばにあると心が安らぐんじゃないかと思って！　ねー、龍生さん！」

あともう少しの辛抱ですからね！　そんなエールを込めて震える彼の肩にぽんと手を置く。――と、うそうそ、なんで……？

味噌汁を手に震えていた北風が、今度はほろほろと涙を流し始めてしまった。

も、もしかして、除菌スプレー封印だなんて、彼の滅菌大好き人格をねじ曲げるようなこと強要しちゃったから――？　わー、ごめんなさい龍生さん！

「まさか泣くほど悲しいことだなんて思わなかったんです！　今すぐ除菌スプレー買ってきますからどうか心置きなくご除菌をっ……！」

あたふたと平謝りする千紗に、味噌汁のお椀をテーブルに置いた北風が「ええと、それはいったい何の話でしょう？」と頬を伝う涙を手で拭いながら聞く。

「え……じゃあどうして泣いてらしたんですか？」

「そうだそうだ、泣くほどヤクが欲しかったのか？」

千紗に便乗してとんでもない追及をする父に、「いえ、薬味はもう結構です。ガリもワサビも今ある量で十分なので」と噛み合わない返事をした北風は、

「これ、とても美味しいですね――」

そう言って、テーブルの上の味噌汁を愛おしそうに見つめる。

「あっさりとした口当たりが、亡くなった母の作ってくれた味によく似ていて、つい懐かしさが込み上げてしまって……」

さすがに泣いてしまっては恥ずかしいと必死に我慢していたのですが、肩にぽんと触れた千紗さんの温《ぬく》もりに、ああ、母もよくこうして励ましてくれたな……と、結局堪えきれなくなってしまって――。北風はそう言って、ばつが悪そうに俯いた。

「情けないですよね、大の大人が……」

「いいえ、光栄だわ。お味噌汁一つでこんなにも感激してもらえるなんて」

にこにこと上機嫌で答える深雪に、「ねぇお母さん、このお味噌汁どうやって作ったの？」と千紗が食いつく。パッと見は豆腐とわかめ――ごく一般的な具しか入ってないみたいだけど……お出汁《だし》に何か特別なものを使ってるとか？

実は以前――オジギソウ剪定のお礼にと北風に手料理を振る舞った際、千紗も味噌汁を出したことがあった。そのときの彼の反応はといえば、美味しいです、とは言ってくれたけれど、今日のように涙を流して喜ぶ、なんてことはなかった。隠し味の愛情は、自分の方がずっとたくさん溶かし込んでいるはずなのに――。

お母さんだけズルい、私だって龍生さんに感涙してもらえるようなお味噌汁を作りたいっ……！　そんな子どもっぽいやきもちを焼きながら返答を待っていると、興味津々な様子の北風もぬうっとその身を乗り出して、

「私も是非伺いたいです。母の遺《のこ》したレシピ通り作っているはずなんですが、母が亡くなってからはどうしてもこの味が出せず、不思議に思っていたんです」

「うーん、特別な工程なんてないのよ？　千紗ちゃんに昔教えてあげた通りの作り方なの。違うとしたら、そうねぇ……」

口元に手を当てて考え込んだ深雪は「ひょっとしたら！」と人差し指を立てて、

「龍生さんのお母様、お味噌を溶くときお玉じゃなくて味噌漉《みそこ》しを使ってなかった？」

「え、ええ……その影響で私も使っています。もっとも、お玉でも十分事足りるな、とは思っているのですが……」

「やっぱり！　実は今日のお味噌汁、山口に住んでるお友達が送ってくれた麦味噌を使ったものなの。この辺じゃお味噌といえば米味噌が普通だけど、瀬戸内《せとうち》の方では麦のお味噌もよく使われているんですって」

龍生さんのお母様が使っていたのもたぶん麦味噌じゃないかしら。米味噌はお玉でも溶かせるけど、麦味噌は麦の繊維が残っちゃうから味噌漉しがマストだもの――。

そんな母の推理に、なるほどーと納得しながらも、お米と麦とでそんなに味が変わるものかな――？　ぴんとこない千紗はようやく味噌汁に口を付ける。――と、確かに今まで家で食べていたのとは違う、さっぱりとした味がする。なのにとても香り高くて、「これが麦味噌のお味噌汁……。いつものもいいけど、こっちもするすると進んで美味しい！」と一気に飲み干す。

「なるほど、このあっさり感は麦味噌ならではのものだったんですね。そうとは知らず、母が亡くなってからは米味噌を買っていました」

だから味に違いが出たのか……。改めて味噌汁を啜《すす》った北風が感慨深そうに呟く。

「ですがなぜ母は麦味噌を使っていたんでしょう。瀬戸内の生まれでもありませんし、この味にそこまでの思い入れはなかったと思うんです。この辺りで流通しているのは圧倒的に米味噌――麦のものより安く簡単に入手できたはずなのに、それでもわざわざ麦味噌を買っていた……」

腑《ふ》に落ちない、と眉を寄せる北風に、「もしかしたら、お父様が瀬戸内のご出身だったんじゃないかしら！」と深雪が閃く。

「ええ、確か父は愛媛の出身だったと聞いています」

「ならきっと、お父様の慣れ親しんだ味に合わせて麦味噌を使っていたんだわ」

「確かにそう考えると合点がいきますね。それにしても、父亡き後も入手しづらい麦味噌を使い続けたということは、母はよほどこの味が気に入っていたんですね――」

味噌汁に視線を落としながらしみじみとなる北風に、「うーん、それもあるでしょうけど――」と続けた深雪は、

「お父様と繋がっていたかったんじゃないかしら、彼の好きな麦味噌を使い続けることで。麦の香りだけでも彼の元へ届きますようにって、願いを込めていたのかもしれないし、龍生さんたちにお父様ゆかりの味を伝えたかったのかもしれないわね」

そんな母の仮説に「龍生さんのお母様ってば素敵……！」と千紗の胸が熱くなる。麦味噌のお味噌汁にそんな絆が隠されていたなんて……。それも、お母様の死後、一度は消えてしまいそうになった絆が今日またこうして繋がったなんて、まさに運命だわ！　そんなロマンチックな思考でいっぱいになった千紗は、「北風家に倣《なら》って結婚後は私も麦味噌を使いますね……！」なんて気の早い宣言をしてしまう。――と、

「ななな、何を言い出すんだ！　こんな男と結婚だなんてパパは認めないぞ！」

すっかり蚊帳《かや》の外だった譲治が断固たる口調で言った。

「えー、龍生さんいい子じゃない、せっかく千紗ちゃんが連れてきたんだし、うちの子にしちゃいましょうよ」

拾ってきた犬でも飼うような母の提案に「駄目だ駄目だ駄目だー！」と絶叫した譲治は改めて北風の顔を見やると、「あぁぁ、何度見ても尖っている！」と頭を抱える。かと思えば急にリビングを飛び出し、何冊ものアルバムを腕に抱えて戻ってくると、

「これを見たまえ！　我が三春家の——千紗の成長記録だっ！」

そう言って北風の前に堆《うずたか》く積み上げる。「で、では失礼して」とその一つを取ってページをめくり始めた北風は、

「おおおこれは貴重な……！　赤子のころの千紗さんに、たっちを始めた千紗さん、ほおぉぉっ、こちらはお遊戯会で白雪姫に扮《ふん》する千紗さんですね……！」

「どうだ、どれも奇跡の可愛さだろう、写メってもいいぞ？　ただしネットでの拡散は禁止だ、可愛すぎてバズるからな」

取材陣が殺到すると困る、とドヤ顔な譲治に、「ちょ、お父さんってば何バカなこと言ってるのよ恥ずかしい……！」と真っ赤になった千紗は、

「親バカの戯《ざ》れ言《ごと》なんで聞き流してくださいね、龍生さん」

「いえ、これは誇って当然のクオリティですよ。どの写真も完成度が高すぎて指が追いつかない……！　ああ、こちらもナイスショットだ——！」

カシャッ、カシャカシャカシャカシャカシャ……。興奮した様子の北風がカメラモードに

した携帯のボタンを、カウンターを手に野鳥の大群を数える調査員のごとく連打する。

「ああ、こちらの家族写真は七五三ですね。それにしても皆さん本当に神々しい。写真なのに後光が差して見えます……！」

「ほぉう、君は顔に似合わず見る目は確かなようだな。そうとも、うちは近所でも評判の完璧な家族でね、ダンディな私に、いくつになっても可憐な妻、そして二人のマーベラスな遺伝子を受け継ぐパーフェクト・ドーター千紗！　絵に描いたように美しい我々は、幾度となく写真館の撮影モデルを務めてきたんだ」

聞いている方が恥ずかしくなるような自慢を、臆面《おくめん》もなくサラリとぶっかました譲治は北風に厳しい視線を向けて、

「いいか、千紗と結婚するということは、この完璧なアルバムに君まで加わってしまうということだ。それがどういうことかわかるかい？」

「なっ、なんだかとてつもなく場違い感がありますね……」

「だろう？　君はもしかしたら顔以外は好青年なのかもしれない。だがその顔が一番の問題なんだ。この完璧な家族アルバムに、君のような顔面銃刀法違反男が混ざり込んでくるなんて……ああ、私の繊細な感性では到底耐えられない……！」

ぶるぶると身震いした譲治はさらに続けて、

「想像してみたまえ、千紗と君の結婚写真がどのような仕上がりになるか！　美しい娘の隣にヤミ金幹部まがいの男が並ぶなんて、どう見たって借金の形《かた》に泣く泣く嫁《とつ》いだ感が出てしまうじゃないか！　肝心の結婚式だって和装でしようものなら新郎側から極道感が溢れ出す未来しか見えない！　ああ、私の家族アルバムが汚される！　千紗はドレスはもちろん白無垢《しろむく》も似合うだろうから、結婚の際は神前式と教会式を二日にわたって行う奇跡の結婚祭——ファビュラス・ウェディング2DAYSを開催しようと思っていたのに——！」

え、なにそれ初耳なんだけど……。気にしなくて大丈夫ですからね、と父に圧倒される北風を優しく励ました千紗は、

「お父さん、いい加減にしないと本当に怒るからね？　アルバムが汚されるだなんて、そんなバカみたいな理由で結婚に反対するなんてどうかしてるわ！」

「なっ……！　元はと言えば千紗が悪いんだよ？　パーフェクト・ドーターが連れてくるんだ、パーフェクト・サンが来てしかるべきだろう。英語も堪能《たんのう》な千紗のことだから、もしかしたら海外のシュッとしたイケメン……ともするとブラッド・ピットなんて連れてきちゃうんじゃないかって期待してたのに……！」

そんなわけないでしょ、ともはや呆れるしかない千紗だったが、「そのお気持ち、

よくわかります」となぜだか共感したらしい北風は、

「想像してみたのですが、このアルバムにブラピが加わったときの正解感がハンパないというか、むしろなぜここにブラピがいないのかと逆に気になってきました」

「だろう？　ブラピが婿に来た暁《あかつき》には金髪碧眼《きんぱつへきがん》の孫ができるんじゃないかって密かに夢を膨らませていたのに、よりにもよって君のような男を選ぶなんて……！」

ああ嫌だ、青い目の天使が生まれてくるはずが、こんな男とのハーフなんて良くて死神、悪くて鬼神みたいな孫になっちゃうじゃないか、オーマイガー！

勝手な妄想を繰り広げて打ちひしがれる父を前に、このままじゃいけない、ビジュアル的なことからは一旦話をそらさなきゃ！　と考えた千紗は、

「そうだ龍生さん！　こんなときこそ秘密兵器の出番じゃないですか？」

「ですね。例のアレでこの場を和ませ、譲治さんにどうにか打ち解けてもらわねば！」

未開封だったお面の存在を思い出した北風が、早速箱を開けて準備に取りかかる。

父の機嫌を取るべく「ねぇダディー」ととびっきりの猫なで声で呼び掛けた千紗は、

「龍生さんね、ちょっとズレてるけどひょうきんなところがあって、そこがまた素敵なの、ほらっ！」

隣でひょっとこ化しているであろう北風を「こちらをご覧ください」と、バスガイ

ドよろしく手で示す。彼の意外とお茶目な姿にお父さんもきっと笑ってくれるはず！

そう信じていたのに、

「NO〜〜！　ヘルプ・ミ〜〜！　コール・ザ・ポリ〜〜ス！」

お面姿の北風を見た譲治が、椅子《いす》から崩れ落ちそうになりながら叫ぶ。ちょっと待って、なんでこんなに怖がられてるの？　お面なんかで茶化すんじゃないって怒られるのならわかるけど……。予想外な父の反応に訝《いぶか》りながらも北風を向く。と――

「きゃぁぁぁぁっ……！」

思わず悲鳴を上げてしまった。だって、だってね、隣に座っていたのはちょっと間抜けなひょっとこ姿の彼じゃなくて――

「たっ、龍生さん、それひょっとこじゃなくて般若《はんにゃ》です……！　それも本格的な木彫りのせいか滲み出る迫力が段違い――いつにも増して不穏すぎますっ……！」

慌てて付けたせいだろうか、お面の間違いに全く気付いていないらしい北風は
「!?」と般若のままで小首をかしげると、すぐさま商品明細を確認、

「ぬあっ、『見た者全てを震え上がらせる匠渾身《こんしん》の鬼面シリーズ』とな……！　私としたことが、今日を前に緊張しすぎて注文を誤ってしまったようです。そうだ、今すぐ交換をっ！　未使用なら返品可能……しまった、現在進行形で着用している――！」

般若状態でムンクの叫びを決める北風に、おつまみのナッツを大量に掴み取った譲治は、「鬼に対抗するにはこれしかナッシング！　鬼は〜外！　福は内〜〜！」と、あろうことか北風に向かって撒《ま》き始めてしまった。

「くそう、この『高確率で流血沙汰《ブラッド・きつと》』男め、私のブラピを返せっ！　デーモン・アウトぉぉぉッ！　ブラピ・イ〜〜ンッ！」

恐怖と絶望に駆られた譲治の暴走により、この日、三春家ではまさかの真夏の節分（海外ドラマ風？）が行われたのだった。

「すみません、うちの父がとんでもない失礼をしてしまって……」

「いえ、こちらこそお面の不手際で譲治さんにかえって怖い思いをさせてしまった……。深雪さんには『あら、こんなに般若が似合う人なんてそうはいないわ、おめでとう！』とお褒めの言葉を頂いたのですが……」

「そっ、それはそれでなんかすみません……」

前々から思ってたけどうちのお母さん、龍生さんほどじゃないにせよちょっとズレてるのよね……。お父さんはお父さんで言動に難ありだし……。複雑な笑みを浮かべた千紗は、ほんの一時間前に通ったばかりの川沿いの道を北風とともに歩く。

結局あの後『帰れ帰れー！』とナッツを撒き続けた譲治に、『はっ、はい！　ひょっとこを入手次第、また改めてご挨拶に伺いますので！』と北風が頭を下げたために、千紗たちは逃げるように三春家を後にした。

「うちの父、昔からちょっと面倒くさいところはあったんですけど、まさかここまでとは……。母の方は二人のこと応援してくれてるみたいなんだけどなぁ。さっきも『えー、もう帰っちゃうのぉ？』って残念そうにしてましたし……」

「致し方ありません。そもそも私のような強面以外に何の特徴もない凡人が神族と親族になろうとすること自体おこがましく……」

「んもう、またそんなこと言って……。龍生さん、顔以外も十分特徴的な性格されてると思うんですけど！」

龍生さんってば自己評価低すぎるんだから、と苦笑した千紗は、そうだわ！　と北風の顔を覗き込んで、

「父はしばらくあの調子だと思いますし、いっそのこと先に婚姻届出しちゃいませんか？　証人は父以外にも頼めますし、事後報告ってことで！　役所に届けちゃえば、父も龍生さんのこと認めざるを得ないでしょうし！」

なにも本気で言っているわけじゃない。だけど結婚に関してネガティブになりかけ

ている北風を励ます意味も込めて、軽い冗談のつもりで言ったのに、そうできたらいいですねって、明るく返してほしかったのに、「いや、さすがにそれはどうでしょう……」と彼の表情は浮かない。

「龍生さん、やっぱり私と結婚したくないんじゃ……」

「まっ、まさかそんなことは……！」

「ならいいじゃないですか！　さっきは冗談で言いましたけど、龍生さんが望むなら本当にしちゃうのもアリだと思います、私そのくらい龍生さんが好きですっ！」

北風の腕にぎゅぅぅうっとしがみつく千紗に「ふぉうっ……！　かかっ、感無量です……！」と感電したかのように打ち震えた彼は、だけどすぐに背筋を正すと、

「お気持ちは大変光栄です、あまりの幸せにうっかり昇天しそうになってしまったほどに……！　ですがやはり、譲治さんの承諾なしに結婚というのはちょっと……」

あくまで頑《かたく》なな北風に「別にいいと思いますけど。アルバムが汚されるなんてバカみたいな理由で反対してる父ですよ？」と千紗は不満顔になる。けれど、

「親は大切ですよ。墓に布団は着せられませんから」

教え子を諭す教師のように首を振る北風に、千紗はようやく己の浅はかさに気付いた。早くに父を亡くし、数年前には母親まで失ってしまった彼には、もう親に悪態を

つくことも、孝行することもできないのだ。北風がかつて打ち明けてくれた、生前の母に謝り損ねたという話を思い出した千紗は、「ごめんなさい、私……」と視線を落とす。いいんです、と優しく微笑んだ彼は、

「実のところ、譲治さんの気持ちもわかるんです。私だって、もし莉衣奈が見るからにチャラついた軟派男と結婚すると言い出したら——大事なのは当人同士の気持ちだとわかっていても反対してしまうでしょう。あの子のことが大切だからです」

もっとも、相手が強面男だった場合は自分に重ねて共感し通し——その場で即結婚を承諾してしまうかもしれませんが。冗談っぽくそんなことを言った北風は、

「譲治さんが私を受け入れられないのは、美しい家族アルバムの整合性を保ちたい——そんな思いも確かにあるのでしょうが、決してそれだけではないはず。譲治さんは千紗さんのことをとても大切に思っているんです」

「それでも私、もっと二人のこと祝福してほしかったです。会社じゃ未だに龍生さんのこと変な風に誤解してる人もいるし、だからこそ自分の親には龍生さんのこと、もっと温かく迎えてもらいたかったのに……」

「温かかったですよ、懐かしい味に再び巡り会うこともできましたし——」

しょぼくれる千紗に柔らかい笑みを見せた北風は、

「家族っていいものだなって、改めて思いました。食事をするときはいつも一人か多くて二人なので、総勢四人などという大人数で食卓を囲むのはとても新鮮で……。それに、譲治さんには怒られてしまいましたが『お父さん』と呼べて嬉しかったです。まさかもう一度誰かにそんな呼び掛けができるとは思っていなかったので――」

そう言ってどこか懐かしそうな面差しになった北風は、

「もし叶《かな》うのなら、今度譲治さんと将棋を……それから肩をもませて頂きたいです」

「将棋に肩もみ……ですか？」

どうしてまたそんなこと、と小首をかしげる千紗に、懐かしそうに、どこか無念そうに目を細めた北風は「父との約束だったんです」と語り始める。

「あれは私が中学二年のとき――莉衣奈がまだ母のお腹の中にいたころです。もうすぐ兄になるという使命感が間欠泉《かんけつせん》のように噴き出していた私は父に聞きました。今すぐにでも私が家族のためにできることはないかと。父は言いました。それならばなるたけ母を手伝ってあげなさい。それからこうも言いました。これまで通りしっかりと勉学に勤しみなさい。龍生が自分の夢に向かって懸命に励む姿こそが、この家の何よりの糧《かて》になるのだからと――」

「子ども思いの、とっても素敵なお父様だったんですね」

「はい。けれど当時の私はそれだけでは納得できなくて、もっと何かしたいとせがんだんです。そんな私に父は言いました。ならば次の休みには将棋の相手をしてくれないか。それでも余力があるなら肩をもんでくれると嬉しい、と――。どちらもいつか子どもにしてほしい夢だったようで、それが叶えば私はこの家のために優に百万馬力は出せるだろうと笑っていました」

それならお安いご用だと休みを心待ちにしていたのですが、その約束が果たされることはありませんでした。休みが来る前日に、父は事故に遭ってしまったので――。

無念そうにそう打ち明けた北風は、

「どうしようもないことだと頭ではわかっているのですが、どうにも心残りで……父の夢を叶えられなかったことが悔やまれて仕方なかった。ですが、今日譲治さんにお会いして、一方的にではありますが『お父さん』と呼ばせてもらって、ああ、もしかしたら父とのあの約束を別の形で果たせるのかもしれない――そう思ったら、なんだかとても幸せな心地がしたんです」

そこまで言って立ち止まった北風は、千紗にまっすぐ向き直ると、

「貴女のことは、この胸が張り裂けて銀河に血飛沫《ちしぶき》を飛ばせてしまいそうなほどに好きです。――が、たとえどんなに時間がかかっても、譲治さんに納得してもらった上

で結婚したい。貴女に私と同じ後悔はしてほしくないんです。どうか私ができなかった分まで孝行してあげてください」

そこまで言われては、もう許可なしでもいいから結婚しましょうなんて子どもっぽいこと、冗談でもお願いできない。わかりました、と頷いた千紗はサンダルのヒールに視線を落として深呼吸すると、行きましょっか、と駅までの道を再び歩き出す。

龍生さんは本当に優しくて真面目で誠実で、私のことだけじゃなく家族のことまで大切に考えてくれてる。それ自体はとても嬉しいし、ありがたいことだけど——だけどちょっぴり寂しいと、胸の子猫がしゅーんと耳を伏せる。

血飛沫を銀河に届けちゃえるくらい私のことを好きなら、誰にどんな反対をされても『いいえ、結婚します！』と押し切ってほしかった。外見のことで変に畏縮したりせずに、『娘さんをください！』と溢れ出る愛を情熱的に示してほしかった。

なんなら強引にさらってくれてもよかったのに……。もしくは駆け落ちしましょう、なんてドラマチックに逃避行とか……？　大人な彼とは違い、未だに中身はお子ちゃまな千紗は、そんなバカみたいなことを考えてしまう。

もっとも、アラサーとアラフォーの駆け落ちなんてただの独り立ち……ってか二人ともとっくに自活してるし、言葉ほどのロマンチックな展開は期待できないのだけど。

あーあ、こんなこと考えてたらまた恵里子に少女漫画脳だってバカにされちゃう。

だけど龍生さん、もう少し私に甘えたり、ワガママ言ってくれてもいいのに……。

——できる範囲でいいので龍生のこと、甘やかしてあげてくれませんか？

莉衣奈の言葉を思い出した千紗は、私が甘やかす隙《すき》なんて全然ないんですけど……と、なんだか虚《むな》しい気持ちになってくる。間違いなく両思いなはずなのに、なんなんだろうこの見えない壁は……。

やだ、ちょっと微妙な空気になっちゃった。両親との顔合わせが想像以上に早く終わったから……っていうか終えざるを得なかったからまだ時間はたっぷりあるけど、この後どうしよう。この前行けなかった図書館デートに切り替える？

迷いながらも駅近くに差し掛かった千紗に、何かのキャンペーンだろうか、「よかったら参加しませんか？」と歩道脇に立っていた女性がチラシを差し出す。何のイベントだろうと受け取ってみると、近くにある結婚式場のウェディングフェアだった。

なにこれ、とっても素敵……！　チラシ上で微笑む幸せそうな花嫁&花婿の姿に、落ち込んでいた気持ちがキューンと急上昇した千紗は瞳をキラキラと輝かせて、

「龍生さん、今からこれ行ってみません？　模擬挙式の見学や婚礼料理の試食なんかもできるみたいなんです、予約なしでもＯＫなんですって！」

「でっ、ですが、まだ譲治さんたちの許可ももらっていないうちからこのような場所に赴《おもむ》くのは時期尚早では？」

「イメージトレーニングですよ。フェアで吸収した結婚式の素晴らしさを今度父にプレゼンするんです。それで結婚の許しも無事ゲット——名案だと思いません？」

「いや、しかしですね、先ほど家を追い出されたその足で向かうというのは……」

「フェアではウェディングドレスの試着もできるみたいですよ？」

なおも渋る北風を上目遣いに見つめた千紗は、いたずらっぽく小首をかしげて、

「私の花嫁姿、見たくないんですか？」

「みっ、見たいです……！　拝見してもよろしいんですか？」

「もちろんです、見てくれなきゃ拗ねちゃいますから」

そう言って北風の手を取った千紗は、弾む足取りで式場へと駆け出した。


式場に到着した千紗たちは受付を済ませると、早速ウェディングドレスの試着体験ブースへ向かった。ずらりと並ぶ純白のドレスたちを前に胸が高鳴った千紗は、「どれも素敵で目移りしちゃいますね……！」と嬉しい悲鳴を上げる。

「年齢的なことを考えるとこの上品なAラインドレスでエレガントに決めるのがいい

かなぁ。でもこっちのプリンセスラインで乙女チックにっていうのも憧れちゃう」

実際に式を挙げるかのように、興奮気味に品定めを始めた千紗は、ドレス選びという慣れないシチュエーションに気後れしているらしい北風に「これなんてどうですか？」と新たなるドレスを引っ張り出して見せると、

「マーメイドラインなのでさっきの二つより断然大人っぽいですよね。龍生さん的にはこういうセクシー系の方が好みだったりします？　あっ、いつも言ってくださるような女神っぽさが出るのはあっちのエンパイアタイプかな、と思うんですけど……」

「え、ええと……最後のそれは吸血鬼にゆかりが？　だとすると女神どころか結婚式という神聖な場には似つかわしくないように思うのですが……」

「んもう、ヴァンパイアじゃなくてエンパイアです！　ほら、ここ！　胸下切り替えで他のドレスより足長に見えるデザインなんです。ギリシャ神話に出てくる女神様みたいじゃないですか？」

「すみません、他のドレスとの違いがよくわからないのですが……」

「ええっ、こんなにシルエットが違うのに……！　じゃっ、じゃあ私に着てほしいのってどれですか？」

少しでも彼の気を引きたくて聞いたのに、「ふーむ、千紗さんならどれも華麗に着

こなしてしまうとは思うのですが……そうですね、できれば吸血鬼とは関わりのないものでお願いします」なんて答えられてしまった。全部無縁ですってば！

「特にリクエストがないようでしたらその……プリンセスラインのを試してみてもいいですか？　ちょっと子どもっぽいかもなんですけど、やっぱりお姫様みたいなデザインに憧れがあるっていうか……あくまで試着なのでチャレンジだけでも……」

引かれちゃったらどうしようとドキドキしたけれど、胸に手を当てた彼に「プリンセス千紗様のお姿、是非とも拝見したいです」なんて頭を下げられてしまって、しょぼくれてばかりだった胸の子猫もご機嫌顔で微笑む。

じゃあ着替えてきますね、と一旦北風と別れた千紗は、スタッフの案内に従って試着ルームへと移動する。

「まぁ、本当によくお似合いで……！」

早速ドレスを纏った千紗に、試着を手伝ってくれたスタッフが吐息をもらす。社交辞令とわかっていても、鏡に映る、子どものころからずっと憧れ続けていた花嫁姿を前に嬉しくなってしまう。

幾重にも重なったふわふわのフリルに、波打つように美しいロングトレーン――ロマンチックな広がりを見せる純白のドレスは文句なしに可愛い。でも年のことを考えるともうちょっと大人めな方がいいかなぁ。式には会社の人も来るわけだし、普段の偽装大人レディなイメージもあるし……。

正式な婚約はまだなのに本気で考え込んでいると、「あの、もしよろしければなんですけど……」と口を開いたスタッフは、

「これから行われる模擬挙式に花嫁役でご参加頂けませんか？　お客様のドレス姿があまりにもお美しくて、是非他の方にも見て頂きたいなと思いまして……！」

さっ、参列者じゃなくて花嫁役——？　突然の提案に当惑してしまったけれど、

「こんなにお似合いなんです、すぐに着替えてしまうのはもったいないですよ」とか「まるで映画のワンシーンから飛び出してきたように素敵です」なんて怒濤《どとう》のお世辞攻撃に、もしかしたら散々持ち上げて契約させようって魂胆《こんたん》かしらと邪推しつつも、まんざらでもない気持ちになってくる。

「もちろん花婿役はお連れ様にお願いできたらと！」

スタッフのそんな提案に、龍生さんに結婚のこともっと前向きに考えてもらういいきっかけになるかも、と考えた千紗は、こんな機会めったにないですもんね、と照れながらも笑顔で引き受ける。

「ではお連れ様には私から事情を説明して参りますね！」

そう言って試着ルームを後にしたスタッフと入れ替わるように入ってきたのは、ヘアメイク担当のスタイリストだ。彼女の鮮やかな手さばきでふんわりと甘いハーフアップが完成、軽いメイク直しが終わった後は最後の仕上げだ。キラリと輝くティアラの魔法で、千紗は幼いころ憧れた通りの可憐なお姫様に変身する。

龍生さん、この姿を見たら何て思うかな。『素敵すぎて心臓に裂け目が入ってしまいそうだ……！　やっぱり許可など待てない、今すぐ結婚しましょう！』なんて言われちゃったりして！　彼のオーバーリアクションを想像して思わずニヤけてしまう。

「新郎様は先に中でお待ちですので、扉が開きましたら花嫁様は祭壇までゆっくりとお進みくださいませ」

挙式の流れについて簡単な説明を受けた千紗は、チャペルの前へと案内される。大聖堂を思わせる壮大な建物を前に、「あくまで模擬ですので、どうか軽い気持ちでお楽しみくださいね」と言われても無理な相談だ。緊張で胸がバクバクと躍《おど》る。

だけど龍生さんも今ごろはドキドキなんだろうし、私も精一杯、花嫁役に徹しなくちゃ！　祭壇前で面映ゆそうに待つ北風を思い浮かべた千紗は、彼の結婚したい熱がほんのちょっとでも高まってくれますように！　と白い薔薇のブーケを握り締める。

瞬間——厳かなパイプオルガンの音色に誘われるようにしてチャペルの扉が開いた。

いよいよ入場のときだ。純白のドレスに身を包んだ千紗は、神妙な面持ちで父親（役のスタッフ）と腕を組むと、ロングトレーンが引き立つようにと選んだ、いつもよりかなり高めのハイヒールで優雅に歩き出す。

目の前に続くバージンロードに、ステンドグラスから溢れる祝福の光がゆらめく。そのあまりの美しさと透き通るような聖歌隊の声が、緊張に強張る千紗の体を優しく溶かしてくれる。

ああ、なんて素敵なのかしら……。模擬だとわかっていても、幼いころから夢見ていた憧れのワンシーンに胸がときめく。ううん、もう憧れなんかじゃない、だって私は龍生さんと――。

長いようで短い半年間、思えばいろんなことがあった。ていうか今もまだいろいろごたついている。だけど五〇〇分の一の――奇跡のチョコから始まったこの恋は紛れもなく運命……なんだよね？　そうよ、そうに決まってるわ！　己に言い聞かせて花嫁モードを続行、バージンロードを進み続ける。

その極度に厳めしい風貌から、会社では殺し屋だの元組員だの、あらぬ噂を立てられてしまう彼――私自身もあんなに怖がっていたその人と、まさかこんなに素敵な日を迎えられるなんて……！（今はまだ模擬だけど……！）

見学者が参考用に撮っているのだろう。後方からカシャ、カシャカシャカシャ……と携帯の撮影音が響く。必死感すら漂うその連写音に、うわぁ、すごく注目されちゃってる……！　と観客の存在を意識して恥ずかしくなってしまう。

照れながらもようやく辿り着いた祭壇。その前で待っていたのは白いタキシードに身を包んだ最愛の王子様だ。

王子と呼ぶには少し生真面目、それにかなりズレている。それでも、千紗が一生を委ねられるのはこの人をおいて他にないと、胸の中の子猫もニャアニャア連打で太鼓判を捺している。

一八〇センチを優に超える長身の彼――その愛しいコワモテを見上げた千紗は、

――あ……れ……？

違和感に軽く小首をかしげる。

彼の顔が逆光でよく見えない……。それにウェディングベールのせいかな。いつもはギラギラと主張の激しい特徴的な三白眼が、今日は驚くほど落ち着いて見える。

ベールの効果ってすごい。あんなにもキレッキレな鋭い眼光をここまで抑え込めちゃうなんて……。こんなに穏やかな目元、まるで別人みたい……って――――！

よもやの事態に気付いた千紗は、顔にかかっていたベールを自ら捲り上げ――

「あっ、あなた誰……？」

ベールマジックなどではなく、本当に別人——己の前に立つ見知らぬ花婿の姿に唖然となる。

——嘘でしょ、なんでこんなことになっちゃってるの……？

祭壇で待っていた花婿は、背が高くて男性という以外、北風とは似ても似付かない。やたらと足の長いその人は、モデルでも雇ったのかな、というほどに美形で、年は恐らく千紗よりも若い。瑞々《みずみず》しい白肌が妬けちゃうくらいに綺麗で、だけどそれ以上に美しいのは瞳だ。少し垂れ気味の人懐っこそうな双眸に殺し屋的なギラつきは皆無、なのに濁《にご》りのない澄んだ白目が超高輝度ＬＥＤみたいに輝いていて、それはそれで眩しい（龍生さんほどの威力はないけど！）……って人の眼球事情を観察してる場合じゃなかった、龍生さんはどこなの——？　状況がわからず困惑していると、

「すみません……俺、大喜名《おおきな》彰吾《しょうご》です……」

謎の新郎が困ったように笑った。

えっと……三春千紗です、と戸惑いつつも一応応えると、「知ってます、お二人のことは有名なんで」とよくわからないことを口にした彼は、

「あっ、別に俺怪しい者じゃないんすよ？　実は三春さんたちの後輩っていうか、ミ

モザ・プディカの第三マーケに所属してたりします、今年で入社四年目っす」

そうなんだ、てことは私より二つ下の代……。納得した千紗は「ごめんなさい、マーケティング部の方とは接点がないせいか存じ上げなくて……」と謝りつつも「それで、同じ会社の方がどうしてここに？」と率直な疑問をぶつける。

突然の模擬挙式中断に、「これも何かの演出……？」と見学者たちがざわつき始める中「それが、俺も彼女とドレスの試着会に来てたんすけど……」と事情を語り始めた大喜名は、

「控え室で彼女が着替えてくんの待ってたら、同じ部屋にいた北風さんに花婿役を代わってくれって、すんげぇ眼光で脅され……じゃない、頼まれちゃったんすよね……」

「えっ、龍生さんが頼んだの？　っていうか彼は今どこに……」

戸惑う千紗に、「あそこっすね……」と参列者側に視線を移す大喜名。彼の目線を追って振り返ると、チャペル後方でカシャ、カシャカシャカシャ……。携帯を手に一心不乱に写メりまくる北風の姿があった。

もっ、もしかして、さっきの必死すぎる連写音は龍生さん――？

人に花婿役を押しつけて写真撮影だなんていったい何考えてるの？　まさか私とは模擬でも挙式したくないってこと――？

怒りと疑惑と不安がごちゃまぜになって、危うく『どういうことですかっ！』と叫んでしまいそうになったけれど、『お取り込み中すみませんが、どうにか式を続行してください……！』と涙目で手を合わせる式場スタッフが視界に入って思いとどまる。

まさかの替え玉花婿登場に夢心地はすっかり吹き飛んでしまったけれど、ここで修羅場《しゅらば》って他のお客さんたちの夢までぶち壊しちゃうのは忍びない。

頬を引きつらせながらも、身につけているお姫様のドレスと足元のハイヒールに免じて深呼吸した千紗は、やたらと白目の美しいイケメン花婿を相手にどうにか挙式を続行したのだった。


「——で、花婿役を放棄だなんて、どういうつもりだったんですか？」

模擬挙式終了後、控え室に移動した千紗は、代打で新郎を演じてくれた大喜名に「巻き込んじゃってすみません」と謝りながらも北風にぎこちない笑みを向ける。「そっ、それがですね……」と申し訳なさそうに頬を掻いた北風は、

「案内された控え室で千紗さんを待っていたら式場スタッフが来たんです、貴女が模擬挙式で花嫁役をすると知らせに。ただですね、よもや私が貴女の恋人だとは思わなかったようで、その方は何の迷いもなく、圧倒的美男子である彼に向かって頭を下げ

たんです、お連れ様には是非花婿役をやってほしいと……。ビジュアル的には彼の方がはるかにお似合いですからね……」

苦笑を浮かべた北風が端整な大喜名の顔を手で指す。「やっ、俺はすぐ誤解だって言ったんすよ？　三春さんの彼は俺じゃないって！」と慌てて弁解した大喜名は、「ただ、さっきも説明したとおり、北風さんが脅迫……じゃない、強く懇願《こんがん》してきたんすよ、自分の代わりに花婿役をやってくれって……」

普段関わりはないにせよ一応会社の先輩だし、断るのも微妙じゃないっすか、と語る彼に、「なんと、同じ職場の方だったんですか？」と今さら驚きながらも北風は、「思ったんです、彼の方が千紗さんと並んだときに美のバランスがとれるというか、正しい新郎新婦感が出るのでは、と――。隣が私だと、どうしても泣く泣く嫁いだ感が出てしまいますからね……」

父に言われた件をまだ引きずっているらしい彼は、携帯を取り出して先ほどの模擬挙式画像を警察手帳のようにスチャッと掲げると、

「お二人の絵になりすぎる姿を拝見して確信しました、これぞ譲治さんの望むファビュラス・ウェディングに相違ないと！　どうでしょう、この際実際に挙式する際も私は顔出し厳禁、こちらの大喜名さんに新郎役をお願いしては！」

「ちょっ……！　龍生さんったらなんてこと言い出すんですか！　新郎が顔出しNGだなんて、芸能人と結婚する一般人じゃないんですよ？」

「これも譲治さんの夢を叶えるためです。完璧なアルバム作り、実現させてあげたいじゃないですか！」

「なっ……！　じゃあ私の夢はどうなるんですか、私にも理想の結婚式像があるんですけどっ……！」

龍生さんとじゃなきゃ挙式したって意味ないです、と拗ねる千紗に、「その点はご安心ください」と胸を張った北風は、

「舞台裏にはちゃんと潜《ひそ》んでおります。ご要望とあれば声のみの参加も可能……そうだ、大喜名さんには口パクをして頂いて、そこに私が声を当てれば……！」

「そんな吹き替え結婚式絶対に嫌ですっ！」

だってそれって表向きは龍生さん以外の人と式を挙げちゃうってことじゃない。龍生さんはそれで平気なの――？　自分としてはたとえ模擬でも――演技でもしたくなかった。龍生さん以外の人と永遠の愛を誓うなんてこと――。

先ほどの挙式を思い出して心がずーんと重くなる。一度は引き受けたことだし、代理花婿にも失礼だからとどうにか式を続けたけど、いくら夢の舞台とはいえ、相手が

龍生さんじゃない花嫁役なんてちっとも嬉しくなかった。いくら父のためとはいえ、ズレすぎにもほどがある北風に、千紗はとてつもなく寂しい気持ちになる。

——私さっき、みんなの前で他の男の人にキスされちゃったんですよ？

もっとも、キスといっても唇にではなく、グローブ越しの手にされただけだ。模擬でも頬とかにはされちゃうのかな……。どんなに素敵な人が相手でも龍生さん以外とはちょっと……とためらう千紗に、デキる後輩、大喜名が気を利かせてくれたのだ。

跪《ひざまず》いてナイトのように愛を誓う大喜名に、観客たちはみな甘い吐息をもらし、台無しになりかけていた式はどうにか成功、式場スタッフもほっと安堵していた。

だけど——北風はあれを見て何とも思わなかったのだろうか。千紗としては今日のような思いをするのは二度と御免だ。

「代理で結婚式なんて断固反対！　ってか彼女の着替え中に他の女と挙式だなんて、たとえ模擬でもありえないと思うんですけど！」

んも〜〜っ！　っと、ドレス姿には不釣り合いな、牧場の牛みたいな不満声を上げたのは千紗ではなく、音芽乃夢子《おとめのゆめこ》——イケメン代理花婿の彼女だ。美形な彼に比べてしまうと、目を見張るような美人というわけではないけれど、愛らしい顔立ちで、親しみやすい雰囲気を纏っている。

大喜名同様、彼女とも面識のなかった千紗だが、夢子の方は千紗たちを知っているらしい。というのも、彼女もミモザ・プディカの社員だそうで（しかも入社八年目だから千紗より先輩……！）、何かと目立つ北風と千紗は社内では超有名人――二人のことを知らない社員の方が珍しいのだという。

「せっかくイイ感じに着替えてきたってのに、みーんな模擬挙式に出払っちゃってるんだもん。一人ぽつーんと取り残された私の身にもなってよね！　ってか大喜名ってばバカップル神《しん》の間に割って入ろうだなんて今にバチが当たるわよ？」

どういうわけか千紗たちをバカップル神扱いした夢子が、口いっぱいに木の実を含んだリスみたいな顔でむくれる。

「えー、悪いのは俺っすかねー？　あの北風さんにすんげぇド迫力で迫られたんすよ？　普通断れなくないっすか？」

「何言ってんのよ、普通は断……れないね、あれは断れない」

北風の姿をチラリと盗み見た彼女が「ごめん、あんたは悪くない」と首を振る。心苦しくなった千紗が「すみません、音芽乃先輩にまで嫌な思いをさせちゃったみたいで……」と謝ると、「いいのいいの、そっちにも何か事情があったみたいだし！」と屈託のない笑みを見せた夢子は、

「それにしても、こんなところで三春さんたちに遭遇するとは思わなかったなー。実は前にも見かけたんだよね。ほら、いつだったか、会社のお昼休みに公園デートしてたでしょ？　仲良くブランコなんて漕《こ》いじゃってて、幸せそうでいいなーって、ついガン見しちゃった……！　あんまりにもイチャイチャと眩しいから、それ以来二人のことはバカップル神として崇《あが》めさせてもらってるんだー！」

そっ、そうなんだ……？　音芽乃先輩ってちょっと……いや、かなり変わってるかも……。だけど、会社の人に彼との仲を好意的（？）に受け止めてもらえたことが嬉しくて、「あっ、ありがとうございます、これからも頑張ります！」なんておかしな宣言をしてしまう。

「それにしても、かのバカップル神さまたちもついにゴールインかぁー！　三春さん綺麗だしファン多いから、結婚後はみんなのやる気ダウンしちゃうかもねー！」

新製品の発売が遅れちゃったりして！　と冗談めかす夢子に、そんなことないですって、と首を振った千紗は、

「それに今日はたまたま寄っただけで正式なことはまだ何も……。むしろ先輩たちの方こそご結婚されるんじゃ？　だからお二人で式場見学にいらしたんですよね？」

おめでとうございます、とお祝いを口にしようとした千紗を、「うぇっ……？　そ

そっ、それはどうだろう……」と遮った夢子は、

「や、別にしたくないってわけじゃないけど、是が非にでもしたいってわけではない……ってこともないね、うん、つまりはその……結婚について考えないこともなくはなかったりするけれども……？」

照れているのだろうか、真っ赤な顔でしどろもどろになる夢子に、「ったく素直じゃないなぁ」とそばで見ていた大喜名がニヤつく。聞けばこの二人、まだ付き合い始めて間もないのだという。今日はもともと映画に行く予定だったが、電車で見かけたウェディングフェアの広告に惹《ひ》かれて急遽プラン変更——デートの一環として突発的にここまで来たらしい。

「夢子ってばフェアの広告見つけたとき超怖い顔してたんすよ？　ポスター燃えんじゃないかってくらいの眼光で見入ってましたからねー。こりゃ早いとこ向かわないと火事になるぞって、慌てて来場したんすよ」

「ちょっ、そこまでの火力はなかったでしょ？　ただセイントの……友達の結婚式も近いし、私だってドレスの試着くらいはしてみたいなぁって気になっただけで……」

そう弁解した夢子は「ていうかまだドレス姿の感想聞いてないんですけど？」と、己の試着しているリボンたっぷりの乙女チックなドレスに視線を落とす。

まっ、まさかコメントもできないくらいにイタい……？　と不安げな彼女に、「いいんじゃないっすか？」と何でもないような顔をした大喜名は、

「女子力皆無なほぼオッサンにも衣装って感じで、いつもより断然マシっすよ？」

「ちょっ、なによその言い方、あんたってば本気で私のこと好きなわけ？　そりゃ三春さんみたいな女子力の塊《かたまり》っていうかもはや暴力……ってかこれぞ美の無法地帯！　って感じの人と挙式しちゃった後じゃ、私みたいな出涸《でが》らしじゃ満足できないかもだけど……って誰が出涸らしよ！」

普通こういうときは嘘でも可愛いって言うでしょ、と不満げな夢子に同情したらしい。静観していた北風が「花婿役を頼んでおいてなんですが……」と千紗に小声で打ち明ける。

「あの大喜名という方、恋人に対する配慮が足りていないように思われます。確かに女神すぎる千紗さんに比べてしまうと、音芽乃さんは出涸らし的な要素が無きにしも非《あら》ず……ではありますが、彼女には彼女の良さがあります。前途ある若者のためだ、ここはひとつ老婆心……いや中年男心ながらも忠告した方がよいでしょうか、恋人にはもっと優しく、愛のある言動を心掛けよ、と――」

生真面目にもそんなことを言い出した北風に、

「龍生さん、あれも愛ですよ。静かに見守っててください」

千紗はしーっと人差し指を立てる。――と、「夢子ってバカなの？」と北風の卒倒するような暴言を吐いた大喜名は、だけどまっすぐに夢子を見つめて、

「本気で好きじゃない相手とわざわざ結婚式場になんて来るわけないっしょ。その気もないのに変な期待持たれたらどうするんすか」

「ふはっ……！　あんたってばまたそういうことをサラッと……！　そそそっ、そんなこと言われたら嫌でも期待しちゃうでしょ？　浮かれた私が婚姻届とか持ち出してきたらどうすんのよ、さすがに今はちょっとって困るでしょ」

オーバーサーティーを無駄に惑わすようなことしないでよね、といなす夢子に、

「俺は別に困りませんけどね。なんならこれから役所に届出しに行きます？」

サラリと乙女心を撃ち抜くようなことを言ってのけた大喜名は、だけど「あっ、けどなぁ……」と急に顔色を曇らせて、

「今日の夢子見てたら結婚式すんのはちょっと微妙かもって思った」

「うぇっ……！　やっ、やっぱり出涸らしとじゃ恥ずかしい……よね、あんたまだ若いしイケメンだし、何が悲しくてこんなほぼオッサンと愛を誓わなきゃいけないんだって感じだよねー。うん、気持ちはわかるよ、わかる……！」

口では納得しながらも、「わかるけども……！」とうっすら涙ぐむ夢子の頭を、「なわけないっしょ」と優しく叩いた大喜名は、少し照れくさそうに視線をそらして、「ドレス姿の夢子、めちゃくちゃ可愛いから俺が独り占めにしたいなって思っただけっす。他のやつらに見せんのもったいない」

彼の口からこぼれる、今にも世界がとろけ出してしまいそうなほど甘い言葉に、そばで見ていた千紗の方が真っ赤になってしまう。

同じく赤面した北風は恥ずかしそうに顔を覆うと、「ぬぉぉ、確かにこれは紛うことなき愛……！　なるほど、大喜名さんの恋人に対する無礼な態度は、小学生男子が好きな子についい意地悪をしてしまうあの現象だったわけですね……！」と得心して何度も頷く。その向こうでは、世界は相変わらず甘くとろけていて、

「つーか、せっかくのデートなのに何ナーバスになってんすか。会社で我慢してる分、プライベートではもっとイチャイチャしたいんすけど？」

そんな砂糖菓子みたいな不満を夢子にぶつけた大喜名は、

「そうだ、会社じゃないんだし、いい加減名字呼びやめて『彰吾』って呼んでくださいよ。俺、夢子に下の名前で呼んでもらったことない」

「うぇっ……！　やっ、やだよ今さら恥ずかしい……！」

「いいじゃないっすか、ほら言ってみ？　『彰吾』って！」

　ほらほら、と耳に手を当てて待つ彼に、「うぇえっ、だから無理だってば！」と断固拒否の姿勢を示す夢子。つれない彼女に「ちぇっ、つまんねーの」と拗ねたように口を尖らせた大喜名は、だけどニヤリと艶《なま》めかしく笑って、

「いいっすけどね、少なくとも今夜は朝まで夢子のこと独り占めにするし」

「ちょわっ……！　あんたってば人前でなんてこと言い出すのよバカっ！」

「あれー、夢子ってばいったい何想像してんすか？　俺はただ互いの主義主張を確認しておくためにも朝まで生テレビでも見て討論しようかなって思っただけっすよ？」

「うぇっ……！　そうなの？　あんたってば意外と真面目……」

「なわけないじゃん、夢子バカなの？」

　ったく、先輩はすぐ人の言うこと真に受けるんだから、と呆れたように苦笑した大喜名は、だけど彼女を愛おしげに見つめて、

「まっ、そういう素直なとこも好きですけどね」

「ちょーっ！　だからそういうことサラッと言わないでよ！　自慢じゃないけど私そーゆー角砂糖ってかもはや核砂糖みたいな台詞には耐性ないっていうかキャパオーバーなの！　これ以上やられたら脳内軍曹がリブートしてしまうぞ大喜名よーっ！」

アツアツな恋の熱で脳内回路がショートしてしまったのだろうか、後半おかしなことを言い出した夢子が、茹《ゆ》で上《あ》がったタコみたいな顔で照れ隠しのエルボーを繰り出す。その姿は千紗より年上とは思えないほどにチャーミングで愛らしい。

いいなぁ……。図らずも目撃してしまった二人の甘やかなやり取りに、千紗は羨望のため息をこぼす。音芽乃先輩、彼にすっごく愛されてる……。

まぁね、龍生さんだって私のこと、それなりには愛してくれてると思う。今日はまさかの花婿役辞退なんてことされちゃったけど、それも父の願いを叶えたいっていう彼なりのややズレた考えあってのことだし……。

とはいえ、初々しくも気さくな先輩たちのラブラブっぷりを前にしてしまうと、変な遠慮のない自然な距離感が羨ましくなってくる。あの二人と私たちって、いったい何が違うんだろう……。その後ドレスを着替えて彼らと別れてからも、フェアを巡りながらつい考えてしまう。

大喜名君にあって龍生さんに足りないもの――それは過剰すぎない自信なのかもしれない。確かに龍生さんの顔は、本人も気にしているように人一倍……いや、三倍くらいはコワモテだ。だけどそれを補って余りあるほどに素敵な人なのに、自分ではそのことにちっとも気付いていない。

たとえきっかけは事故チョコでも、千紗はもう、あの味のあるコワモテも含めて北風のことが好きなのに、いくらそう伝えてもそれはただの気休めや優しい嘘なのだと、彼は千紗の思いをちっとも信じてはくれないのだ。

彼にはもっと自信を持ってほしい。変に遠慮したり、こっちの顔色を窺ってばかりいないで、たまには『黙って俺についてこい！』的な勢いで強引に引っ張っていってほしい。そんな風に思って、

「そうだ、龍生さん！　私のこと呼び捨てにしてみませんか？　ほら、さっき大喜名君が彼女のこと呼び捨てにしてるのを見て、ああいうのもいいなーって思ったんです。なんていうか、私のこともっとぞんざいに扱ってくれてもいいっていうか、龍生さん的には失礼に思える言動でも、愛があれば全然オッケーなので！」

さっきの二人を真似てみたら、私たちだってより密な関係になれるかも！　そう思って提案してみたのに、「なっ……！　女神を呼び捨てにするなど、畏れ多すぎてバチが当たります！」と北風は首を縦には振ってくれない。

「『千紗さん』と、下の名前で呼んでいることすら勿体《もったい》ないというか、分不相応な気がしているのに、さらに呼び捨てにしてぞんざいに扱うなど……ああ、無礼すぎて考えただけで眩暈《めまい》がしてきます……！」

危ない、うっかり失神するところだった！　なんてリアルによろめかれてしまっては、そこをなんとか！　とは無理強いできない。こんなところで気絶されても困るし、無理やり呼び捨てにしてもらっても、距離感が縮まるどころか虚しさが増すばかりだ。

だけど――女神だなんてここまで畏《かしこ》まられてしまうと、やっぱり見えない壁を感じてしまって、嬉しいよりも寂しい気持ちの方が大きくなってしまう。とはいえ『彼に崇められすぎて困ってます』なんて愚痴ろうものなら、『いちいち惚気てんじゃないわよ、この鳥肌発生装置が！』とか恵里子に一喝されちゃうんだろうし……。

あーもう、この行き場のないモヤモヤはいったいどこへやればいいの……？

あくまで表には出さずに、心の中で嘆息していると、「どうかしましたか？　お顔の色が優《すぐ》れないようですが……」と心配顔になった北風が、

「ひょっとしてまた眼球に異物が？　こんなこともあろうかと、今日は爽快系の目薬も用意してきたんです。先日はマイルド系の目薬で失望させてしまいましたからね」

――うん、ちゃんとね、わかってはいるの。彼は私のこと、ちょっとズレてはいるけど、それでもとっても大切に思ってくれてるんだってこと――。

だから本当は全然大丈夫じゃなくても、足元のヒールを見つめて、「いえ、大丈夫です！」と彼の言うような女神らしく笑うしかなくなる。彼を不安にさせないように、

にこやかに、優雅に振る舞うしかなくなる。

だけど、女神になりきれない、お子ちゃまな自分が顔を出して、龍生さんももっとワガママ言ってくれたらいいのに、なんてワガママなことを願ってしまうのだ。

もうウェディングフェアはあらかた回ってしまった。腕時計を確認するとまだ午後四時――このまま解散するには早い時間だ。

「あの、これからうちに来ませんか？　あっ、実家じゃなくて、私のうちの方に……」

「千紗さんのご自宅……ですか？　もしかしてまたオジギソウが憚《はばか》り始めましたか？」

「いえ、そういうわけじゃないんですけど……」

龍生さんってば、私の家に来るイコール剪定なんだから……。彼女の家に行くのって、普通はもうちょっとロマンチック指数高めな行事じゃないの？　こっちはこれでも勇気出して誘ってるんだけどな……。

どうしたらさっきの二人みたいな、気さくなラブラブ感が出せるんだろう。頭を悩ませながらも、ふと思いついた千紗は、

「そうだ！　駅のそばに本屋さんあったじゃないですか、あそこで結婚情報誌買っていきません？　それを元に私の家でいろいろ話し合ってみましょうよ！　父に私たち

の結婚を認めてもらえるような素敵な挙式＆披露宴の計画を立てるんです！」

　二人っきりの部屋で、結婚について仲良く思いを巡らせる……うん、これなら甘い雰囲気が広がること間違いなしだわ！　そんな期待に胸を躍らせる千紗に、「それは名案ですね」と賛同した彼は、

「鉄は熱いうちに打てと言います。本日入手した情報を復習、不明瞭な点を詳《つまび》らかにし、結婚についてさらなる見識を深めるためにも、その手の情報に特化した書物に頼るというのは理に適《かな》った戦法かと……！」

　うーん、なんだろう。龍生さんが言うと全然甘やかな感じがしない。でもまぁ乗り気になってくれたのならいいわ。これでもう少しは一緒にいられるし……。切り替えた千紗は「じゃあ行きましょうか」と北風の手を取って駅近くの書店へと向かう。

　これですね、と売り場に平積みされた結婚情報誌を見つけた北風は、〈まるで天国、夢心地ウェディング！〉なんてキャッチコピーとは裏腹に、Gがかかりすぎて式場崩落、奈落《ならく》の底に堕《お》ちるのでは？　というほどの重量感を誇る見本誌に喫驚、「なんだこの圧倒的な重さは……！」と衝撃を受ける。

「これはもしや、結婚に伴う責任の重さを雑誌全体で表現している……？　何かと運動不足が嘆かれている現代社会だ、この重さを鉄アレイ代わりに筋トレ――花嫁を守

り抜くための健康作りに励め、と警鐘を鳴らしているのかもしれません」

中身を読む前から「これが結婚情報誌の神髄《しんずい》か……！」と感嘆の声をもらす北風。

うーん、違うと思います……。苦笑しながらも、彼の持つ雑誌を脇からちょこんと覗き込んでページをめくった千紗は、「わぁ、ゲスト感激のおもてなし特集ですって！　父の好感を得るのにピッタリな記事じゃないですか？」と声を弾ませる。

「ゲストのおもてなしには美味しい料理はもちろんのこと、メニュー表や余興にも細やかな気配りを……かぁ。こうしてみると考えなきゃいけないことたくさんですね」

「披露宴で使う曲目もこちらで決めなければならないようです。他にも、我々の生い立ちと馴《な》れ初《そ》めを映像化したムービーを作る必要があると……」

「父はもちろん、招待する友達みんなに楽しんでもらえるような内容にしたいですよね。ムービーの最後に、ゲスト一人一人に個別のメッセージを入れてみるとか！」

意外とやることが多くて大変そう——そう思ったばかりだけど、いざどうしようか考え始めると楽しくって止まらない。案を出しながらも北風の持つ情報誌をパラパラめくっていくと、席次の決め方についての記事があった。

「席次もですけど、乾杯の挨拶とか祝辞とか、誰にお願いするかも決めなきゃですね。こういうのって上司に頼むのが一般的ですけど、私たちの場合同じ会社でも部署が違うから、双方のパワーバランスとかいろいろ考えてお願いしなきゃいけなくて、その辺の調整がちょっと大変かもしれません……」

まぁ面倒なことは後回しにして、今は楽しそうなことだけを考えよう。そう思ってさらにページをめくっていくと、〈スイートルーム宿泊付きウェディング〉なんて特集が。紹介されている写真の中には、まるでお城の一室――お姫様の暮らす部屋のように豪奢かつ上品な内装のものまであって、一生に一度の甘い夜に夢が膨らむ。

「こういうの見ちゃうとホテルウェディングもいいなって思っちゃいますよね！　このオレオカールトンのスイートルームなんてすっごく素敵……って龍生さん？」

そういえばさっきから私ばっかりしゃべってるような？　なかなか返事のない彼を見上げると、表情を失った北風は情報誌を手に震えていた。そっか、立ち読みするにはこの雑誌重すぎだよね、いくら男の人でも筋肉プルプルきちゃうよね……！

「ごめんなさい、ずっと持たせっぱなしにしちゃって！」

謝りつつも、続きは買ってから家で読みましょうか、と提案する千紗に、

「すみません、今日はこれで失礼してもよろしいでしょうか……」

暗い表情でそう言った北風は、手にしていた情報誌を元あった場所に戻す。

「きゅ……急にどうしたんですか？　もしかして私、龍生さんの気に障るようなこと、

何かしちゃいました……？」

まずい、龍生さん置いてきぼりではしゃぎすぎたかも……。正式な婚約もまだなのに、席次だなんだって一人盛り上がってる姿に引いちゃった？　元はと言えばウェディングフェアだって、私が無理やり連れて行ったようなものだし……。今さら気付いて焦っていると、

「その……用事を思い出したので……」

北風は千紗から目をそらしながら言った。なんだか様子がおかしい。勘付いて「用事って、誰かと約束でも？」と追及すると、「え、ええ……莉衣奈と約束していたのを思い出しまして……」と北風。

莉衣奈ちゃんなら別に今すぐじゃなくても、いつでも会えるじゃないですか……。本当なら今日はまだ実家に長居してた可能性だってあるのに、なんでそんな日に約束入れちゃうんですか？　私、結婚の話は抜きにしても、龍生さんのこと両親に紹介するの楽しみにしてたんですよ？　彼を実家に呼ぶなんてこと、生まれて初めてだったのに——。そんな子どもっぽい不満が火を吹きかけたけど、そんなこと言ったらレディ失格だから、「なら仕方ないですね。じゃあ駅までは一緒に行きましょうか」と、ぎこちない笑みで受け流す。

書店を出ると、彼らもフェアを回り終えたのだろうか、駅へと向かって歩くカップル――夢子と大喜名の姿が見えて思わず足を止める。

相変わらず仲睦《なかむつ》まじい距離感の二人は、彼がまた何かからかったのかな、ぶすっと膨れっ面になった夢子が大喜名の脇腹に軽い肘打ちを入れて、

「まったく、彰吾ってば小五並みのちょっかい出してくるんだから……！　いい加減大人になりなさいよね？」

なんて可愛い反撃なんだろう。さっきは頑なに拒否していた下の名前を、少し照れながらも冗談めかして呼ぶものだから、彼の方はもうそれは嬉しそうにくしゃくしゃの笑顔になって、

「夢子マジ可愛いんですけど！」

不意に抱き寄せた彼女の髪にそっとキスをした。

うわぁうわぁうわぁ……！　私たちのことバカップル神だなんて言ってたけど、その称号は間違いなくあなたたちのものよ？　眼前で繰り広げられる少女漫画のような一コマに赤面しながらも、「いいなぁ……」と思わず本音が漏れる。

音芽乃先輩、きっとこのまま朝まで独り占めにされちゃうのね――？

先ほどよりもさらに距離の縮まった真バカップル神たちの背中を熱い眼差しで見送

っていると、「ああ、あの二人は……」と、ようやく彼らの存在に気付いた北風は、「本当に仲の良い方たちですね。大喜名さんの言動に愛が足りないなどと思ってしまった自分が恥ずかしい。とても若さに溢れる、顔以外も素敵な男性でしたね……」「ですね、音芽乃先輩がちょっと羨ましいです……」

まぁ龍生さんにあそこまでスマートな愛情表現ができるとは思わないけど、あともうちょびっとくらいは強気に攻めてくれてもいいのになぁ……。私だって朝まで独り占めにされちゃいたい。そんな思いが、胸の中のワガママ子猫を焚《た》きつけて、「ねぇ龍生さん、もし私が誰か他の人を好きになったらどうします？」

なんて、すごく意地悪な質問をしてしまう。

お願いだから『それは困ります……！』って焦った顔を見せて？『千紗さんは私が独り占めにしたいんです！』ってぎゅっと抱き締めて？　あなたを試すようなことさせちゃう胸のいたずら子猫を『だめですよ』って優しく叱って？

そんな密かな願いを込めて彼の言葉を待つ。――と、

「他の人を、ですか……？」

虚《きょ》を衝《つ》かれて瞬いた北風は、「そうですね……」と視線を落とすと、ほんの少し沈黙してから、

「祝福します。陰ながらではありますが、千紗さんとその方の幸せを祈ります」

「……嫌じゃ、ないんですか？　龍生さん以外の人を好きになっちゃうんですよ？　普通はもっと怒ったり、引き止めたりします……よね？」

「もちろん、嫌でないと言えば嘘になります。ですが、どれほど怒っても引き止めても、変わりゆく人の心を縛り付けるような真似はできません」

違うのに、そんな言葉が欲しかったわけじゃないのに。ただちょっと困らせて、あなたに愛されてるんだってことを実感したかっただけ、なのに……。

――龍生さんは私のこと、そんなに簡単に手放してしまえるの……？

そんな不安がチクリと爪を立てる。さっきだってそう。結果的には同じ会社の後輩だったけれど、偶然そこに居合わせただけの人にあっさり花婿の代理を頼めてしまう彼は、私が彼を思うほど深くは、私のことを愛していないのかもしれない。

「――やっぱり、私の方が龍生さんのこと好きみたいです」

ため息のようにこぼれ出た言葉に、「それは違います」と反論した北風は、

「何度も言うようですが、私の方がはるかに貴女のことを好きです。もし仮に貴女の気持ちが私の想いを上回っていたのだとしても、それはとあるマジックによってもたらされた不純物であり、それを差し引きすると……」

またそれ……。龍生さんは私のことを何もわかってない。私の『好き』は、あなたの『好き』よりもずっと――自分でも惨《みじ》めになっちゃうくらい重いんです。

今日だって、もしかしたら改めてプロポーズしてくれるんじゃないかって、心のどこかで待ってたりして、たぶんないってわかってるのに、今夜こそはってちょぴり期待して、下ろし立ての下着なんて忍ばせてきちゃってて、それなのにあなたは、そんな私の気持ちに気付いてもくれないんだから……。

それでも――なんでわかってくれないんですか、なんて責められない。そんなことをしたら、子どもっぽくて重すぎる私にあなたはきっと幻滅してしまう。ただでさえ私より低体温な愛が、ますます冷めてしまうばかりだから――。足元のピンヒールを見つめてぐっと言葉を呑み込んだ千紗は、

「早くしないと莉衣奈ちゃんとの約束に遅れちゃいますよ？」

そんな風に話題を変えて、女神らしく精一杯の笑顔を作る。

だけど、「そうですね」と頷いて歩き出す北風は、髪にキスどころか、その消毒負けしたカサカサの手さえも差し出してはくれなくて、行き場を失った己の手をぎゅっと仕舞い込んだ千紗は嫌でも思い知らされる。

二人の愛は双方向に流れているはずなのにずうっと一方通行。嚙み合うことなくす

れ違ってばかりで、決して交わらない、平行線上の両思いなんだって――。

Chocolate Celebration

第三章 枯れゆく恋に為す術もなく

北風と駅で別れた後、まっすぐに自宅へと戻った千紗は、冷蔵庫にあった残り物を流し込むように食べて、早々に夕飯を終える。

結局今日も進展はなし。むしろ、北風との気持ちの温度差が浮き彫りになってしまって、結婚への道はますます遠のいてしまったように感じる。彼との間にある見えない壁は、いったいどうしたら越えられるんだろう。恵里子に電話して相談しようかとも思ったけれど土曜日の夜だ。きっと彼氏に独り占めにされているころだろうし（いいなぁ……！）、もはやこの散々な状況を打ち明ける気力すら残っていない。

落ち込む気持ちをどうにか引き上げようとテレビに逃げ込もうとしたけれど、北風のことがちらついて全く集中できない。それならばもう寝てしまおうと早めにベッドに潜り込んでみても、いったいなんだっていうのよ、彼どころか眠りにすらお誘い頂けない。睡眠の神様も胸が大きい子の方がいいのかしら……。そんなバカなことを考えながらも、スマホを手にしてメールを確認。残念ながらお目当ての主からは何の連絡もない。

まぁね、莉衣奈ちゃんと約束があるって言ってたし、いろいろ忙しいんだろうけど、別にケンカしたってわけじゃないんだし、社交辞令的な感じでもいいから〈今日は楽しかったですね〉くらいのメールはくれてもいいんじゃない？　前はもっと、情熱的にいろいろ書いてきてくれたのにな——。

ベッドサイドの明かりをつけて、そばに置いていた真っ赤な手帳を見返す。彼のキャラに合わない躍るような丸文字が、まだ半年前のものなのにとても懐かしく思える。

北風との交換日記は、正式に付き合うことになって互いの連絡先を交換した時点でお役御免になっていた。メールで連絡した方が早いし便利だし……と、当時はやめることに何の抵抗もなかったのだが、こんなことなら続けていればよかった。スマホに残る一言、二言のみの、北風からの淡泊なメールを思い出してひしひしと感じる。

そう、交換日記を始めた当初は北風の方が圧倒的に長かった文面が、メールに変わった途端にすっかり逆転——千紗の送った長文メールに、ごく短い文章しか返してくれなくなったのだ。もしかすると、日記をやめたころから密かに彼の気持ちは冷め始めていたのかもしれない。メールを送るのもいつも千紗からで、北風からは最低限の返事しかこない。義務的な返信じゃなくて、どんなに短くてもいいからたまには自主的に連絡してきてほしいのに……。

ちっとも震えないスマホを眺めながら嘆息をもらす。もっとも、寝付けないままに時は過ぎ、気付けばもう深夜一時——礼節を重んじる彼が連絡をよこしてくるような時間じゃない。千紗としては、どんな真夜中だって早朝だって、彼からの連絡なら大歓迎なのだけど——。

諦めて眠ろうとした瞬間、不意に着信があってスマホが震える。慌てて確認すると、画面には北風の文字が——！　だけど、電話してきたのは同じ北風でも待ち望んだ彼ではなく——

「り、莉衣奈ちゃん……？　こんな時間にどうしたの？」

そういえば家にお邪魔したとき連絡先交換したんだっけ……。だけどなんだってこんな夜中に？　驚きながらも応答すると、彼女は緊張を含んだ声音で言った。

『——千紗さん、龍生と何かありました……？』

「何かって……たぶん、ないと思うけど……」

むしろ何もなかったから拗ねてるところよ、とは答えられずに言葉を濁すと、『え、じゃあ別に千紗さんの方からもう別れましょう、とか言ったわけじゃないってこと？』と莉衣奈が驚く。

「そんなこと言うわけない！　むしろ結婚を急がせるようなことしちゃったから、逆に龍生さんがうんざりしてるんじゃないかって心配になるくらいで……」

『そうなんだ……。てっきり千紗さんにフラれちゃったから龍生、ヤケになってるのかなって思ったんだけど……』

推測が外れたらしい莉衣奈が、『じゃあどうして……』と訝しむ。気になって「何かあったの……？」と尋ねると、『それが……』と口ごもった莉衣奈は、よほど話しにくいことなのだろうか、

『こんなこと、彼女の千紗さんに話しちゃっていいのかなぁ。いや、彼女にだから話さなきゃダメなのか……。や、でもなぁ……』

「そんなこと言われたら余計気になる！　お願いだから教えて？　そうだ！　この間私が着てたワンピース、莉衣奈ちゃんにあげるから！」

『えっ、ほんとに？　やったー！　話す話すー！』

先ほどまでのためらいモードから一転、暴露する気マンマンになった莉衣奈は、だけどすぐに『でもさー、打ち明けづらい話には変わりないんだよねー』と声のトーンを落とすと、にわかには信じがたいことを口にした。

『——実は龍生さ、浮気……しちゃったみたいなんだよね』

「ん？　えーと、浮気っていうのはあれかな……？　決まったパートナーがいるのに他の人に手を出しちゃった的な意味で使われる、あの浮気？」

思わず確認してしまった。だって、浮気だなんて龍生さんからはあまりにも掛け離れた単語なんだもの。もしかしたら新手の除菌剤の名前かもしれないし？　雑菌を根こそぎ『浮』かせて『気』怠げにさせてから駆除します、みたいな？　新開発の『浮気』成分配合！　なーんてね！　まさかの疑惑を正面から受け止められずにいると、

『ごめんね千紗さん、我が兄ながら情けないんだけど正真正銘あの浮気……ってか一夜の過《あやま》ち的なことしちゃったっぽいんだよねー』

そんなとんでもないことをぶっちゃけた莉衣奈は、『見ちゃったんだよね、龍生が謎の女とただならぬ雰囲気醸し出してるとこ……』と、先ほど目撃したばかりだというホットなスクープを語り始める。

龍生って、家に帰るのが遅くなるときはいつも事前に連絡くれてて、なのに今日は何の知らせもないまま深夜まで帰ってこなくて、おかしーなー、ひょっとして事故ってたりして？　なんて心配になってきちゃって、ちょっと外の様子でも見てみようかなってベランダに出たら、ちょうどタクシーがうちのアパートの前に止まって——。

そこまで話した莉衣奈は、すぅはぁと一呼吸置いてから、

『中から龍生が降りてきたの。それも一人じゃなくて、知らない女の人も一緒に。なんかこう二人ぴったりと密な感じで寄り添って……』

「おっ、女の人ってどんな……？　私より綺麗？　胸は大きかった？　てか若い？」

気になりすぎて質問攻めにしてしまった。『うーん、二階からだし、暗くてよくは見えなかったけど……』と返答に困った莉衣奈は、

『ぱっと見は派手系な美人だったかなー。胸は結構……いや、かなり大きかった！年齢はたぶん千紗さんと同じか、ちょっと上くらいかも……？』

そっか、胸かなり大きいんだ、ふぅん。千紗のスマホを持つ手にギリッと力が入る。

「――で、その人、龍生さんの部屋にまで上がり込んできたの？　いけしゃあしゃあと？　わざとらしい困り顔で『私、胸が大きいからすごい肩凝っちゃうんだー、つらみー！』とか言いながら？」

『や、それが上がってきたのは龍生だけだったんだよねー。だけど『さっき女の人といたでしょ、あれ誰？』って聞いても、莉衣奈には関係ない、早く寝なさいって、全然教えてくれなくて……』

「む、怪しい……！」

『でしょ？　怪しいのはそれだけじゃないの。龍生ってば着てた服、速攻で洗濯始めたからね。それもこんな深夜にだよ？　あの女の移り香なのか、香水の匂《にお》いなんてプンプンさせちゃってたし、もしかしたら他にも口紅とか、私に見られちゃマズいものが付いちゃってて、さっさと洗って証拠隠滅したかったのかも！　洗濯機のスイッチ入れた後、龍生自身も逃げるようにシャワー浴びにいっちゃったしね』

「なにそれ、ますます怪しい……！」

『でしょでしょ？　しかもね、シャワーから出て我に返ったのか龍生、その女に電話してたの。その内容ってのがさぁ、『すみません、私としたことが酔ったはずみでつい……』とか『まさかあなたにあんなことを……自分でも信じられない！』とか『あのような破廉恥な行為、通報されても文句は言えません！』なんてもう真っ黒！　完全に一夜の過ちってる感じでしょ？』

うわぁ、認めたくないけどそれ絶対過ちってる……！　しかも龍生さん、お酒飲んだんだ？　アルコールは除菌用にしか興味ありませんっていつも——今日うちの実家でだって飲まなかったのに……。っていうかそれ以前に——

「龍生さん、莉衣奈ちゃんと約束があったんじゃ……」

だから私とのデートを切り上げて帰っちゃったんでしょ？　気付いて困惑する千紗

に、『え、別に約束なんてしてないけど？』と莉衣奈。

『私はてっきり、慣れないお酒飲みすぎた龍生が三春家でなにかやらかしちゃったのかと思ったよー。そのせいで千紗さんに愛想尽かされちゃって、それがショックでヤケっぱちになった結果、勢いで他の女と関係持っちゃったのかなーなんて思ったんだけど……なんか違ったみたいだね』

そんな……。ってことは龍生さん、莉衣奈ちゃんと約束があるなんて嘘をついて、それも私とのデートを放棄して他の女に会いに行ったってこと――？

誠実なはずの彼――そのまさかの裏切りに怒りのマグマは噴火寸前。胸の子猫もシャーッと全身の毛を逆立てて臨戦態勢になる。

いったいどういうことなのか、事実関係を今すぐ説明してほしい。だけど証拠もないのにこの話だけで問い詰めることなんてできるのかな？　女性の素性も謎だし、浮気なんてしてませんよって、上手いことはぐらかされたりして……。

どう出るべきかわからなくて、だけどとても見過ごすことはできない事案だとやきもきする千紗に、『なら現場押さえよう？』と莉衣奈はすこぶる頼もしい。

『実は龍生、電話でその女とまた会う約束してたんだよね。密会場所も日時もばっちりメモってあるから、二人で現行犯逮捕しようよ。でもってその女と二度と会わないようにお灸《きゅう》を据《す》えなくちゃだね！』

　莉衣奈ちゃんてばまだ若いのにしっかりしてるなぁ。私なんて年のわりに恋愛経験乏《とぼ》しいせいか、浮気だなんて非常事態にどう対処すればいいのかさっぱりだわ……。

「莉衣奈ちゃんがいてくれて本当によかった。龍生さんでも浮気相手でもなく、私のことを応援してくれるなんてすごく嬉しいし、とっても心強い」

『えへへ、だって二人の結婚がだめになっちゃったら龍生にサンダル……じゃない、早く千紗お姉ちゃんと本当の家族になりたいなーって思ってるから、ね？』

　あはは、やっぱり莉衣奈ちゃんってばしっかり……というかちゃっかりしてる……。

　思わず苦笑しながらも、未来の妹（候補）とともに『龍生容疑者　二夜目の過ち対策本部』を設置することになったのだった。

　週明けの月曜日――以前なら通常業務プラス土日に溜《た》まっていた分の仕事で遅い時間まで残業確定コースなのだけど、近ごろは後輩たちも頼もしく成長し（あの桃原もあまり手が掛からなくなった！）、パソコン音痴の綿貫課長も着実に進化している（スマホデビューでハイテク機器に目覚めたらしい。無料アプリをタダでもらえるサプリと勘違いしてたりはするけど……）。おかげで、皆からの質問攻めで己の業務が滞ってしまう、という事態はかなり減り、昔よりもスムーズに仕事できている。

　とはいえ忙しいのは相変わらずで、定時で退社だなんてとても無理。だけど今日だけはどうしても早く上がりたいと、立ちはだかる激務をいつも以上の超スピードで処理した千紗は、高濃度短時間な残業の後《のち》「お先に！」と華麗に退勤を決める。

　残業はどうにか終わった。けれど本当の戦いはまだこれからだ――。

　戦場《いくさば》に向かう武士のように勇ましい顔つきになった千紗は、凶器かというほどに長く細いピンヒールのパンプスで駅へと急ぐ。乗り込んだのは、自宅とは別方向――夏葉原《なつはばら》に向かう電車だ。

　夏葉原――通称夏葉《なつば》は、漫画やアニメといった、いわゆるクールジャパン的なグッズに強い街で、基本オシャレにしか興味がなく、そういう方面にはとんと疎《うと》い千紗が足を踏み入れるような場所ではない。なのになぜ向かっているのかというと、『龍生、夏葉で例の女と会うってよ！』という莉衣奈の垂れ込みがあったからだ。

　一八時五〇分……浮気相手との待ち合わせは一九時って話だからなんとか間に合いそう。駅に着いて時計を確認した千紗はひとまず安堵する。それにしても月曜から夜更かし……って時間ではないけれど、週明け早々浮気相手との予定を入れちゃうなんて、龍生さんたら何を考えてるの？　私とは次のデートの約束さえまだなのに……。

心にやましいことがあるせいだろう。今日の北風は、会社で目が合ってもその鋭い三白眼をぎこちなくそらすばかりで、ちっとも千紗を見てくれなかった。いっそのことこっちから『今夜のご予定は？』なんて鎌を掛けようかとも思ったけれど、浮気の証拠を摑む前から下手なことはできないし、とどうにか自制した。

龍生さん、結局あれから電話もメールもくれない……。浮気相手には饒舌《じょうぜつ》な言葉で愛を伝えたりしているのだろうか。胸にモヤモヤを広げながらも密会場所である駅近くのファミレスに足を踏み入れると、先に待っていたらしい莉衣奈がドリンクバーの前で「千紗さん、こっちこっちー！」と、ジュース片手に小声で手招きする。

「ごめん、残業で遅くなっちゃった。龍生さんもう来てるよね？」

「うん、けど相手の女まだだから大丈夫！　あっ、私たちの席はあっちね！」

そう言って彼女が案内してくれたのは店の奥にある目立たない席だ。椅子の高さより少し高めの間仕切りが、上手い具合に千紗たちの存在を隠してくれる。その間仕切りからひょこっと顔を出した莉衣奈は「あそこあそこ！　窓際席に龍生がいるの」と首からぶら下げていた双眼鏡を覗きながら言った。どれどれ。間仕切りの隙間から様子を窺った千紗は、

「あ、ほんとだ！　……って裸眼でも普通に見える距離ね」

　正直双眼鏡はいらないと思うなぁ……。今日の莉衣奈はといえば双眼鏡の他にも、どこで買ったんだろう、シャーロック・ホームズっぽい帽子まで被《かぶ》っていて、兄に見つからないための変装というよりも、どこかこの状況を楽しんでいる感がありありと見える。こっちはこんなにも不安とモヤモヤでいっぱいなのに……！　莉衣奈ちゃんの薄情者ー！　と少し恨めしげな千紗に、

「やだ、そんな顔しないで、大丈夫だから！」

　どっかと椅子に座り直した莉衣奈は「ここの代金、後で龍生に請求しようね」と呼び出しボタンを押して特上南国フルーツパフェを注文すると、

「あれから考えたんだけど、今回の件は浮気っていうよりハニートラップ的な陰謀に巻き込まれただけだと思うんだよねー。あの夜はまさかの光景にビックリして、わっ、龍生が浮気しちゃってるよー！　なんて早とちりしちゃったけど、今考えると相手の女、露出多めで遊んでそうな感じだったし、全然龍生の好みじゃないっていうか……」

「でっ、でも胸は大きかったんでしょ？　別注しないと市販のブラじゃきゅうきゅう、ホックもストラップも弾《はじ》け飛《と》んじゃうわーってほどの見事な物量だったって……！」

「や、そこまでは言ってないよ。てかストラップ弾け飛ぶってどんだけ？」

　千紗さんってば、やけにそこにこだわるねー、と苦笑気味の莉衣奈は、

「心配しないで？　たぶんだけど、どういうわけか泥酔させられた龍生が、あの悪女にはめられちゃったってだけの話だと思うんだよねー。今から会うのだって浮気の密会じゃなくて、猥褻《わいせつ》行為への強請《ゆすり》的な話し合いじゃないかなー。だって本当に浮気ならもっと気の利いたとこ行くでしょ。よりによって夏葉の、しかもファミレスだなんて絶対色恋沙汰じゃないって」

「でっ、でも強請られるってことは、どういう状況下ではあれ、やましいこと自体はしちゃったってことでしょ？」

私にはしなかったのに……。やっぱり大事なのは胸――？

「や、でも酔った状態じゃ最後まではいってないかもだし、そもそも全部あの女の狂言かもしれないよ？　龍生、酔いつぶれて記憶が曖昧なところを事後だって騙されちゃったのかも！　もしかしたら完全にシロだったりして……！」

「そそそ、そうだよね？　龍生さん、いろんな意味で潔癖だし、彼女以外とそーゆーことできる人じゃないよね？」

「うん、もしかしたらドアの前でつまずいたとか、なんかの弾みでうっかりぼったくりクラブに入っちゃって、『お前、いま店の女お触りしただろー！』って因縁つけられただけの可能性もあるし？　そうだよ、今日はお詫《わ》びの同伴出勤かも！」

ぴんっと人差し指を立てた名探偵莉衣奈が自信ありげに推理する。——と、不意に店の入り口が開いて、

「わっ、千紗さん、あの人だよ……！」

新たに店内へと入ってきたサングラスの女性を莉衣奈が小声で指差す。

「いらっしゃいませ。何名様のご利用ですか？」

にこやかに語り掛ける店員を、「連れが来てるの」とかわした女性は、窓際席で待つ北風の元へ、豊満な胸を揺らしながらまっすぐに向かう。途中、彼女がサングラスを外した際に覗いた、都会の夜景のように華やかな横顔を見た瞬間、千紗は「え…………」と絶句してしまう。

「おまたせ」

北風の向かいに座った女性が、タイトなミニスカートから伸びる肉感的な長い足を組む。その艶めかしい姿に、間仕切りの隙間からじーっと様子を窺っていた莉衣奈が、

「やっぱり！　どう見ても夜の蝶って感じだね、手帳はきっと黒革だよ！」とどこか楽しげな声を上げる。

「ったく龍生ってば悪徳ホステスに引っ掛かっちゃうなんて情けないなぁー。まっ、ただの恐喝ならもう心配いらないね。まぁ警察に相談しなきゃだから、それはそれで

大変そうだけど……」

「……じゃないよ……」

「え……？」

千紗の絞り出すような掠《かす》れ声に、「今何か言った？」と莉衣奈が聞き返す。

「――彼女は悪徳ホステスじゃないし恐喝もしない。ちょっと派手だけどごく普通の会社員よ」

ようやく聞き取れる大きさで答えた千紗は「ちなみに……」と続けて、

「手帳も黒革じゃない、スマホ派だから。スマホのケース自体は手帳型だけど、それも黒じゃなくて金色、グリッターがキラキラしてるゴージャスなやつ」

「え、なんでそんなことまでわかるの……？」

戸惑う莉衣奈に、間仕切りの隙間から『彼女』の姿を覗き見た千紗は、石のように重たい声で、

「知り合いなの。っていうか親友――」

――恵里子だ。北風の前で、肩にかかったカール強めの巻き髪をはらりと払う『彼女』。威嚇するように長い睫毛をぱちぱちと瞬く、よく知ったその人は――間違いない、南城《なんじよう》恵里子だ。

「げっ！　てことは龍生、彼女の親友に手を出しちゃったってこと？　もしくは恵里子って人の方が親友の彼に……」

「恵里子はそんなことしない！」

小声ながらも断言した千紗は、「それに……」と言いかけて沈黙する。「それに……？」と眉を寄せる莉衣奈に千紗はぽつりと、

「イケメン食わぬは女の恥――」

「へ……？　何それ……」

「恵里子の座右の銘なの。彼女面食い……っていうか面しか食べないところがあって、心は嘘つくけど顔は嘘つかないからって美形にしか手を出さないのよ。どんなにゲスい男でもイケメンならオッケーっていうか、逆に言えばどんなに内面が素敵でも……」

「顔が死んでる男……つまり龍生とは浮気でも無理ってことね、なるほど」

「かっ、顔が死んでるって、莉衣奈ちゃん言いすぎ……！　私はね、龍生さんのことカッコいいって思ってるのよ？　確かにあの眼光は尋常じゃないっていうか、闇夜で目が合ったら寿命が縮まっちゃいそうだし、心臓が弱い人はどうかご遠慮くださいって迫力だけど、それもまたご愛嬌っていうか……」

「千紗さん、フォローすればするほど酷《ひど》い言い草になってるよ？」

「あれ……？　とと、とにかく、恵里子いつも龍生さんのこと『ただ顔が怖いだけのオッサン』って否定的な見方してるし、たとえイケメンでも三つ以上年上はＮＧみたいだから、龍生さんとどうにかなっちゃう可能性ってまずないと思う……」

でもそれにしたって、どうしてあの二人が一緒にいるんだろう。業務でも関わりないみたいだし、直接の面識はないはず。二人を引き合わせたことはまだないし……。

「けど龍生、恵里子さんに会うために千紗さんとのデート切り上げちゃったんだよねー？　私と約束があるなんて嘘までついてさ……」

そう、それも謎すぎるのよね。いったいどっちが何の目的でいつ誘ったんだろう。

それもお酒を飲んで、しかも莉衣奈ちゃん曰《いわ》く、かなり親密そうにしてたって……。

龍生さん、恵里子が私の親友だって知ってるよね？　そりゃ直接会ってもらったことはないけど、彼女のことは何度も話してるし、写真だって見せたことあるのに……。

そんな相手と二人きりで会っちゃうなんて意味がわからない。

まさか龍生さん、本当に浮気しちゃったんじゃ……？　私にはない恵里子の魅惑的なバストについ引き寄せられて――？

いやいやいや、いくらなんでもそれはないでしょ。彼も恵里子も、よりにもよって私の大切な人に手を出したりはしないはずよ、と頭《かぶり》を振る千紗だったが、

「千紗さんには悪いんだけどさー、こうして見るとあの二人、ある意味お似合いって感じしない？ なんていうかほら、殺し屋とその情婦的な？」

間仕切りの上からひょこっと顔を出した莉衣奈が、双眼鏡を覗きながらとんでもないことを言い出す。

「やだもう、何言ってるのよそんなこ……」

う——！ 言われてみれば確かに、窓際で言葉少なに語り合う二人からは不穏な一体感が……！ 龍生さんの持つ組員的なオーラと、恵里子の放つ愛人的な色香がしっぽりと漂う様は、まるで映画のワンシーンのよう（ただし任俠系《にんきょうけい》！）。龍生さんの手にしている恐らくはウーロン茶がもはやウイスキーにしか見えないし、気怠げに髪を掻き上げる恵里子は、それはもう恐ろしいくらいに妖艶で、健全なはずのファミレスが堅気お断りの危険なバーに思えてきてしまう。

なによあれ、私より龍生さんとお似合いに見えちゃうだなんて、恵里子ってばズルい……！ 思わず嫉妬してしまう千紗に、「あのただならぬ雰囲気、やっぱり二人はあの夜に……」と再び疑惑を深め始めた莉衣奈は、

「あの電話での怪しすぎる会話だって、相手が悪徳ホステスじゃないなら真っ黒なまだし、残念だけどあの二人、一夜の過ち確定コースだと思うよ？」

「そんなぁ……。や、やっぱり胸のせいかな？　龍生さんも結局は男の人だし、恵里子のブラ泣かせなバストの誘惑には勝てなかったってこと……？」

うるうると目に涙を浮かべる千紗に、「で、でもさ、体だけが目的なら浮気でも軽度っていうか、愛がないぶん解決しやすいんじゃないかな？　安心して、龍生のハートは全部千紗さんのものだよ……！」と必死にフォローしてきた莉衣奈は、

「あっ、もしかしたら夜のレッスンかも……！　千紗さん、龍生との大人な触れ合いタイム拒否っちゃったんでしょ？　ビギナー丸出しでがっついてきた龍生にドン引きしちゃったとかなんとか……」

えっ、拒否した覚えなんてないよ？　むしろ触れ合いパークがいつも閉店ガラガラ！　で寂しいんですけど？　困惑する千紗に莉衣奈は構わず続けて、

「龍生、結構ショックだったみたいだし、だからこそ『これはいかん、早急に技術向上に励まねば……！』とか考えて、そーゆーのに強そうな恵里子さんに相談したのかも！　恵里子さん、『親友の快適なナイトライフのためなら仕方ないわね』って文字通り一肌脱いで稽古《けいこ》つけてくれてるんじゃないかな？」

えー、そんなことあるかなぁ……。でも確かに私も恵里子に相談したっけ、龍生さんがなかなか手を出してくれないって。恵里子は彼のこと、もうアラフォーだしナニ

がアレなんじゃないって、スッポン鍋屋さん紹介してくれたけど、それでもなかなか進展しない私たちにやきもきして、龍生さんに秘密の個人レッスン始めちゃったのかも……。恵里子ってば面白いこと大好物だし、なかなかできない体験だわって案外ノリノリで指導してたりして……？　そういえば――！

一昨日《おととい》のデートを思い出してハッとする。書店で一緒に結婚情報誌を見ていた北風が急に用事があるだなんて言い出したのは、千紗がスイートルーム宿泊付きウェディングの話をしたときだ。もしかして龍生さん、スイートルームからの初夜連想で余計なプレッシャー感じちゃったとか？　でもって、思い立ったが吉日って感じに早速デートを切り上げて、そのまま恵里子に夜の弟子入りを――？

いいのに……！　別にそこまで手馴れてなくたっていいのに！　確かにね、私も初めてだし龍生さんがリードしてくれたら助かるけど、でももしあれなら手を握って一緒に眠るだけでも幸せよ？　おたおたしながらも不器用な気遣いを見せてくれる彼の照れ顔も見てみたいし？　なんてつい想像してしまって一人もだもだしていると、

「わっ、龍生が恵里子さんに何かプレゼントしてる！」

驚いた莉衣奈の声で現実に引き戻される。プレゼント？　と様子を覗くと、北風がリボンの掛かった平たい包みを恵里子に渡しているところだった。

受け取った包みを開く恵里子。中から出てきたのは彼女に似合いそうなレオパード柄のマフラーだ。――が、特に彼女からおねだりした物品というわけではないらしい。意味がわからない、とでも言いたげな表情で恵里子が首をかしげる。

「そりゃそうよね……。龍生さん、なんでまたこんな真夏にマフラーなんてプレゼントしたのかしら。結構生地厚そうだし、どう考えても出番はまだ先よね？」

「だよねー、日除《ひよ》けにするにしたって暑すぎて巻いてらんないしねー」

千紗と同じく、なんでだろー、と眉根を寄せていた莉衣奈だったが、「げ、もしかして……！」と何かに思い至って、

「前にさー、龍生にアドバイスしたことあるんだよねー。巻物系は突然もらっても抵抗感少ないから思い人への初プレゼントにオススメだって。一緒にくるまっちゃえばイイ感じに距離も近付くし？」

「え、巻物系ってまさか、私が誕生日にプレゼントしてもらったあれって、莉衣奈ちゃんの提案だったの……？」

「あーそうそう、女の子にあげる巻物なんて普通はストールとかショールに決まってんのに、龍生ってばリアル巻物手作りしちゃうんだもん。千紗さんが和物大好き歴女《れきじょ》で本当によかったよー」

や、私も別に和物大好き歴女ってわけじゃないのよ？　正直もらったときは目が点になったし……。まぁ今回は間違えずに正統派の巻物選べたみたいだけど……

「……って、なんで龍生さん、恵里子にプレゼントなんてしてるの？」

「それはまぁ……夜の受講料的な？」

「えー！　それなら商品券とか菓子折でよくない？　マフラーなんて、ちょっと本気っぽいっていうか、夜の師匠に贈るものじゃない気がするんだけど……」

だって本来なら私が誕生日にもらってたかもしれないものなのよ？　私が手にできなかったファッション巻物を恵里子の方に先にあげちゃうなんて、なんだかものすごーく裏切られた感じしちゃうんですけど……！　まさか二人でマフラー分け合ってイチャイチャなんてしてないでしょうね――？

慌てて確認すると、よかったー、双方ともに全く巻く気配はない。そりゃそうよね。今は八月、いくら空調が効いてるからって、突然恋人巻きなんてどうかしてる。だけど――いったい何を話してるんだろう。ここからじゃよく聞き取れないけど、マフラーを手に破顔する恵里子はとても嬉しそうで――

「あたし、あんたのこと嫌いじゃないわ」

ふと漏れ聞こえてきた彼女の声に、胸の奥がヒヤリとざわめく。恵里子が彼に対してそんな言葉を向けるとは思ってもみなかった。

一方の北風はといえば、会社では未だに口下手なのに、どうしてなの？　恵里子の前ではかなり饒舌なようで、ときおり身振り手振りを加えながらエキサイト――「そうそう、そうなんですよ……！」なんて熱く盛り上がっている。

なによ楽しそうに……。龍生さんのあんな姿を見られるのは、莉衣奈ちゃん以外では私だけだと思ってたのに――。

「あんなの、まるで恋人同士みたいじゃない……」

「うぇ、ひょっとして体の繋がりが心も結びつけちゃったってやつかな……？」

秘密のレッスンが捗《はかど》りすぎたのか、思った以上に心を許している様子の北風と恵里子を前に、これはまずいと表情を硬くした莉衣奈は、

「困るよ、龍生と千紗さんの結婚がだめになっちゃったら、私のサンダルはどうなるの？　あれ人気ありすぎて全然セールになる気配ないのに……！　仕方ない、こうなったら現行犯でしょっぴくしかないね！」

龍生、逮捕だー！　と銭形《ぜにがた》警部の声真似をした莉衣奈が、「隊長、突入しますか？」と今度は上官のGOを待つ隊員みたいなことを言い出す。

え、えええっと、どうしよう？　突入したら修羅場待ったなしだよね？　だけど私、

二人の前でいったいどんな顔したらいいの……？　ピンヒールに視線を落としながらも、まだ心の準備ができてないとあたふたしているところに——

「何やってるんですか恵里子さん……！」

莉衣奈隊員ではなく、聞き覚えのない男の声が響いた。

——えええ、今の誰……？　莉衣奈ちゃん、応援部隊なんて呼んでないよね？　咎めるような声音だったけど、もしかして恵里子の彼氏——？

確認すべく慌てて窓際席を見やると、あれ、あの子……。

突如北風たちの間に割って入った男性は、恵里子の彼氏……ではなく後輩だ。確か去年入社だったかな、ミモザ・プディカの国内向け営業部に所属する彼は、小霞《こがすみ》君……だっけ？　挨拶くらいしかしたことないからよく知らないけど、恵里子に会いに営業部を訪れた際に何度か見かけた覚えがある。

一六〇センチあるかないかの、男性にしては身長が低めな彼は、身なりには頓着《とんちゃく》しないタイプなのか髪の毛がボサボサ——伸びすぎのぼわっと広がる前髪が目元のほとんどを隠してしまっている。といっても変に脂ぎったペッタリ感はなく、とても柔らかそうな髪質だ。その小柄な体型も手伝って、たまに街で見かける、あれでほんとに前見えてるのかな？　ってくらい毛並みがもっさもさな子犬を連想してしまう。

そんなもっさりとした彼だから、イケメン至上主義な恵里子の好みからは外れているはず。だから浮気現場を目撃した彼氏が激怒して乗り込んできたって修羅場ではない……はずなんだけど、彼の方はどうやら恵里子に気があるみたいで、

「北風さんは恵里子さんのことどう思ってるんですか？」

果敢《かかん》にも北風に食ってかかった小霞は、

「これ以上彼女を惑わせるようなことはやめてください……！」

そう言ってテーブルにあったグラスを摑むと、入っていた水を北風の顔めがけてバシャリとかけてしまった。

――大変……！　助けに入ろうと立ち上がった千紗だったが、

「打ち水が必要なほど暑苦しく見えましたかね、私……」

ポケットからハンカチを取り出した北風は、顔にかかった水を怪訝な表情で拭うと、

「ご質問はええと……恵里子さんのことをどう思っているのか、でしたよね？」と生真面目にも確認すると、小霞の目をまっすぐに見つめて、

「とても大切に思っています。恵里子さんは私の大切な人です」

臆面もなく堂々と宣言した。その姿を目の当たりにした千紗は、

「……帰る」

ぽつりと呟いて伝票を摑む。

「えっ、千紗さん参戦しないの？」

驚く莉衣奈に構わず足早にレジへと向かった千紗は、絶賛修羅場中の窓際には目もくれずに手早く会計を済ませる。

「わっ、千紗さんてばほんとに帰る気だ！　現場押さえなくていいの？　心配しないで、私はサンダ……じゃない、千紗お姉ちゃんの味方だよ？」

おろおろと後に続く莉衣奈に、「ごめん、今日はもう無理……」と凍り付いたような表情でどうにか答えた千紗は、逃げるようにファミレスを飛び出す。

——恵里子さんは私の大切な人です。

先ほどの北風の言葉がリフレインする。

『私の大切な人』だなんて、なんでそんなことあんなにも堂々と言えちゃうのよ……。それなら私のことも大切だって、だから結婚したいんだって、あの日、両親の前で宣言してくれてもよかったじゃない。私の家族には言えなかったようなことを、いともあっさりと恵里子には……恵里子の後輩には言ってしまえるなんて……。

龍生さんにとって私は何……？　一応恋人……なんだよね？

押し寄せる不安に潰されそうになりながらも急ぎ足で駅まで戻ってきた千紗は、

〈今すぐ会いたいです〉

縋《すが》るような思いで北風にメールする。さっき見たことはなかったことにしてあげる。だからお願いだから、私も会いたいですって、今すぐそこから飛び出して？　一番大切な人は貴女ですって、息を切らせながら走ってきて？

祈るような気持ちで返信を待つ。——と、すぐにスマホが震えて、なになに？　さっそく龍生さんからのメール？　と、恋の子猫が耳をそばだてる。

——多少ズレててもいいの、とびきりの甘い言葉をちょうだい？

そんな期待感にぱちぱちと瞬いている。なのに——どうしてなの？

彼の返信には甘い言葉なんてまるでなし。それどころか文字らしきものが見当たらない。伝書鳩ならぬ電子鳩——ただ鳩の絵文字だけが一つぽつんと送られてきたのだ。それも平和を象徴するような白い鳩じゃなくて、公園なんかでよく見かける、パン屑《くず》を目がけてぶわぁぁぁっと群がってくる方。お世辞にも可愛いとは言えないその鳩が、画面の中でピョコピョコと不気味に動いている。これにはさすがの千紗も完全に沈黙、もう本当にわけがわからない。

そうだ、こんなときは恵里子に相談……できないんだ、今回は——。

こんなこと彼女にしか話せないのに、その彼女が疑惑の渦中にいて、ああもういったいどうしたらいいの……？　途方に暮れた千紗は、電車を待ちながら思う。

現行犯逮捕どころか敵前逃亡、完全に負け戦になってしまったけれど、それでもとびきりのピンヒールで来てよかった。だってこれがなかったらきっと、この場にうずくまって子どもみたいにわんわん泣き崩れていただろう。そんな無様な姿、赤の他人はもちろん龍生さんだってドン引き、いい年して痛々しいやつだって距離を置かれてしまうに違いない。

足元のパンプスに視線を落とした千紗は、今にも溢れ出しそうな涙を必死に堪え、レディらしくピッと背筋を伸ばす。ホームから見える夏葉原の明かりは、モザイクみたいにぼんやり歪んでいた。


あんなことがあった翌日も、千紗は大人の顔で凛と出勤、いつも通り——いや、いつも以上にきびきびと業務をこなしていた。以前より減ってはいるが、それでもまだ寄せられてくる後輩たちからの相談にも「ああ、その件は……」と余裕の笑みで対応、仕事にプライベートの悩みなんて持ち込まないわ、と華麗に処理していく。

この件はこれでよし！　面倒な案件を無事片付けた千紗は、該当書類をまとめてファイリング。ふうっと息をついて顔を上げると——

仕事中は考えないようにしよう、そう決めているのに、つい目が行ってしまうのは一つ向こうの島にある経理部の――彼の席だ。

――バチリ。

北風と目が合う。あ……またそらされた。

昨日からずっとこんな調子だ。龍生さん、相当後ろめたいんだろうな……。だけどこういう子どもみたいに露骨な避け方、正直やめてほしい。こっちはちゃんと大人の対応してるのに……。

結局、恵里子との疑惑の関係は問いただせないままだ。その発端が本当に夜の弟子入りなのか、劣情に負けたものなのかもわからない。問い詰めてしまいたい反面、本当のことを知るのが怖くもあって、彼の方から正直に打ち明けてくれるよねって、信じたい気持ちもある。

それなのに、業務中は不自然に目をそらされてばかりだし、メールだって鳩の怪通信以来、何も来ていない。すみません、あれは誤送信です、という訂正メールさえもなしだ（密かに待ってたのに……！）。

こうなったら恵里子の方に……とも思うけれどなかなか踏ん切りがつかない。千紗にとっては北風も恵里子もどちらも大切でかけがえのない存在なのだ。今回の件は純粋にショックだが、それ以上に二人との関係が壊れてしまうことが怖い。変に追及して取り返しの付かないことになったら……そんな思いから結局連絡できないでいる。

――やっぱり、今回の件は龍生さんから打ち明けてほしい……。

デスクで俯いたまま、わざとらしいほどに顔を上げない北風を見つめながら思う。

彼の方は、恵里子との密会がバレているなんて夢にも思っていないのだろう。こっちはこんなにショックで不安で、龍生さんからの弁解を待ち望んでるっていうのに、それには全然気付いていないし、気付こうともしてくれない。彼女がこんなにも思い悩んでるのよ？　何かあったんですかって、何らかの異変を察して心配くらいしてよ。浮気したやましさにビクビク目をそらすだけじゃなくって――。

悶々《もんもん》と不満を募らせながらも、今日は夕方から海外営業との会議が入ってたんだ、メールで来てた資料に目を通しておかなきゃ、とレディの仮面を付け直して業務を続行――するはずが、

「三春さん、何かありましたぁ？」

隣席の桃原がひょこっと顔を出した。相変わらずの金髪ツインテールがゆらゆらと振り子のように揺れる。なんで彼すら気付いてくれなかった異変をあなたが察知しちゃうのよ……。レディの擬態失敗――心外すぎると首を振る千紗に、

「あー、もしかして顔面凶器さんに浮気されちゃいましたぁー？」

顔面凶器って……。相変わらず酷い言われようだなぁと思いながらも、「まだ確定じゃないわ、そういう疑いがあるってだけよ」と否定する。それなのに、「やっぱりー」と完全に浮気された体《てい》で話を進めてきた桃原は、

「あたし、わかる気がします、先輩が浮気されちゃうの。だって三春さん、ちっともないじゃないですかぁー」

「なっ……！　ないって何よ、やっぱり胸――？」

それこそ心外だわ、あなたどっちかっていうと私の仲間でしょ？　不服顔で胸元を隠す千紗に、「違いますよぉー」と呆れたように息をついた桃原は、

「先輩って、隙とか可愛げとか全然ないじゃないですかぁ。綺麗なわりに意外と男慣れしてないっていうか、いっつも正しいことばっかり言ってそう」

「なによそれ。もしそうだとしても別に悪いことじゃないでしょ？」

「そりゃそうですけど、男の人は息が詰まっちゃうと思いますよー？　三春さんって優等生すぎるんですよねぇー。今だって、普通なら仕事が手に付かなくなってもおかしくないような状況なのに、弱音も吐かないしミスだってしないじゃないですかぁ」

「当たり前でしょ？　仕事中は完全武装しているの。中身がどれだけズタボロでも、

大人の責任を果たすべく、レディらしく華麗に戦ってみせるわ」

　ふふんと胸を張りながら、足元のハイヒールパンプスを見やる。今日履いてきたのは目立った装飾のないシンプルなデザイン。だけど派手すぎない大人イエローが夏らしくて元気の出る一足だ。もっとも、恋愛に関してはやたらと勘の鋭い桃原の前ではハイヒールの魔法も形無しだったのだけど。

　その勘の鋭さ、仕事に転用できないかな……。彼女のデスクにある通関書類にふっと目が行った千紗は、

「桃原さん、そこ間違えてる。あ、こっちも！」

　桃原もついに入社二年目——以前の問題児時代に比べたら格段に進化、頼れる後輩へとトランスフォーム中なのだけど、すぐ調子に乗って油断してしまう悪い癖《くせ》がある。

「だめよ桃原さん、チェックを疎《おろそ》かにしたら。最近の仕事ぶりは評価してるし、期待もしてるけど、ちょっとの油断が大きなミスに繋がるんだから、もう少し気を引き締めてくれないと。慣れてきたころが一番危ないのよ？」

「あーもう、そういうところですよ！　そういうとこ全然可愛くないー！」

　すっかり指導モードな千紗に、桃原がぶーっと頬を膨らませる。

「男はね、儚さに恋するものなんですよ。あいつ俺がいなきゃだめだなーって思わせ

なきゃいけないのに、先輩ってばそつがなさすぎるっていうか、武装ガッチガチで強すぎぃー！　ほっといても一人で生きていけそうだし、その清く正しく逞《たくま》しくって姿勢が、見てる方からしたら疲れるっていうか、息が詰まっちゃうの〜〜っ！」

そんなだから浮気されちゃうんですよ、と桃原が見えないボディーブローをバシバシ繰り出してくる。

「強すぎで結構。女は感情的だから重要な仕事は任せられない、とか見下されるよりは百倍マシよ」

いけない、無駄口を叩きすぎたわ。業務に戻るべくマウスをクリック、会議用の資料を開く千紗に「そりゃ会社ならそれでもいいですけど、プライベートは話が別じゃないですかぁ」とまだ続ける気の桃原は、

「しないんですか、武装解除。彼氏の前でなら鎧《よろい》取っちゃっても問題ないですよねぇ？　三春さん、北風さんと家族になるつもりないんですか？　あたしの勘だと結婚したいのになかなか進展しなくて困ってる最中じゃないかって思うんですけどぉ」

「あなた、その手の勘だけはほんとにすごいわね……。恋愛専門の占い師とかできるんじゃない？　ミモザ・プディカの母的な？」

もはや感心してしまう千紗に、桃原は構わず続けて、

「ほんとに家族になる気があるなら、彼の前ではそのガッチガチの武装、全部取っぱらっちゃえばいいんですよぉー。外でどんなに武装してても、家に帰ったらハイヒール脱ぎますよね、部屋着に着替えますよね、メイクだって落としますよねぇー？」

「そ、それはまあそうだけど……」

「だったら優等生ぶってないで、『他の女なんて見ないで？　私、あなたがいないと息もできない……！』って儚げに縋って甘えちゃえばいいんですよぉ。そしたら男の方だって『ああ俺はなんてことしてしまったんだ、あいつは俺がいなきゃだめなのに……！』って猛省して戻ってきてくれるはずですぅー」

「そりゃあなたみたいに若い子がやれば男の人もぐっとくるかもしれないけど、私がやってもいい年して何言ってんだって感じだし、重い女だと思われちゃうでしょ？」

「あー、確かにそうですねぇ。昭和《しょうわ》世代はやっちゃイタいやつでしたねぇー」

うーん、お願いだからそこはもうちょっとフォローしよう？　先輩ならまだまだいけますよぉーとか、お世辞でもいいから傷薬をちょうだい？

桃原の痛烈な賛同にグサリときてしまう千紗だったが、その一方で、年齢的なことを抜きにしてもそんな甘え方はずるいな、と思ってしまう。いや——違うか。本音を言ってしまえば、恥も外聞もなく甘えて拒否されるのが怖いのかもしれない。

本当の自分は、彼が褒め称えてくれるような素敵な女神じゃない。いつまでもヒールの魔法が手放せない、中身はお子ちゃまの情けない大人だ。だけど、期待外れでしたね、なんてがっかりされたくないから余計に気負ってしまう。隙を見せるどころか結局武装に頼って、余裕なふりして笑顔を作ってしまうのだ。なりふりかまわず甘えて振り向かせるだなんて無様なこと、怖くてとてもできない。

——そういえば、彼の方も私にはちっとも甘えてくれないな……。

莉衣奈ちゃんにも頼まれたのにな、彼を甘やかしてあげてほしいって——。

ひょっとして、武装ガッチガチで見てるだけで疲れてきちゃうような私には、安心して甘えられなかったりするのかな、龍生さん……。

モヤモヤとした思いが胸の中を濃い霧のように広がって、暗いよ怖いよって、恋の子猫が心細そうにみぃみぃ鳴いている。

だけどそんな状況でも業務を再開、会議用の資料に目を通して、データの不備にまで気付いてしまえる自分は、やっぱり隙も可愛げもない、強すぎる女なんだろう。

資料作成者にリバイスを求めるメールを打ちながら、千紗は静かに苦笑した。

夕方から始まった会議は思いのほか長引いて、終わったときにはとっくに定時を過ぎていた。会議室から海外事業部のフロアへと戻る途中、エレベーターを待つ間にスマホを確認すると、ロック画面に着信のあったことを知らせる通知が出ていた。

ひょっとして龍生さん――？　ドキリとしてタップすると、もう一人の容疑者――恵里子だったのでもっとドキリとした。

彼との件を打ち明ける気でかけてきたのかもしれない。聞きたい。だけど聞きたくない――。複雑な思いに苛まれながらも、いつかは向き合わなきゃいけないことなんだし、と意を決して折り返す。――と、

『あんたねぇ、残業で遅くなるなら先に連絡よこしなさいよ！』

開口一番怒られてしまった。えぇ、何の話？　と思ったら、そうだ、今日は恵里子と飲みにいく約束をしていたんだ。密会の件が衝撃すぎてすっかり忘れていた。仕事以外はダメダメだな私……。

ごめん、会議が長引いちゃって……！　と謝った千紗は慌てて支度を整えると、恵里子の待ついつものダイニングバーへ向かった。

「おまたせ……」

バーに着いた千紗が、カウンター席で先に始めていた恵里子の横に座る。異様に気まずいのは、約束を忘れていたせいもあるけど、それ以上に例の件がわだかまってい

るからだ。

けどよく考えたら私より恵里子の方が気まずいはずよね？　親友の彼と密会、それも動機はどうあれ一線を越えちゃってるわけだし、恵里子も内心ドキドキだったりして……。そんな奇妙な親近感にどうにか心を落ち着ける。

なのに、気怠げに髪を掻き上げながらも「会議だったんでしょ、お疲れぴょーん」とかなりふざけた返しをしてきた恵里子は、「ま、連絡もなく放置されてたあたしの方が待ちくたびれてお疲れぴょーんだけどね。たっぷり労《ねぎら》いなさい？」なんて平然としている。親友の彼とあんなことがあったっていうのに、そんなにもナチュラルに、しかも結構軽めに振る舞えちゃうんだ――？　恵里子、恋愛経験豊富だし、こういう状況にも慣れっこだったりするのかなぁ……。

なによ、こっちばっかりおどおどしちゃってるのがバカみたいじゃない。それなら私だって……！　そうよ、こういう気まずい話こそ相手が打ち明けやすいよう、陽気にあっけらかんと――

「ねぇ恵里子、龍生さんと夜のブートキャンプしちゃったたってほんと？　千紗ちゃんとっても気になっちゃってるぞー？　このこのーっ！」

って聞けないよ、聞けるわけない、私そんなキャラじゃないし……！　今のはただの脳内シミュレーション。実行なんてとてもじゃないけどできない。ぶんぶんと首を振った千紗は、注文したジンジャーエールに口を付けて気持ちを切り替える。

「そっ、そういえば恵里子、最近彼の話しないよね。何か面白いことないの？　夏だし、二人仲良くナイトプールに行ってきたとか」

さりげなーく探りを入れてみる。恵里子の彼だって、理由はどうあれ自分の彼女が他の男とそーゆーことするの、嫌なはずだよね？　その辺のこと、恵里子はどう処理してるんだろう。罪悪感とか覚えたりしないのかな、と気に掛かる。

といっても、恵里子が今誰と付き合っているのか千紗は知らない。間違いなくイケメンではあるのだろうけど、詳細は教えてもらっていないのだ。親友なのにそんなことも知らないの？　と驚かれるかもしれないが、恵里子は惚気話をするタイプではないし、結構なハイペースで彼が変わるので、いちいち覚えていられないというのが正直なところだ。大学のころは顔も名前も把握していたが、今はただ『恵里子のとってもイケメンな彼氏』としてその存在を認識している。

「珍しいわね、あんたがそんなこと聞くなんて……。何か知りたいことでもあるの？」

「うっ、ううん、ちょっと聞いてみただけ！　話したくないならもう聞かないし？」

怪訝そうに眉を上げた恵里子に、「気にしないでー」と両手を振って誤魔化す。まずい、恵里子って詮索されるのあんまり好きじゃないんだよね。なのに龍生さんとのことが気になるからって早まっちゃった……。浅はかな己を悔やんでいると、

「別れたわ」

「え……？」

「彼氏の話よ。この前別れたの。だから今は一応フリー、かな」

「ごっ、ごめん知らなくて……。もしかして傷心中だったり……？」

「よしてよ、あたしに限ってそんなことあるわけない。知ってるでしょ、あたしの恋は消耗品なの。使い切ったら即ゴミ箱行き、すぐに新しいのを調達するわ」

またそんなこと言って。いい加減、一人の人と深く長く付き合ってみたらいいのに。はぁ、とため息をつく千紗に、「あら、心配してくれてるの？」と恵里子が瞬く。

「そりゃするわよ、親友だもの」

「げっ、あんたってばいい年してまた小っ恥ずかしいこと言ってくれちゃって！　ちょっと控えめなサボテンみたいな鳥肌立ってきたわよ、もう」

ノースリーブから伸びる二の腕をごしごしとさすった恵里子は、「だけど、本当に心配いらないのよ」と続けて、

「あたし、恋愛においては目に見えることしか信じられないから、見てくれのいい男

しか愛せないし、恋の始まりはいつも一目惚《ひとめぼ》れ――好感度満点のとこからのスタートなのよ。最初の期待値が高い分、実際に付き合ってみたら性格が無理、性癖も無理、てか顔以外全然イケてないわねこの男……って感じでどんどん減点されて、気付けば0点どころかマイナスでジ・エンド。どうしても短命にならざるを得ないのは、その恋が生まれたときからの宿命なのよ」

「それは……どうにかして延命できないものなの？」

千紗の問いかけに、「無理みたいね」と首を振った恵里子は、「でも――」とカクテルグラスを見つめて、

「最近さ、少しだけ思うことがあるの。顔だけじゃない、目に見えないものを信じてみるのもいいのかなって」

彼女の口から出た意外すぎる言葉に千紗は目を見開く。「考えてみたら――」と、誰かを恋い慕うようにまぶたを閉じた恵里子は、

「見かけからは始まらない恋って、そもそもはアドバンテージなしの0点だったのが、優しいとか、頼もしいとか、誠実だとか、そういう地道な加点が積み重なって生まれるわけよね？　見えない信頼が詰まってできた恋。もしかしたら、そういうのを真実の愛っていうのかもしれないわね……ってやだ、あたしまで鳥肌立つようなこと言っ

ちゃったじゃない！　あんたの少女漫画脳がうつったのかしら……」

　苦笑しながらも二の腕をごしごしとさする恵里子に、

「それって、そう思わせた人がいるってことだよね。見かけ以外で、恵里子の心が揺れることがあった、ってこと……？」

「そうね……最近ちょっと乱されてるかもしれない。あたしとしては甚だ不本意だし、死ぬほど悔しいんだけど――」

　そう言って恵里子は小さく微笑む。いつもの妖艶さが影を潜めた、どこか儚く、だけど無垢なその笑みに、千紗はドキリとなる。

　――それってもしかして龍生さんのことなんじゃ……。

　ひょっとして恵里子、彼の相談に乗っているうちに、性格がイケメンすぎる彼の良さに気付いちゃった？　そうよ、よくあるクイズ番組の最終問題みたいな、ここで正解すれば一気に二万点追加、これまでの順位を覆《くつがえ》しての優勝です！　って感じのミラクル加点で、０点だったはずの龍生さんに逆転フォーリンラブしちゃったんだわ、きっと――。恵里子のらしくない笑みに、はっと気付いてしまった千紗は、

「そっ、その人と付き合いたかったりとかする……？」

「まさか。あたしよりもっとお似合いな人いるしね。まぁ、妙に懐かれちゃった感は

あるけど……」

　再び微笑んだ恵里子の表情からは、ここ最近あった憂いのようなものがすっかり消えていた。そういえば、昨日のファミレスでも恵里子、とってもいい顔してたな。龍生さんに『あんたのこと嫌いじゃないわ』なんて言って――。

　恵里子の『嫌いじゃない』は最上級の褒め言葉だ、と千紗は思う。長い付き合いだからわかるのだ。自由奔放《じゆうほんぽう》なくせに変なところで素直じゃない恵里子は、本当に好きなものには好きと言えなくて、『別に嫌いじゃないけど？』なんて誤魔化す。

　それを知っている千紗は、恵里子がたまに『嫌いじゃない』と言ってくれるのを、どこか誇らしく感じていた。なかなか悩みを打ち明けてくれない彼女だけど、それでも千紗のことをただの友人や消耗品の彼氏とは違う、特別な存在だと思ってくれている――そう信じられたからだ。そんな『嫌いじゃない』を、恵里子は彼に対しても感じ始めていて……やっぱり、恵里子は龍生さんのことを――。確信した千紗の胸がきゅうっと痛む。

　これまで密かに願っていた。自分と出会うずっと昔から、何か大きな傷を抱えてきたらしい恵里子に、それを誰にも明かせないでいる彼女に、いつか全てを話せるような人ができたらいいな、と――。

——だけど、それがまさか龍生さんだなんて……。

喜ぶべきことなのに、喜べない。なんでよりにもよって龍生さんなの……？

あの密会の夜——恵里子は私には明かせなかった過去の傷を、龍生さんには話せてしまったのだろうか。恵里子の悩みを知った彼は、誠実かつ、どこかズレたアドバイスで、彼女の持つ闇を明るく照らし出してあげたのだろうか。半年前、ゆとりが足りずに窒息寸前だった私を救い出してくれたみたいに——。

突然降りかかってきた彼の浮気疑惑——その相手が恵里子だと知って、衝撃を受けながらもどうにか己を保っていられたのは、彼女の北風に対する思いが本気ではないという前提があったからだ。図らずも彼女の本気を垣間見《かいまみ》てしまった今、千紗の動揺は、これまでとは比べものにならないほどのものになって——

「ね、ねぇ、恵里子……」

震える声で、だけど動揺を悟られぬよう努めて自然に問いかける。

「私が龍生さんと結婚するの……正直どう思う……？」

「なによそれ、本音言っちゃっていいわけ？」

苦笑する恵里子に、千紗の心臓が、どくん、と跳ねる。

「ぶっちゃけ少しは嫌よ——」

恵里子はそう言うと、グラスに残っていたカクテルをくいっと一気に飲み干す。

やっぱり——。言葉を失った千紗は、強張った表情で彼女を見つめると、

「恵里子、龍生さんと何かあった……？」

ついに聞いてしまった——。もう後戻りはできないと、今にも泣きそうな顔で答えを待つ千紗に、

「そんな顔よして。別にあんたたちの仲をどうこうしようってわけじゃないのよ」

そこまで言って、「ただ——」と千紗から視線をそらした恵里子は、

「悪いけどこれ以上は言えない。世の中にはね、知らない方が幸せなこともあるのよ」

そう言ってどこか困ったように笑った。


恵里子は本気なんだ。龍生さんへの思いを、冗談でも口にできないくらい真剣に、彼を愛してしまったんだ——。

恵里子と別れ、自宅へと帰ってきた千紗は、ローテーブルの前でしゅんと体育座りする。あの後、北風に関する話を続けることはもうさすがにできなかった。『一話目が微妙で見るのをやめたドラマが最近盛り上がってるみたいで悔しい』とか『いや、美容院で実年齢より上世代向けの雑誌持ってこられたあたしの方が悔しいわよ』なん

てお互いに当たり障りのない、くだらない会話をして、明日も早いしもう帰らなきゃ、といつも通りなるべく自然体を装って解散してきたのだ。

恵里子が龍生さんに本気でも、それで彼女を責めることはできない……よね。だって人を好きになる気持ちに文句なんてつけられない。そりゃ『悪いけど北風さんのこと欲しくなっちゃったからもらうわね？』なんて嫌な女全開で宣戦布告されたら憎らしくもなるけど、恵里子が親友相手にそんなことをする人でないことは、千紗が一番よくわかっている。こんなことがあっても、恵里子のことを猫のヒゲ一本ほども嫌いになれないのは、千紗にとって彼女が大切すぎるほどに大切な存在だからだ。

大学時代から交友関係が大海原だった恵里子は、千紗の他にもわんさか友達がいたし、いつも面白いことを求めて派手に遊び回っていた。今思えば、それは抱えている悩みを刹那《せつな》的にでも忘れたかったからなのかもしれない。だけどとにかく、予定が常にギッシリな彼女は千紗の相手ばかりもしていられなくて、急に誘っても『ごめんその日は無理！』と断られてしまうことが多いし、クリスマスやバレンタインなんて男女が燃えあがるイベント時には、千紗は完全に置いてきぼりだった。

だけど、千紗が本当に参っているときには他の子との約束や、彼とのデートをドタキャンしてでも駆けつけてくれて、『なんであたしが……』なんて面倒くさそうにしながらも、必ず救いの手を差し伸べてくれたのだ。

そしてそれは社会人になってからも変わらない。あの息が詰まりそうなオフィスで千紗が何年も戦ってこられたのは、オシャレ武装のおかげだけじゃない、恵里子がいてくれたからだ。北風との素敵な事故が起こるまで、恋人は仕事です状態だった千紗がレディの仮面を取って弱音を吐けたのは、学生のころから気心の知れた彼女の前でだけなのだ。今日だって待ちくたびれたなんて言いながらも待っててくれたし……。

そんな恵里子の『本気』に気付かないフリをして、これからも今まで通りに接していく。そんなことが、はたしてできるだろうか――。

これならいっそ『ごめん、あたしも彼のこと好きだわ』ってライバル宣言されてしまった方が、いっそよかったのかもしれない。本当にそうなったらそれはそれで困るくせに、そんなことまで考えてしまう。

恵里子の龍生さんに対する思いは真剣だ。だけど彼の方は――？

見過ごしてはおけないもう一つの問題が頭をもたげる。一向に鳴らないスマホに手を伸ばした千紗は、ゴクリと唾《つば》を呑んで〈今から電話してもいいですか？〉とだけ北風にメールする。――と、ほどなくして彼の方から着信があった。

『北風です、夜分遅くにすみません。その……何か問題でもありましたか……？』

どこか心配そうな彼の声に、よかった、私のことどうでもよくなったわけじゃないんだ、と安堵する。今回も謎の鳩通信だけで済まされたらどうしようかと思った。

「こちらこそ、こんな夜更けにごめんなさい。別に急用というほどのことはないんです。ただその……なかなか眠れなくて、龍生さんの声が聞きたくなってしまって……」

先輩は可愛げがないんですよ、という桃原の指摘を思い出して、ちょっと儚げに言ってみる。少女漫画だったらきっと、『君はとっても寂しがりなんだね。大丈夫、僕がついてるよ、不安にさせてごめん』なんて甘ーいはちみつみたいな言葉が返ってくるシーンだ。だけど、『なるほど、声ですか……』と感慨深そうに唸った北風は、

『具体的にはどのような単語をいかほどのボリュームで発した声をお求めですか？トーン的には明るめ、普通、暗め――三つのモードからお選び頂けますが、もう遅い時間ですし、私としては貴女を快適な眠りに誘《いざな》えるよう、低めのささやき声でひたすらヒツジの数をカウントしていく、というコースをオススメしたいのですが』

わぁー、龍生さんってそんな睡眠導入機能までついてるんだぁ、すっごーい（棒読み）！ 例の疑惑については語る気ゼロな、相変わらずズレまくりな彼にガクリときてしまう。だけどそんなところも好きだなぁ、なんて思ってしまって、

――ねぇねぇ、例の件は追及しなくていいの？

カリカリと恋の子猫が胸を引っ掻いてきたけど、だめよ、やっぱり今の関係は壊せないもの……と本当に聞きたかったことには蓋《ふた》をして——

「あの……今度の土曜、どうしますか？　予定、まだ決めてませんでしたよね？」

そんな当たり障りのない会話にすり替える。なのに、

『すみません、今度の土曜は予定があって……』

「そ、そうですか……。じゃあ日曜に……」

『すみません、日曜も予定が……』

「日曜も、ですか……」

別に、土日両方に先約があったって、彼はなんにも悪くない。恋人がいる者は休日は必ずデートすべし、なんて決まりどこにもないし。だけど、彼と正式に付き合うようになってからは、土日どちらかは必ず会っていたし、なんなら土日両方デートなんてことも多かったから（お泊まりもしないのに……！）、なんだか肩透かしを食らったような気になる。前は私との予定を優先してくれてたのにな……。何か先約があっても、日程をずらしたり、予定の前のわずかな時間を割いてくれたりしていた。

——やっぱり龍生さん、冷めてきてるのかな……私のこと。

一目惚れは減点方式だから消費しきっちゃったらそれで終わり——という恵里子の

持論がふっと頭をよぎる。龍生さんはあの最悪な元カレみたいに、顔だけで私のこと好きになったわけじゃないんだろうし、その証拠に顔以外のこともたくさん褒めてくれて、それがすごく嬉しかった。初デート――あの観覧車での怒濤の告白を思い出して、千紗の胸が熱くなる。

それでも、女神だなんて最初から期待値の高すぎる恋だったから、実際は中身お子ちゃますぎる私に失望――どんどん減点されている最中なのかもしれない。彼の『好き』はあと何点くらい残ってるんだろう……。何も言えなくなってしまう千紗に、

『あの、もしよろしければ……』と北風。

――なになに？　休日はダメだけど平日の夜なら会える？　それとも来週なら土日ともに空いてるから、お詫びに泊まりで小旅行でも、なんて小粋なお誘いくれちゃうのかしら――？

性懲《しょうこ》りもなく甘い期待に瞳を輝かせる胸の子猫を、あのねぇ、いくら恋は盲目って言ってもいい加減学習して？　彼にそんなスマートな切り返しができると思う？と説き伏せる。そんな千紗の、悪い意味での期待通りに、

『よろしければ昔話でもお聞かせしましょうか？　何か眠くなりそうなものを……』

完全に眠り相談員と化した北風が『こういうの、意外と得意なんですよ？　莉衣奈

が小さいころはよくおやすみ前に本を読んでやっていたのですが、ぼそぼそ感のある森本《もりもと》レオモードがなかなかに好評で……』と睡眠導入プランBの説明を始めた。

「や……お気持ちだけで充分です。聞いてるだけでなんだか眠くなっちゃった……っていうかもはや寝ざるを得ない！　みたいな気になってきたので……」

『それは朗報ですね、せっかく頼って頂いたのに、何のお役にも立てなかったらどうしようかと……！　これで私も枕を高くして眠れます』

すっかり安心した様子の北風に、やだ、変に気を遣わせちゃってたみたい、と胸が痛む。こういう細かい気苦労の積み重ねが、恋の失点に繋がっているのかも……。不安になった千紗は、そうだ！　と閃いて、

「龍生さんの方は私に頼ってみたいことないんですか？　私、快眠の心得こそありませんけど、それでも何かしらお役に立てることはあると思うんです！　ここは一つ、どーんと甘えてみては……！」

起死回生のボーナス加点を狙って意気揚々と提案してみる。けれど北風の反応は決して晴れやかなものではなくて、

『千紗さんに甘えるなんて、無理ですよ……そんな……』

ぼつり、ぼつり、と抑揚少なめに答える。もしかして噂の森本レオモード入っちゃ

ってるの――？　そう疑ってしまうほどに歯切れの悪い北風に、

「それって私には弱みを見せられないってことですか？　もっ、もしかして強すぎる私とは一緒にいると疲れちゃうとか、そういう……」

『いえ、決してそういうわけでは……！　ただ迷ってしまうんです、貴女の言葉を額面通りに受け取ってもいいのか。不安ばかりが広がって、正直心が安まらない……』

「そう……ですか……」

『でっ、ですがそれは千紗さんの責任ではなく、貴女のことが好きすぎる私の……』

ローテンションながらも必死にフォローする森本レ……ではなく北風に、

「龍生さんは、まだ私と結婚したいって思ってますか……？」

そんな鎌を掛けるようなことを聞いてしまう。――と、息の詰まるような、わかりやすい沈黙が広がって、

『それは――――もちろんです……』

ああ、言わせてしまったな、と女の勘がなくてもわかる。そのくらい、彼の言葉には迷いが溢れていた。

これ以上追及しちゃだめ。これ以上強く触れたら、恋のシャボン玉が壊れてしまうわ――。身のすくむ思いがした千紗は、

「今の……忘れてください。電話、嬉しかったです」

それだけ言って、慌てて通話を切った。また減点されちゃったかな。だけど、あれ以上電話を続けていたら――。パチンと割れるシャボン玉が頭に浮かんで、ぶんぶんと首を振る。

プランBは失敗ね、だって今日は全く眠れそうにないもの――。

ローテーブルの前で再びしゅんと丸まった千紗は、

「龍生さんの、うそつき……」

顔を伏せたまま、力なく呟いた。


「休日って、こんなに長いものだっけ……」

北風との約束がない週末――やけに片付いた部屋を眺めながら息をつく。これでも土曜はどうにかなったのだ。特に予定がないからと家の隅々まで念入りに掃除して、それ以外にも、忙しさで後回しにしていた雑事を一気に片付けた。そして迎えた日曜日――どうしよう、もう他にやることがないんですけど！

変なの。彼がいなかったころは、一人きりの休日なんて珍しいことじゃなかったのに……。あのころはどうしてたんだっけ？　思い返してみると、仕事での疲れを引きずって、何をするでもなくぼーっと過ごしていた気がする。大したこともしていないのにあっと言う間に消費されていく休日に、えっ、もう終わっちゃうの？　まだ会社行きたくないのに……！　と絶望してしまっていた。なのにおかしいな。今はただ、早く明日になればいいのに、そしたら仕事ができるし、余計なことを考えなくてすむ、なんて、あんなに嫌だった月曜を求めてさえいる異常事態だ。

——彼の方は今、何をしているんだろう。

気にしないようにしてたのに、やることがなさすぎてつい考えてしまう。まさか恵里子と会ってたりして……。そんな疑念が頭をよぎって、胸にモヤモヤが広がる。

「こんな昼間っから秘密のレッスンだなんて……龍生さんってば最低……！」

——でもまあ一応私のため……だったんだよね？　きっかけは……。

彼と恵里子、二人の関係が本当に夜の修行オンリーなんだとしたら——私のために思い余って始めてしまったことなら、こっちとしてはいろいろ複雑ではあるけど、もう二度としないでくださいねって、どうにか目を瞑《つぶ》れる……かも。もちろん瞑りたくはないし、胸の子猫だってぷんすかしてて、今なら鉄の壁でも余裕で削れるんじゃってほどの勢いでバリバリ怒りの爪研《つめと》ぎしてるけど、どうにか頑張ろうとは思う。

だけど、修行が発端で心まで通わせちゃったなら……それは誰の責任なんだろう。

誰をどう責めたらいいんだろう――。恵里子の『本気』を思い出してしまって、胸がキシキシと軋《きし》む。まさか龍生さんも恵里子のこと……。

「……ってああもう、何かしてないと悪い方にばっかり考えちゃう……！」

気を紛らわそうとテレビをつけてみるも、『この便利な除菌グッズが五点セットでななななんと一万円……！』なんて通販番組に「あ、これ龍生さん好きそう！」とまたもや彼のことを考えてしまう。いけない、と慌てて雑誌に逃げ込んでも、気の早いハロウィングッズ特集にあったカボチャのお面に、「あ、これ可愛い。龍生さん、般若じゃなくてこっちにすればよかったのに」なんて、結局何をしても北風のことばかりに頭がいってしまって、つまりは彼が恋しくてたまらないのだ。

彼が今ここにいてくれたらいいのに。しょぼんと俯いた刹那にスマホが鳴って、もしかして……と胸の子猫が顔を上げる。だけど残念、母からのメールだった。

〈千紗ちゃん、ビッグニュースですよー！　この前、龍生さんが遊びに来たときお味噌の話題が出たでしょう？　だからお母さん、全国のお味噌をお取り寄せしちゃいました一！　パチパチパチ～～！　そんなわけだから、今度我が家で利き味噌大会をしようと思います。龍生さんと奮ってご参加くださいね！〉

「つきましては都合のつく日程を教えてくださ い……って、なんでもう参加前提？

龍生さん、そんな謎の大会行きたがるかなぁ……」

母からのおかしな招待に、ただでさえ今微妙な状況なのに……と戸惑う千紗だったが、彼に連絡するいい口実にはなると、早速北風に打診のメールを打ち始める。

今は用事中だろうけど、それでもすぐに気付いてくれるよね？　忙しいから後でいいや、なんて放っておかないで、千紗さんからのメールなら……！　って流れ星みたいな速さで返事をくれたらいいな――。

そんな淡い期待を込めて送信したものの、スマホは無言を貫いたまま一向に鳴る気配がない。いったい誰とどこで何をしているの？　やっぱり恵里子と一緒に――？

なんてモヤモヤの霧がどんどん濃度を増していく。

やっぱり、こんなことならメールアドレスなんて交換しなければよかった。連絡手段が日記しかなかったころの方がずっとずっと幸せだったと、千紗は遠い目になる。

仕事で疲れたときも、あの情熱色の赤い手帳を――そこに綴《つづ》られた彼のらしくない丸文字を目にするだけでとても癒《い》やされたし、少しとんちんかんな彼のコメントに元気をもらったりした。その日あった素敵なことを彼と分かち合えたら――そんな風に思って記す日記はすごくうきうきしたし、そこにどんな返事が来るんだろうって待つ時間は、メールに比べたらはるかに長いのに、ずっとわくわくしていられた。

それなのに、今はちょっと返事が来ないくらいでずるずると不安の渦に引き込まれてしまう。私はいつからこんなに堪え性のない人間になってしまったのだろうと、深いため息をこぼす。

「そうだ、オジギソウにお水をあげよう……」

思い立って、ふらりとベランダに向かう。オジギソウがわさわさと生い茂ってくれたら、彼がまた剪定に来てくれる。そんな不埒《ふらち》な願いから、ここ最近は朝晩二回もたっぷりの水をあげていた。枝の先に吹き出物のようにぽこぽこした物ができてしまっていたから、栄養不足かしらと肥料まで追加する熱の入れようだった。お願いだから早く育って――。頑張ってたくさんの愛を注いだはずなのに、

「うそ……」

まだ明るいのに、触れてもいないのに、オジギソウが葉を閉じてぐったりとしている。どうして？　植木鉢の前にしゃがみ込んで、必死に原因を探る。

「ひょっとして水をあげすぎちゃった――？」

水遣《みずや》りもまだなのに湿り気の残る土に、しまった――と胸が痛む。夏場は乾燥しやすいからと多めに水を遣っていたが、ここ数日は曇り空が続いており、残暑にしては涼しすぎるほどの気温だった。今日もノースリーブの部屋着だと、薄い羽織りものや

ストールなんかの巻物がないと、肌寒く感じてしまうほどで――

「巻物、か……」

くしゅんと落ち込んだオジギソウを見つめながら、あのファミレスでの一件を思い出してしまう。

千紗がもらえなかったファッション巻物を手にした恵里子は、こっちがびっくりしてしまうほど、心底楽しそうに笑っていた。だけど、あのとき楽しそうだったのは彼女だけじゃない、北風だってそうだ。

いったい何の話であそこまで盛り上がっていたのかは謎だけど、和気藹々《わきあいあい》と語り合う二人は、某組員とその情婦だなんておかしな意味合いではなく、本当にお似合いだった。遠慮なく何でも話せてしまえる感じ――ウェディングフェアのときに遭遇した夢子と大喜名カップルを彷彿《ほうふつ》とさせる気さくさが垣間見られて、彼女の千紗としては悔しくなってしまう。

身振り手振りを加えながら興奮したように語る北風の姿が思い起こされて、胸の子猫が、みゅーんと悲しげに目を閉じる。千紗といるときの北風は、どこか変に遠慮しているところがあって、あんなにも生き生きと何かを語るなんてこと、そうはなかった。千紗が越えられなかった心の壁を、北風と恵里子は互いに、それもあっと言う間に飛び越えてしまったらしい。

いい意味でずけずけと物を言えてしまう恵里子だ、短時間でも鮮やかすぎるくらいにするりと、北風の懐に飛び込んでいけたのかもしれない。そんな彼女だからこそ、北風の方も気兼ねなくぽんぽんと心の内を明かせたのだろう。

「龍生さん、私じゃなくて恵里子にならなら甘えられるのかも……」

私と違って変に構えることなく、自然と本音を打ち明けられる――そんな恵里子だからこそ巻物を贈ったり、『大切な人です』なんて公言したのかな、龍生さん……。

「それってもう浮気じゃなくて完全に本気じゃない……」

じっとりと重たいモヤモヤの中で、胸の子猫が息苦しそうに震えている。スマホは相変わらず無口で、オジギソウもぐったりとしたまま。

「このまま枯れちゃったらどうしよう、まだ花も付けてないのに……」

もしかしたら――龍生さんと私の恋も、こんな風に、静かに終わっていくのかもしれない。愛の花を咲かせることもなく……。

ベランダにしゃがみ込んだまま動けない千紗は、枯れゆく恋に為《な》す術《すべ》もなく、オジギソウのように、ただしゅんとうなだれるしかなかった。

第四章 命あればこそ

土曜の夜——極秘鍛錬から帰還した龍生はリビングのソファで一人懊悩していた。

ううぬ……やはり無理だ。千紗さんを冒瀆《ぼうとく》するようなこと、私にはとても——！

ふるふると首を振り、一度は思いとどまった龍生だったが、いやしかし、明日に迫った大勝負のためにもここは心を鬼にして……！　と勢いよく立ち上がる。もう手段を選んでいる場合ではないのだ。目の前に三春がいると強くイメージした龍生は——

「ちっ、ちちち千紗さんってバカなの……？」

くっ、言ってしまった……！　彼女の願いとはいえ、なんと不届きなことを……！

罪悪感に襲われてへなへなとソファに倒れ込む。

先々週——あのウェディングフェアで知り合った大喜名という男の、一見無礼とも思える愛情表現を三春は大層羨ましがっていた。彼の小学生的なからかいに魅力を感じてしまったらしい彼女は、自分のことを呼び捨てにしてみないかと提案、挙句にはもっとぞんざいに扱ってくれ、などという自暴自棄的な発言までしていた。

いくら彼女の望みとはいえ、女神を冒瀆するような真似はできない。そのときは丁重にお断りしたのだが、そうも言っていられない事態になってしまった。というのも最近、彼女との心の距離が急速に離れていっているような気がするのだ。

それは、彼女には絶対に言えない件が多すぎて、己が一方的に後ろめたさを感じているから、というせいもある。が、それを抜きにしても、このごろの三春は明らかに様子がおかしい。社内で目が合っても、以前はにこりと咲き誇る薔薇のように微笑みかけてくれていたのに、今では何かを疑うような瞳でじっとこちらを見つめるのみだ。

『どうして私、こんな凶悪面のオッサンと付き合ってるのかしら――』

そう自問自答しているかのような彼女の冷視線が、龍生としてはとてもつらい。三春には明かせない例の秘密が後ろ暗すぎてつい目をそらしてしまう――そんな不躾なことも過去何度かあったが、最近では彼女の『もう私、この人のこと好きじゃないかも』的な視線に耐えられないがために、不自然に顔を背ける日々が続いている。

恐れていたことがついに起きてしまった。吊り橋効果が薄れ、彼女は気付き始めてしまったのだ。己の恋が、強面への恐怖心から生み出された偽物だということに――。

『龍生さんは、まだ私と結婚したいって思ってますか……？』

先日彼女に電話で聞かれたことだ。もちろんだと平静を装って答えたが、実際は心臓をすり下ろされたような心持ちだった。彼女の言葉の裏にある『私はもうそれほど結婚したいとは思っていませんよ？　その凶器的な眼光にも耐性がつきましたし、以前ほどドキドキはしていないんですから——』という思いに気付いてしまったのだ。

これはいかん、吊り橋効果が完全に切れてしまう前に、なんとか彼女の心を繋ぎ止めねば——！　焦った龍生は、彼女が喜んでくれるならと、己としてはあまり気の進まない、大喜名風の愛情表現を習得しようと、

「ちっ、ちちち千紗さんってバカなの……？」

再び立ち上がって罵倒《ばとう》の練習に励むも、やはり畏れ多すぎて「失礼……！　千紗様はバカであらせられるのか……？」と虚空に向かって慌てて訂正する。ううぬ、まだまだ修行が足りんな、呼び捨てさえも敵わないとは……。明日までにはなんとしても大喜名氏並みの巧みな貶《おとし》め術を身につけねばならんというのに——！

三春家でまさかの般若化、ナッツを撒かれて追い出されるという大失態を演じてしまったあの日から今日で二週間——明日は汚名をそそぐ絶好の機会なのだ。

というのも、明日三春家では利き味噌大会なるものが開催されるらしい。招待メールを受け取った際、利き味噌とは何ぞや？　と疑問しか浮かんでこなかったが、これ

は三春家再訪の好機だと二つ返事で参加の旨を伝えた。

もっとも、メールをもらったのは極秘鍛錬の真っ最中——なかなか通知に気付けず、返信自体はかなり遅くなってしまったのだが……。お詫びに彼女の好きな鳩の絵文字をたくさん送っておいたので、好感度は下がっていないと信じたい。

なにはともあれ、これが女神たちご神族様を振り向かせることのできる最後のチャンスだ。そう己を追い込んだ龍生は、大喜名流貶め術の基本形でもある「千紗さんってバカなの？」に独自のアレンジを加えた長文罵倒、

「千紗さんってバカなの？　その異常なまでの輝き、太陽をも凌駕《りょうが》するつもりか！」

を発動、案外いけるかもしれないと、

「千紗さんってバカなの？　その全てを癒やすような微笑み、この世界から悲しみという概念を消滅させる気か……っ！」

と叫んだところで、

「バカなのはどう見ても龍生の方だけどねー」

いつの間にか背後にいた莉衣奈に目撃されてしまった。お、お前いつからそこにいたんだ、てっきりまだ外出中だと思っていたのに……！

変なところを見られてしまった気まずさから「てててっ、手洗いはちゃんとしたたん

だろうな？　夏だからといって油断は禁物だぞ、夏場も強力な菌やウイルスは跋扈《ばっこ》しているのだ。プール熱など、その感染力の強さたるや……」と、いつも以上に講釈を垂れた後、本格的なお説教モードに突入。

「だいたい、大学が休みだからと毎日遅くまで遊び歩くとは何事だ！　そんな暇があったら就活に備えて少しは勉強……」

「うるっさいなぁー。友達いないからって彼女の幻影相手におかしな因縁つけてる龍生の方がよっぽど何事だ？　って感じだよー」

うんざり顔の莉衣奈が冷蔵庫から取ってきたペットボトルのジュースを手に、ソファにぼすっと座り込む。おかしな因縁とは何だ、失敬な……！

「莉衣奈よ、子どものお前にはわからんだろうが、これは千紗さんの心をガッチリ摑むための秘策なのだ。彼女の期待に応えられるよう、こうしていろいろと練習を……」

「いろいろと練習ねぇ……」

なぜだろう、どこか白い目で兄を見つめてきた莉衣奈は、

「だからって彼女の親友にそういうこと相談しちゃうのはどうかと思うけど？」

「なっ、なぜお前がそれを知っている……！」

「だってタクシーで午前様してたじゃん、もうバレバレだよー！」

そ、そういえば莉衣奈には見られていたな……。お前には関係ないと誤魔化したつもりだったが、勘付かれてしまったようだ。

「や、それが……あの日は酔った勢いでついな、彼女にお願いしてしまったんだ。自分でもバカなことをしたとは思っている。が、言い訳にしか聞こえないだろうが、それも千紗さんに恥をかかせないための……」

「わかってるよ、男の見栄でしょ？　千紗さんの前でこれ以上ヘマしたくなかった──違う？」

「まっ、まあな……そういう思いもなかったとは言わない」

「経験値を上げておきたかった、的な？」

「ああ、なんとかそれっぽい経験は一通り済ませた風に見せたくてな。仲良く写真も撮ったりして……」

「うぇぇぇ！　そそそ、そんなマニアックなことまで……？」

そんなの経験値を上げるどころか上級者コースすぎて莉衣奈ちゃんドン引きだよー！　と身震いする妹に、「いや、そのくらいは普通だろう」と龍生。

「イマドキの子は頻繁にしてるんじゃないのか。最近は携帯にカメラが付いているせいか、昔より手軽に撮れるしな」

「いやいやいや、全然普通じゃないから！　しかも彼女の親友にそれ頼むとか、やっぱりありえないよ、鬼の所業だよ〜〜！」

龍生ってば最低ー！　と、莉衣奈がまだ中身の入っているペットボトルでばこばこ叩いてくる。

「や、しかし赤の他人に頼むよりは、千紗さんの関係者にお願いした方がまだ……」

「えー、どう考えたって赤の他人の方が後腐れなく済むでしょ、そういうお店に頼むとかさぁー」

「そうか、最近はそういう便利なサービスもあるのか……」

そういえば何かの特集で見たことがあるな、と呟く龍生に、「まぁもうやっちゃったんならしょうがないよ」と、どこか男らしい顔でソファに座り直した莉衣奈は、

「一つだけ確認させて？　気持ちの方は千紗さん一強……なんだよね？」

「当たり前だろう、なぜそんなことを聞く？」

「だってさー、この前もあの恵里子って人と随分楽しそうにしてたじゃない。ファミレスでお酒もなしなのに、かなり饒舌に語り合っちゃってさー」

「それはまぁ、彼女とは馬が合うというか、共感するところも多いせいか話が弾んでな。つい高揚してしまったところはあるが……」

……ってなぜ莉衣奈がそれを知っているんだ……！　まっ、まさか就活の一環として密偵養成所的な所にインターンしている——？　なるほど、それで手始めに兄の動向を調べるよう課題を出されたというわけか——。瞬時に全てを把握した龍生は、

「莉衣奈、業務上知り得た情報には守秘義務というものがあってだな。つまり何が言いたいかというと……」

　そこまで言った龍生は、莉衣奈にガバリと頭を下げる。

「頼む、ここ最近の私の行動は千紗さんには秘密にしてくれ……！」

「頼まれなくたって話せないよこんなこと……って言いたいところだけど、ごめんもう遅いかも……」

　徐々にトーンダウンしてごにょごにょと誤魔化した莉衣奈は、「ま、まぁ仮に千紗さんが何かに勘付いてたとしても、この件にはもう触れないようそれとなーくフォローしとくからさー」と手を振ると、

「その代わり、これからは一生、千紗さん一筋に生きなきゃだめだよ？」

「それはもちろんだ。そのためにもまずは彼女に喜んでもらおうと、短期間ではあるがかなり腕を磨いてな、ついに堂々と披露できるレベルにまで……」

「はいはい、その話はもういいよー」

はぁ、と呆れ顔で制した莉衣奈は、

「そういうの、あんまり口にしない方がいいと思うよ？　いくら自分のためとはいえ、された方はいい気しないしね」

諫《いさ》めるような妹の助言に、確かにそうだなと同意する。今回のことは彼女に頼まれて始めたわけではない、あくまで自主的にやろうと決めたことだ。それを『貴女のために頑張ったのですよ？』などと、押しつけがましく苦労話を語るのはあまり格好の良いことではない。

「とにかく、今回のことはなるべく穏便に済ませよう？」

ペットボトルのジュースをぐびぐび直飲みして仕切り直した莉衣奈は、

「明日はまた三春家にお邪魔するんでしょ？　吊り橋効果が切れる前に今度こそ一気に結婚に持ち込まなくちゃ！　話聞いてる限りだと最大の難関は千紗パパだよねー」

どうしたもんかねぇ、と考え込む莉衣奈に、「いや、それに関してはどうにかなりそうだ」と龍生。

「お面に代わる新たな秘密兵器を用意したからな……」

はっきり言ってかなりヤバめの代物だ。己を受け入れてもらいたい一心で悪魔に魂《たましい》を売ってしまった。あれさえあれば私に批判的な譲治さんを、ひいては吊り橋の魔法が解けかかった千紗さんをも誑《たぶら》かし、強引に結婚を推し進めることも可能だろう。

——が、本当にそれでいいのだろうか。

ただでさえ吊り橋マジックで彼女を欺《あざむ》いていたのに、さらに騙し討ちを重ねて離れゆく心を無理やり繋ぎ止める——。そんなことをして、彼女は本当に幸せになれるだろうか。それに——。

『ねぇ龍生さん、もし私が誰か他の人を好きになったらどうします？』

以前、三春が口にした言葉が、ふっと胸をよぎる。

吊り橋効果が薄れ、正常な判断を取り戻した彼女は、恐らくは気付いてしまったのではなかろうか、龍生自身も悩ましく思う、あの問題に——。

だとしたら、彼女の幸せのために己がすべきことは、強引な小細工などではなく——。

生じてしまった迷いに沈黙していると、

「あっ、莉衣奈ちゃんいいこと考えちゃった！　千紗パパを説得できる、これぞ最終兵器ってのを用意してあげるよ！」

なにやら名案を思い付いたらしい莉衣奈が、勝利を確信した司令官のような顔つきになる。「ずっ、随分頼もしいな……」と圧倒される龍生に、

「そりゃ私だって千紗さんには早くウチに来てほしいもん、最愛のお兄ちゃんのため

にもさー。健気《けなげ》な妹を持って幸せだねー、龍生！」

「嘘を言うな。お前が健気なのはミッシェルなんとかのサンダルのため、だろう？」

図星を指され、「あ、ばれたー？」と小さく舌を出した莉衣奈は、

「えへへ、話のわかるお兄ちゃんだーい好き！」

ちょこんと首をかしげて小悪魔の顔で笑った。

☆

「龍生さん遅いなぁ……。約束の時間には来てくれるんだよね……？」

利き味噌大会の当日、実家の最寄り駅で北風を待っていた千紗がぼそりと呟く。

待ち合わせの時間は一一時半。まだ一五分も前だから彼の姿がなくても文句は言えない。けれど、いつもは約束の時間よりもかなり早めに到着する彼だから、ひょっとして今日は来ないつもりなんじゃ……なんて不安になってくる。あまり早く実家に着きすぎても母たちが困るから――そんな理由から『集合は時間厳守で！』と頼んだのは自分の方なのに……。我ながら勝手だなぁと思わず苦笑してしまう。

先週北風に送った招待メールへの返信はその日の夜遅くに来た。是が非でも参加さ

せてほしい。味噌には疎い方だが味噌桶《みそおけ》になったつもりで頑張りたい——そんな意気込み溢れる内容だったから、たぶんそれなりには楽しみにしてくれているんだと思う。メールの最後に、またあの不気味な鳩の絵文字が並んでいたのが気に掛かるけど（しかも今回は一〇個くらい大量にピョコピョコしていて前回以上に気味が悪かった）。

あの鳩にいったい何の意味があるんだろう。ひょっとして、貴女の元からはもうすぐ飛び立ちますよっていう、斬新な別れの暗示だったりして……？　立つ鳥跡を濁さず的な……？　そうよ、最近じゃ直接言わずにメールでお別れしちゃう、なんてケースも珍しくないみたいだし——。

や、でも龍生さん真面目すぎるほど真面目だし、そういうのはちゃんとしてそう。別れを切り出すならちゃんと正面から……って切り出されたくないけど！

大きくため息をついた千紗は、大丈夫だよね、きっと、と自分に言い聞かせる。昨日の夜、莉衣奈ちゃんも『例の件は心配いらないから！』って連絡くれたし……。

そういえば彼女、お父さんを説得できる最終兵器を龍生さんに言付《ことづ》けたとも言ってたけど、あれって何だったんだろう。また変なお面とかかなぁ……。考えを巡らせていると、どうやら待ち合わせ時間が来たらしい。「お待たせしました」と、千紗の前に颯爽と現れた北風が、

「今日は時間厳守で待ち合わせとのことでしたので、早すぎず遅すぎず——コンマ一秒の狂いもなく、正真正銘ジャスト一一時半到着にしてみたのですが……厳守ではなく、少し早めに来た方がよかったですかね……？」

千紗を待たせてしまったことが気になるのか、北風が申し訳なさそうに眉を下げる。

「いえ、むしろ私の方が時間厳守を破ってしまってすみません……っていうか龍生さん、今日のその服——！」

一見無地にも見える細いストライプシャツにネイビーのサマージャケットを羽織った北風。カッチリと決まったトップスの下は、ベージュのチノパンでほどよくカジュアルダウンしている。いつもとはまるで雰囲気の違う、洗練された彼の姿に千紗が驚きを隠せないでいると、

「お、おかしかったですかね……？　今日は利き味噌大会ですし、もう少し味噌感のある服装の方がよろしかったでしょうか？」

北風が不安そうに己の服を見回す。「いえ、とっても素敵です……！」と、ぶんぶん頭を振った千紗は、

「いつもの湧き上がるような殺し屋感がバッチリ抑えられてますし、除菌スプレーに頼らない清潔感、それに爽やかさが前面に押し出されていてもう完璧です！」

普段のスーツやオシャレ度ゼロの野暮ったい私服とは違う、こなれ感溢れる今日のコーディネートは堅すぎず緩すぎず――彼女の実家に二度目の訪問というシチュエーションにはまさにうってつけのスタイルだ。初訪問のときはスーツ一つにあんなにも困っていたのに、龍生さんったらものすごい進化だわ……！　感心しつつも、彼一人でどうにかできたとは思えない千紗は、

「あ、もしかして、莉衣奈ちゃんにアドバイスもらいました？　いいなぁー、兄妹でコーディネートの相談なんて仲良……」

「いいえ、違うんです、これは莉衣奈ではなく恵里子さんに…………ふおっ……！」

北風が、しまった、という顔をした。

「へぇー、その服、恵里子に選んでもらったんですねー。龍生さん、恵里子とそんなに仲良かったんだー、知らなかったなぁー、あはは」

なるべく自然に話したつもりなのに、下手な役者みたいなイントネーションになってしまう。いけない、これじゃ二人のこと怪しんでるのがバレバレだわ……。焦った千紗だったが、こちらの動揺にはまるで気付いていないらしい北風は、

「恵里子さんとはその……ひょんなことからいろいろと相談に乗ってもらうような関係になりまして……」

ひょんなことからいろいろねぇ……。二人の夜のあれこれを想像してしまって、自分の顔がどんどん不細工になっていくのを感じる。ていうか龍生さん——

「恵里子のこと、名前で呼んでるんですね」

私のときは、こっちから促すまで全然呼んでくれなかったのに……。

「ああ、言われてみればそうですね。いつも千紗さんが『恵里子』と呼んでいるのを聞いていたせいでしょうか。何の戸惑いもなく、当然のように名前呼びしていました」

むしろ名字の方がなんだったか思い出せないくらいです、と北風が笑う。なによそれ、密会するよりもずっと前から恵里子に親しみを持ってたってこと？

なんだか面白くなくて、「今日のことですけど、別に無理して行かなくても大丈夫ですよ？　他に会いたい人がいるならそっちを優先してもらっても全然構いませんし？」なんてトゲのあることを言ってしまう。

「だいたい、利き味噌大会なんて大げさなこと言ってますけど実際はただの試食会——主賓《しゅひん》はむしろお味噌で、味噌さえあれば龍生さんなんてどうでもいいっていうか、両親二人だけの食べ比べじゃ味気ないからって、賑《にぎ》やかし要員として呼ばれてるだけなんですからね、私たち……」

あーもう、なんでこんなこと言っちゃうんだろう。これだから桃原にも、先輩は可愛げがないんですぅ、とか指摘されちゃうんだわ。恵里子ならきっと、こんな子どもっぽい嫉妬の仕方はしない。自己嫌悪に陥っていると、「別に無理などしていませんが」と困惑気味に答えた北風は、

「せっかくご招待頂いたんですから伺います。就寝前のイメージトレーニングが功を奏したのか、心はもう完全に味噌桶状態なんです。賑やかし要員として粉骨砕身……」

そこまで言った北風が急に黙り込む。彼の視線は千紗の向こう――駅に貼られた宣伝ポスターに向かっていた。ウェディングフェアで行った結婚式場のものだ。

「どうかしたんですか龍生さん、浮かない顔ですけど……」

「いえ……あのポスターを見たら模擬挙式のことを思い出してしまって、なんだか気が滅入《めい》ってきたといいますか……」

そう打ち明けた彼の表情は酷く強張っていた。気が滅入るほど私との模擬挙式が嫌だったんだろうか――。実際あのときは代理立てて逃げちゃったしね、父の願いを叶えるために、なんて言い訳してたけど……。

「はっ、誤解しないでください！　千紗さんに何か問題があったというわけではなく、これは純粋に私の問題といいますか……」

龍生さんの問題って……それ、私への気持ちが冷めてきてるから挙式を思うと気が

滅入るとかいう話なんじゃ……。邪推してしまって何も言えなくなる千紗に、「あの、つかぬ事をお伺いしますが……」と神妙な顔になった北風は、

「この辺りに吊り橋的なものはありませんか？」

つ、吊り橋って、ほんとにつかぬ事聞いてくるのね、龍生さん……。唐突すぎる質問にぽかんとしながらも、

「吊り橋じゃなくて、普通の橋ならありますけど……。ほら、この前、通ったの覚えてませんか？　実家に行く途中の」

「いえ、そういう頑丈なものではなく、著しく老朽化した、今にも崩れ落ちそうなものがいいんです……！　なんなら橋ではなく、切り立った崖《がけ》とかでも可です！　なんというかこう無駄にハラハラドキドキするスポットといいますか、ちょっとした事故などが起きそうな危険度の高い場所、この辺りでご存じないですか？」

「さ、さあ……。ないと思いますけど……」

龍生さんって実はスリルを求める系の人なのかも……？　危険スポットの情報くらいで彼の心を引き戻せるとは思わないけど、それでもできる限りのことはしたい。そう思った千紗は、「もしあれでしたら実家で両親に聞いてみましょうか、意外な穴場を知っているかもしれません……！」と明るく提案してみる。けれど、

「いえ、これは禁じ手でした、忘れてください……！」

そう言って己を恥じるように首を振った北風は、「そっ、そろそろ行かねば遅刻してしまいます！」と誤魔化すように話題を変え、実家への道を急ぎ足で歩き始める。

禁じ手って……龍生さん、いったい何をする気だったの……？　彼の後に続きながらも気になってしまう。ひょっとして、私のこともういらなくなったからって、事故に見せかけて葬《ほうむ》ろうとした、とか——？

いやいやいや、彼に限ってそんなわけないでしょ。あのホワイトデー明けの鈍器騒ぎのときだって、ターミネーター化した龍生さんに殺されるんじゃないかって逃げ回っちゃったけど、結局全部誤解だったわけだし？　あー、でも普段真面目な人ほど追い詰められると何を仕出かすかわからない、とも言うしなぁ……。

どこか翳りのある北風の横顔が、無性に不安をかき立ててくる。もしかしたら結婚の件で彼を追い詰めすぎてしまったのかもしれない。やっぱり、こういうことで男の人を急《せ》かすのはNGだったのかも……。彼の様子がおかしくなったのは、明らかにあのウェディングフェアからだし、フェアの後も結婚情報誌なんて見せて追い打ちかけちゃったし——気の進まない結婚に向けて隙なくじりじり攻めていこうとする私に、息が詰まっちゃったのかなぁ、龍生さん……。

恵里子ならきっと、ああいうプレッシャーの与え方はしないだろう。そもそも結婚願望なんてまるでない彼女だけど、もし急にしたくなっても、私みたいに重たくはならない。あくまでサバサバと余裕な顔で、軽やかに大らかに、ときに儚げに甘えて、相手をサラリとその気にさせてしまえるんだろう。……って、よせばいいのにまた恵里子と比べてしまった。

だけど考えれば考えるほど、認めたくなくても認めざるを得ない事実にぶち当たってしまう。龍生さんに本当に必要なのは私じゃないって事実に——。

あの日ファミレスで楽しそうに笑う彼と恵里子を見たときから、薄々どこかで気付いてはいたのだ。自分と一緒にいて変に気疲れしてしまうくらいなら、ざっくばらんに本音を話せる恵里子といた方が彼は幸せになれるんじゃないかって。恵里子だって彼のおかげでやっと真実の愛に気付いたんだもの、私に遠慮せずに、彼と一緒になれた方がいいに決まっている。

千紗としてはもちろん未練ありありだし、今ならまだ、何にも気付かないような顔をして、北風との結婚を押し切ることも可能だろう。だけど、そんなことをしたって彼との間にある壁は消せない。結婚しても家族にはなりきれずに、微妙な距離感のまま、花を咲かせることなくだめになってしまうだろう。

ふっと俯いた千紗は、胸元に光る、ネックレスに通されたままの指輪を眺める。自分の指には少しだけ大きいこの指輪は、恵里子にはちょうどよくはまってしまうのかもしれない。シンデレラの足にガラスの靴がピタリと合ったみたいに――。

悔しいけれど、私が彼を諦めれば全てが丸く収まる。それなら、いつまでも子どもみたいな嫉妬をしてないで、潔《いさぎよ》くこの身を退《ひ》くのが大人の女性としての、あるべき姿なのかもしれない――と千紗は思う。

恐らくではあるが、彼はまだ恵里子に惹かれていることに無自覚なんだろうし、仮に気付いていたとしても、自分からは『別れてほしい』なんて言い出せはしないだろう。呆れてしまうほどに真面目な人だから、恋人の親友に本気になってしまった自分を責めて、本当の気持ちに蓋をしかねない。だから――

だから私から言ってあげなくちゃだめだ。彼の幸せを本当に願うのなら――。

実家への道を歩きながら、足元のハイヒールを見つめる。今日履いてきたのは、彼との恋を引き寄せてくれた運命の一足、ミッシェル・ロザリーのエナメルパンプスだ。二人の縁を結んでくれたこの靴が、また彼との関係を繋ぎ止めてくれるんじゃないか、そう思って選んできたけれど、今度ばかりはそうもいかないらしい。

だけどせめて、大人らしく綺麗にお別れできるよう、ヒールの魔法だけは貸してちようだい――？　遠い夢のように淡いピンク色をしたパンプスに願いを込めた千紗は、静かに思いを決めて、すっと顔を上げると――

「――龍生さん」

女神の顔を作って彼を呼び止める。

彼を思うなら、本当に彼の幸せを願うなら、もういいですからって、あなたの運命の人は他にいますよって、笑顔で送り出してあげるべきなのに、

「千紗さん……？」

振り向いた彼の鋭くも愛おしい瞳に射貫かれてしまったら、みゅー、と彼を求めて切なげに鳴く胸の子猫をなだめきれなくなってしまって――

「ごめんなさい、なんでもないんです……」

女神にはなりきれずに、つい子どもみたいに誤魔化してしまう。

我ながらなんて諦めが悪いんだろう。それでも、いつまでも引き延ばしてはいられない。帰るまでにはちゃんと大人になって、どうにかけじめを付けなければ――。

そんな覚悟を秘めて見つめる川沿いの道は、この前通ったときはあんなにもキラキラと輝いていたのに、今は彼と一緒にいても、すっかり色褪《いろあ》せて見える。

この道をこうして北風と二人で歩くことは、今日を限りにもう二度とないのだろう。

そう思ったら、寂しげなこの景色は、もう二度と色を取り戻さないような気がした。

「あら二人ともいらっしゃーい！」

実家に着いた千紗たちを朗《ほが》らかに迎えた深雪が「今お味噌の準備してるから、先に部屋で待っててくれる？　今日はリビングじゃなくて和室ね」と小首をかしげる。

「え、和室って足疲れちゃうしリビングの方がいいんじゃ……っていうかなんでお母さん浴衣《ゆかた》着てるの？」

しかもそのやたらラブリーな小花柄、私が学生のころ着てたやつだよね……。千紗ですらもう気恥ずかしくて着られないデザインの袖《そで》を、「うふふ、似合う～？」と嬉しげに振って見せた深雪は、

「今日はね、譲治さん和の気分なんですって。だから私も勢いで着ちゃった！」

和の気分って……前回は海外ドラマ風だなんて暴走してたのに。『ノー味噌・ノーライフ！』とか胡散臭《うさんくさ》い英語で騒がれるのもなんだけど、和の気分っていうのもそれはそれで嫌な予感しかしない。

はぁと額《ひたい》を押さえながらも北風とともに和室に向かうと、床の間を背にどっかと座り込んでいた譲治は、和の気分だという情報の通り、深雪と同じく浴衣を着ていたが、

無地のためか年相応に落ち着いた趣《おもむき》だ。わざわざ紗《しゃ》の羽織まで重ねているところを見ると、北風の強面に対抗するために威厳のある頑固親父を演出したいだけなのかもしれない。そんな父の思惑に気付いているのかいないのか、「ご無沙汰しておりますジョ～ジさん」と、律儀にも前回指導された巻き舌呼びで挨拶した北風は、「その浴衣、とってもよくお似合いですね。実は私の父も生前はよく和服を着ていまして、こうして見るとジョ～ジさんが父の生き写しのように思えてきます」

北風にしてみれば最上級の褒め言葉なのだろうが、「前にも言ったがそんなこと言われても全然嬉しくないぞ！」と、不満そうに顔をしかめた譲治は、

「それにその不自然に欧風かぶれな巻き舌呼びはやめてくれたまえ。今日は譲～治さん！と、今にも演歌を歌い出しそうなくらいに小節《こぶし》をきかせて呼んでくれ！」

「ちょっとお父さん、それ前より難易度上がってるし……！」

彼を困らせるようなことやめてよね、とうんざり顔の千紗に、「こらこら、お父さんじゃないだろう、今日は父上で頼む」なんて、さらにうんざりな要求が飛んできた。それもう和風っていうか時代劇だし……！

我が親ながら面倒くさいなぁと思うけれど、これが北風との最後の思い出になるのかもしれない、そう思ったら、あんまりうるさくは言えなくなってしまって、「とり

あえずはまあ座って賜《た》もー」なんて、もはや時代劇を通り越して平安朝まで行ってしまった父の言葉にも素直に従う。

「外は暑かったであろう。どうじゃ、麻呂が飲み物でも入れてやろう」

どういう風の吹き回しだろうか。座卓を挟んだ向かいに座った北風を譲治がもてなし始める。

「とりあえずは水でよかろう？　利き味噌前だ、舌を鈍らせぬよう味のないものの方がよいからな」

「なるほど、確かに味噌の味は繊細ですからね。万全の口腔《こうくう》状態で臨むためにも是非水でお願いします」

譲治の言葉に、北風は感心したように頭を下げる。うむ、と頷いた譲治はアイスペールの氷をグラスに入れると、水差しのお水を注いで、

「ささ、まあ一口飲んで賜もー。軽く舐《な》めるだけでもよいからのー？」

いやに上機嫌な譲治がグラスを差し出す。北風が「どうも」と会釈をしながら受け取った瞬間、譲治の口の端がニヤリと上がった。怪しげな古語遣いよりもさらに怪しいその笑みに、はっと危険を察知した千紗は、

「龍生さん、それ飲んじゃだめー！」

慌てて制止したけれど一歩遅かった。何のためらいもなくグラスに入った『お水』を一気飲みした北風は、

「ん――？　このお水……ほのかにアルコールの香りがしますね、除菌タイムを思い出して少し和みます」

「そりゃあアルコールだからのー。安心せい、消毒用ではなくちゃんと食用――ぶっちゃけ焼酎じゃ」

「「え………？」」

千紗とハモった次の瞬間、パチパチとまばたきした北風は――そのままバタンと後ろに倒れてしまった。

「たっ、龍生さん、大丈夫ですか……！」

血相を変えた千紗が呼び掛けるも応答なし。慌てて呼吸を確かめると、よかった、ちゃんと息してるし脈も正常――急性アルコール中毒的なことではなさそう。外傷もなく、ただ眠っているだけらしい北風にひとまず安堵しながらも、

「お父さんったらなんてことするのよもう！　一歩間違えば命に関わることだったのよ？　世の中にはやっていいこととだめなことがあるの、わかる？」

親子の立場逆転状態で譲治を叱りつける。

「ごっ、ごめんよ千紗……！　悪気はね、ちょっとしかなかったんだ。焼酎って言っても度数低めの甲類をさらに薄めたやつだし、それにまさかあんなに勢いよく飲むとは思わなくてね……！」

さすがに反省しているらしく、おかしな言葉遣いをやめて普通に謝ってきた譲治は、

「ただね、除菌用のアルコールは好んで酒はやらんという彼の姿勢は道理に合わないような気がしてね。酒癖の悪さを隠すために呑めないふりをしてるんじゃないか、そう思って一計案じてみたんだ。酔っ払って豹変《ひょうへん》した彼に千紗を傷付けられるなんて事態、絶対に嫌だからね」

こういうことは事前にチェックしておかないと、と超理論ながらも娘の身を案じる譲治。そう言われてしまっては、千紗としてもあまり強くは出られない。「もう二度としないでよね」と軽く注意するだけにとどめる。

「龍生さん、疲れが溜まっていたのかもしれないわね。お仕事が忙しいのかしら」

騒ぎを聞きつけて和室までやってきた深雪が心配そうに言った。

「お客様用の寝室でゆっくり寝かせてあげたいけど、龍生さん立派な体格だからとても運べないし、タオルケットだけ取ってくるから、ここで休ませてあげましょう」

深雪の提案で、北風が目を覚ますのを和室でじっと見守ることになった。

「今日はもう利き味噌どころじゃないわね。利き味噌の危機……なんちゃって」

そんな微妙なオババギャグを残し、深雪がキッチンに片付けに行ってしまったので、和室には千紗と譲治、それから眠ったままの北風だけになった。

掛時計のカチカチという音をうるさく感じるほどにただただ沈黙が続いて、気まずさに耐えきれなくなった千紗は「コーヒー買ってくる、龍生さんの酔い覚まし用に……」と立ち上がる。

「コーヒーなら家にもあるぞ。千紗にも入れてやろうか？」

「うん、でも龍生さんの好きな銘柄の方がいいかなって。彼、コーヒーにはこだわりがあるみたいだから」

「それなら私が行こう。彼が目を覚ましたときに、千紗がいた方がいい」

そんな父の申し出に、いいの、と小さく首を振る。

「まだしばらくは起きそうにないし、それに……」

――龍生さん、疲れが溜まっていたのかもしれないわね。

先ほどの母の言葉を思い出して胸がズキリと痛む。彼の気苦労は仕事のせいなんかじゃない――。

「龍生さん、私といても息が詰まるだけだもの、余計に疲れちゃうわ……」

「なんだ千紗、ひょっとして彼と上手くいってないのか？」

弱気な言葉をもらした千紗を、譲治が怪訝そうに見つめる。

「そうみたいね、お父さんには朗報でしょ」

冗談めかしてみても、笑顔は上手く作れなかった。

「彼にもらったオジギソウもね、あんなに元気だったのに枯れそうなの」

「オジギソウって切り花じゃないよな？　千紗が育ててたのか？　千紗、そういうのは昔から……」

「どんなに忙しいときでもね、毎日ちゃんとお世話してたの」

やだ、実家だからって油断しすぎちゃったかな——

「だけどだめだった……愛が重すぎたみたい……」

レディでなんていられなくて、声がふるふると震える。しまいには、堪えきれなくなった涙がぼろぼろと溢れ出してしまった。

心配そうな父の視線に気付いた千紗は、こぼれ出た涙を慌てて手の甲で拭うと、

「なんだろ、こんな時期に花粉症かな……。もしかしたらタマネギ切ったせいかも。三日も前だけど時間差攻撃で……。ほら、最近のタマネギは奥が深いから……」

真っ赤な瞳で誤魔化した千紗は、「龍生さんのこと、お願い……」と、静かに部屋

を後にした。

★

ここは……どこだ……？　パチリと目を覚ました龍生は、視界に入ってきた見慣れぬ景色に戸惑う。知らないようでいて、どこか懐かしい木目の天井だ。

頭が岩のように重くて、意識がぼうっとする。ゆっくりと体を起こして部屋を見回すと、あれは誰だろう——掛け軸の飾られた床の間を背に、和服姿の男性が本を読んでいる姿が、忘れていた遠い日の記憶を呼び覚ます。

——そういえば父も、よく和室の座卓で難しそうな本を読んでいたな。夏は涼しげな浴衣や作務衣《さむえ》を好んで着ていたのを覚えている。

そうか、あそこにいるのは父さんか——。

眼前の光景に、いつかの懐かしい気配が重なる。これは夢か幻か——まだぼんやりとする頭を振って確かめるが、父の姿は消えない。

ともすると、あの世にでも迷い込んでしまったのかもしれない。入ってはいけない三途《さんず》の和室的な場所だろうか。早く立ち去った方がよさそうな気もするが……二度と会えぬはずの父に会えたのだ。なんとしてもこれだけはせねば――！

勢いよく立ち上がった龍生は父の背後へ回り込み、両手をぐっと伸ばす。瞬間、くらりと眩暈がして手元が狂ってしまい――なんということだ、図らずも父の首元を絞める形になってしまった。気付いて即座に手を放すも、

「ぬわっ、何をする！　突然の凶行……さては君、やはり酒乱か……！」

久々すぎる再会のせいか、父は息子のことを他の誰かと間違えているようだ。敵意剝き出しで身を翻《ひるがえ》した父は「やらせはせん、君ごときに一家の長をやらせはせんぞぉ！」と胸倉を摑んでくる。その拍子にはらり――ジャケットの内ポケットから手紙が落ちる。が、とても拾っていられるような状況ではない。

「父さん、やめてください！」

「ええい、父さんなどと呼ぶな！　私はまだ君を認めたわけではないっ！」

「認めるって、いったい何の話です！　やめてください父さん！　我々が争うことなんてないんですよ！　誰かと勘違いしてるからって二人が戦うことは……！」

揉み合い状態になりながらも龍生は必死に訴える。

「父さん、私です！　龍生ですよ、わかりませんか？」

「そんなことはわかっている！　君の他に誰がいるというんだ！　さては君、大分酔

っているな？」

困惑しつつも己を息子だと理解しているらしい父に、「わかってもらえてよかった……」と安堵する。

「なにせ最後に会ったのは二〇年以上も前ですからね。あのころ中学生だった私も三五――もう立派なオジサンです。気付いてもらえないのではと少々焦りました」

そう言って小さく笑った龍生は、「ささ、今こそあの日の約束を果たさせてくださ い」と半ば強引に父を床の間の前に座らせる。父の後ろで膝立《ひざだ》ちになった龍生は、先ほどは首元に行ってしまった諸手《もろて》を今度はちゃんと両肩に乗せて、

「強さはこのくらいでいいですか？」

気持ち優しめの力で肩もみを始める。生前から寡黙《かもく》だった父は今でも口数が少ないようだ。「あ、ああ……」とぎこちなく答えたきり、何も聞いてはこない。

それでも、叶わぬはずの夢がようやく叶ったと胸がいっぱいになった龍生は、

「天国でもお元気そうでなによりです。こうして見るとあの世でも年はとるんですね。父さん、いい塩梅《あんばい》に渋みを増していますよ。以前から武士っぽさがありましたが、今やもう大名……いや、将軍といっても過言ではないほどの貫禄があります。

おかげさまで私の方も元気にやっています。父さんが見守ってくれているからでし

ょう、莉衣奈も大病一つせず無事成人になりました。『後で後で』と口だけが達者で、まだまだ幼い面もありますが、最近は就活の一環で密偵養成所的な所に通い始めたようです。夢に向かって頑張る彼女をこれからもどうか見守ってやってください」

肩もみを続けながら、一緒に過ごすはずだった時間を埋めるように矢継ぎ早に語り掛ける。

「ああ、そういえば母さんは元気にしていますか？　ここにはいないようですが、どこか別の場所にいるのでしょうか。最後の最後でとんでもない親不孝をしてしまったので、できることなら謝りたかったのですが……」

母の愛が詰まったチョコを、己のつまらない意地で無下にしてしまった――犯した過ちを思い出して再び胸が痛む。

「母さんに会ったら伝えてもらえませんか、あの指輪は大切な人に――一生一緒にいたいと思える女性にちゃんと渡すことができたと……」

そこまで言って、肩もみしていた手をふっと止めた龍生は、

「と言っても情けない話、もうすぐ手元に戻ってきてしまうかもしれません。私が一生一緒にいたくても、彼女の方はそうではないのかもしれない……」

いつまでも不甲斐ない息子です。苦笑まじりにため息をこぼす。――と、

「彼女がそう言ったのか？　結婚などできないと？」

沈黙を貫いていた父が突如口を開いた。

「いえ、彼女は優しいのではっきりとは言いませんが、気持ちが離れていっているのはわかるんです……」

『ねぇ龍生さん、もし私が誰か他の人を好きになったらどうします？』

いつかの三春の言葉が再び胸をよぎる。おそらくではあるが、彼女は気付いてしまったのだ。彼女を真に幸せにできるのは龍生ではなく、もっと他に適任者がいるであろうことを——。そしてそれは、あのウェディングフェアを機に、龍生自身がひしひしと感じ、思い悩んでいることでもあった。

「これは私の蒔《ま》いた種ではあるのですが、彼女が他の男と——それもかなり見目の良い、白目までもが美しい相手と模擬挙式するのを見てしまったんです。とてもお似合いでしたし、正直劣等感を覚えてしまいました。彼のような男と結婚したら彼女は間違いなく幸せになれるだろうと、確信めいたものを感じてしまったんです——」

それは彼が三春家のパーフェクト・アルバムに収めても遜色《そんしょく》のない美形だから——というだけの理由ではない。龍生が彼に対して劣等感を抱いてしまうのは、顔よりもむしろ若さに関してだった。三春は龍生よりはるかに若いが、彼——大喜名はそんな三春よりもさらに若いのだ。

「彼女と私の年の差は八つ――今どきそのくらいという向きもあるでしょうが、年齢的なことだけを考えれば私の方が余命が短いのは明白。事故や病気などの不確定要素を考慮しても、彼女を残して旅立たねばならない確率がかなり高く、そのどうしようもない事実が私としてはつらい……」

龍生の脳裏には、父を――夫を早くに亡くして苦労した母のことがあった。といっても、母を残して早世してしまった父を非難しているのではない。母もその件に関して父を悪く言うようなことは決してなかったし、父との思い出話を子どもも相手によく惚気ていた。再婚のチャンスも何度かあったが、父を忘れられずに結局断っていたのは母自身――彼女は生涯にわたって父一筋だったのだ。

文字通り住む世界が変わってしまったというのになおも繋がり続ける父と母――。二人の関係を尊く誇らしいものだと感じる反面、父を失った母がつらい思いを重ねていたことも知っている身としては、同じ悲しみを三春には味わってほしくない。

「だからこそ余計に、こんな中年の強面男ではなく、模擬挙式で代理花婿をした彼のような、若くて見てくれも良い完璧な夫と少しでも長く一緒に暮らせた方が、彼女は幸せになれるんじゃないか――そう思わずにはいられないんです」

実際、彼女もそんな相手を求め始めているのだろう。というのも、ウェディングフェアのあの日、三春は大喜名を見つめながら何度も『いいなぁ』と羨ましげに吐息をもらしていた。それはいわゆるM的な素質を持つ彼女が彼の巧みな暴言捌《さば》きに魅了されたからだ——そう思いたかったし、昨夜はその秘技を盗むような真似までしてしまったが、三春が彼に惹かれたのはそこだけではないことにも薄々気付いてはいたのだ。三春が惹かれていたもの——それは大喜名の持つS的才能だけではない。顔や若さや将来性やその他多くの——龍生が持ち得ない、三春をより幸せにすることのできる未知数のスペックに他ならない。

『ねぇ龍生さん、もし私が誰か他の人を好きになったらどうします？』

あの日彼女が唐突に問いかけてきたのは、中年強面男にはない無限の可能性を秘めた、まだ見ぬ真の王子に思いを馳せていたからだろう。もしそのような相手がいるのなら祝福する。そう答えたし、事実そうするつもりだった。それなのに——

「それなのに実際はおこがましくも嫉妬してしまう不様な自分がいるんです。彼女の幸せを願うなら潔く身を退くべきなのに、この期に及んでまだ彼女の心を引き止めようとしている。彼女にはもっとふさわしい相手が——彼女の幸せに適任な者がいるとわかっているのに……」

今日もまた、こんなもので彼女を繋ぎ止めようとしている――。ジャケットの右ポケットに手を当てた龍生は思わず苦笑する。先ほどなど、例の結婚式場のポスターに再び劣等感を刺激され、禁じ手であるはずの追加吊り橋効果まで狙ってしまう始末だ。こんな利己的な人間、それこそ彼女にはふさわしくない。自己嫌悪に陥って黙り込む龍生に、

「君はバカか」

無言で話を聞いていた父が不意に振り返る。

「君は今生きてるんだろう？　何のために生きてるんだよ、その手は何のためにあるんだよ。大切なものを守るためじゃないのか？　最愛の者の幸せを他人に委ねるためじゃないだろう！」

語気鋭く言い放った父はさらに続けて、

「もし託《たく》した相手がヘマをしたらどうする？　一人あの世に行ったつもりで、自分なら上手くやれたのにと指をくわえて悔しがるのか？　そんなバカな話があるか！」

「父さん………」

久々の再会だというのに、この年にもなって叱られてしまった。

だが父の言いたいことは痛いほどに伝わってきた。いくつになっても親の言葉は重

く、そしてありがたいものだと心がじんと熱くなる。

「いくら白目の無駄に輝く年下美青年が相手でもな、好きでもないやつと末長く生きたいなんて思うかよ。そんなもの幸せでもなんでもないぞ。最愛の相手だからこそ、限りある人生を少しでも長く一緒にいたいんじゃないか」

そう言ってフンと鼻を鳴らした父は、厳しくも愛のある表情で、

「命あればこそだろうが。君の父親ができなかった分まで愛する者を守り通せよ。どんなに不様でも、そんなに簡単に幸せを諦めるな——」

まるで遺言のような、それでいてどこか他人行儀な父の言葉が、すうっと心に染み渡る。瞬間、ぼんやりとしていた視界が一気に澄み渡って——

「父さん……じゃなくてお義父さん——？　いっ、いつから譲治さんでしたか？」

驚いて仰《の》け反《ぞ》る龍生に、「やっと酔いが醒めたか、バカ息子め」と譲治が苦笑する。

もしや、今まで会話していたのはずっと……？　慌てて記憶の糸をたどる。そうい えば、水だと言って勧められた焼酎を一気飲みして意識が途絶えて……。そうか、こ こは三途ではなく、三春家の和室か——！

ようやく気付いて「これはとんだ失礼を……！」と頭を下げる龍生に、「謝る暇が あるなら早く娘を幸せにしろ」と、譲治が結婚を容認するようなことを言う。

「い、いやしかし、ご覧の通り私はこの家のアルバムにはふさわしくない存在です。私が千紗さんと結婚してしまっては、譲治さんの夢が叶わなくなるのでは……？」

前回はそれが原因で追い返されたのだ。お面に代わる例の秘密兵器を使えばどうにか体裁を整えることは可能だが、それもまだ披露はしていない。これはいったいどういうことか……。譲治の不可解な心変わりに戸惑っていると、

「うふふ、いい子の龍生さんにいいこと教えてあげるわ！」

譲治と龍生――二人の話し声に誘われてきたのだろう。和室の障子を少しだけ開けてぴょこんと顔を覗かせた深雪はにこりと笑って、

「譲治さんはね、あの日誰が訪ねてきても――たとえあなたがブラピだったとしても、どうにか難癖を付けて千紗ちゃんとの結婚に反対するつもりだったのよ？」

「そ、それは端《はな》から娘を誰にも渡す気がなかった、ということでしょうか？」

首を捻《ひね》る龍生に、チッチッチ、と人差し指を揺らした深雪は、

「譲治さんは千紗ちゃんファーストなの。彼女が結婚したいと思った人を、自分の勝手な好みで却下になんてしないわ。だけど、大事な娘を横取りされちゃうんだもの、複雑な気持ちになってつい意地悪しちゃったの。そうよね？」

「そそっ、そんなことはない……！　あのときは純粋に反対だったんだ、こんなズレ

ズレの顔だけキレキレ男、我がパーフェクト・ファミリーの一員にはふさわしくない！　今だって別に認めたわけじゃ……」

「んもう、あなたったら素直じゃないんだから。譲治さんが本気でそんなつまらないものにこだわる人なら、こんなに長いこと一緒には暮らせてないわ。私の旦那様はね、ちょっと天《あま》の邪鬼《じゃく》で子どもっぽいところはあるけど、家族の幸せを第一に考える、とーっても懐の深い人なんだから！」

そう言って、障子をシャッと全開にして和室の中へと踏み込んできた深雪は、座卓に放り出されていた本をひょいと拾い上げる。龍生が目を覚ますまで譲治が読んでいたものだ。カバーがされているので、どんな内容かはわからない。——が、

「えーい、取っちゃえー！」

勢いよく深雪に剝《は》がされたカバーの下には〈あなたの困ったを解決！　娘の彼と仲良くなれる七つの法則　実践編〉なんて龍生を受け入れる気マンマンなタイトルが！

「きゃー！　見ないでぇぇぇ！」

白日の下に晒《さら》されたまさかのハウツー本に、風呂を覗かれた乙女のような声を上げる譲治。そんな彼に、深雪は笑顔で追い打ちをかける。

「譲治さんこの前、帰れ帰れってナッツ投げちゃったけど、ほんとは帰ってほしくな

かったんだもんねー？　息子とキャッチボールするのが夢だったから、食後にやってもらおうって密かにボールとグラブ用意してたのにねー？　今日の利き味噌大会提案したのだって譲治さんだもんねー？　龍生さんが感涙した麦味噌をいっぱい揃《そろ》えてこの前のこと謝りたかったんだもんねー？　さっきのお酒だって、緊張が解けてリラックスしてもらえるかもって気遣いのつもりだったんだもんねー？　だけどなかなか素直には言い出せないんだよねー？　酒癖検査なんてただのついでなのにねー！」

「わあああああ！　もうこれ以上ばらさないで、深雪さーん！」

突然の一斉暴露に両手で顔を覆った譲治が「麻呂は恥ずかしいでおじゃるよー」とその場に崩れ落ちる。その姿を「やーん、譲治さんったら可愛いー！」とスマホで撮影した深雪は、だがすぐに龍生に向き直って母親の表情を見せると、

「そういうことだから、譲治さんのことは心配しなくても大丈夫。龍生さんは千紗ちゃんの幸せだけを考えてあげて？」

「で、ですが……千紗さんの気持ちが私から離れているのは確かな事実なんです。彼女の幸せを思うならやはり結婚は慎重に……」

悔い改めたと思いきや、振り出しに戻ってまたも後ろ向きな発言をする龍生に、

「どうぁぁぁぁーっ！　千紗の気持ちが離れているって、君のその鋭い三白眼は節穴

か〜〜〜っ！」

くしゃくしゃと苛立ち混じりに頭を掻いた譲治は、「あーもう、なんのためにそこまで尖ってるんだよ君の目は！」と、立ち上がって龍生の肩をがしりと掴む。

「私はな、娘の選んだ男が一番だと信じている。だが君はどうだ？　娘の本気を少しでも信じてやったことがあるのか？」

「もっ、もちろん信じてはいます！　身に余る光栄に、何度も卒倒しかけては揺り戻す、起《お》き上《あ》がり小法師《こぼし》状態な日々です！　ですが、それで浮かれているわけにもいかないんですよ。彼女の『好き』と私の『好き』はそもそもの絶対量が違っていて、私の方がはるかに重……」

「どうして千紗の『好き』がそんなに過小評価されなきゃならんのだ！　ちょっと顔が怖いからって調子に乗るんじゃない！　君に問題があるとすれば、それは顔つきでも年齢でもない、その卑屈な思考だ……！」

荒々しい語調で捲《まく》し立《た》てた譲治が、「君のその自信のなさは人を傷付けるぞ」と龍生の強面が霞むほどの威圧感でもって睨《ね》めつける。

「捧《ささ》げた本気を信じてもらえないことほどつらいものはない。いいかげん受け取ってやれよ、あの子の『好き』を——」

譲治はそう言うと、摑んでいた龍生の肩をぽんっと押し出すように放した。

——もしかしたら私はとんでもない思い違いをしていたのかもしれない……。

譲治の言葉を受け、これまでの三春の言動を思い返した龍生が真っ青な顔で固まる。

ずっと過小評価していた彼女からの『好き』が、もし本当に己の『好き』とイーブンだったのだとしたら。それを信じられない己の弱さが、彼女をずっと傷付けていたのだとしたら——。千紗さんの心が離れてしまった原因はこれか——！

犯した過ちにようやく気付いた龍生は、

「千紗ならたぶん駅前のスーパーだ」

天啓《てんけい》のような譲治の声を聞くやいなや、稲妻の速さで家を飛び出す。

——一刻も早く彼女に会わねば……！

もう何も恐れはしない。もう何も隠しはしない。全力で三春にぶつかり、全力で彼女を受け止める。もし彼女の答えが、自分にとって不都合なものだったとしても——。

意気込んだ龍生は、すれ違った相手が引いてしまいそうな……というかもはやこっちが轢《ひ》いてしまいそうなほどの勢いで住宅街を駆け抜ける（もちろん安全走行を心掛けてはいるが！）。

けれど、ああ……やはり年は年だ。昔のように軽やかには走れない。だがもう年齢のことで卑屈になるのもやめだ！　ゼェゼェと早くも息切れしつつある体に、迸《ほとばし》る彼女への想いでブーストをかける。――と、橋の向こうからこちらへ駆けてくる三春の姿が見えた。龍生ほどではないが、ハァハァと肩で息をしている。

何をそんなに急いでいるのだろう。片手にスーパーの袋を持っているところを見ると買い物はもう終わったようだ。要冷蔵品でも買ったのだろうか。

「千紗さん！」

呼び掛けながら駆け寄ると、どうしたことだろう。彼女がいつもより小さい。はて？　と思い、三春の体を頭のてっぺんから足のつま先まで、視線をずらして確認していくと、原因は足元のパンプスにあった。先ほど駅から実家に向かう際はあったはずのヒール部分が、両足ともになくなっていたのだ。

「この靴、またヒールが折れてしまったんですね。しかも今回は息ピッタリに両足同時とは……！　大丈夫でしたか？　お怪我は？」

心配する龍生に、「平気です」とどこか吹っ切れたように笑った三春は、

「龍生さんこそ大丈夫でしたか？　父がとんでもないことを仕出かしてしまって、本当にすみませんでした」

「いえ、譲治さんのおかげで大切なことに気付くことができました。それで……その、

貴女に懺悔《ざんげ》しなければならないことがあるのですが、今お時間を頂いても？」

要冷蔵の品を冷やしに家に戻るのが先でしょうか、とレジ袋の中身を案じる龍生に、

「いえ、大丈夫です」と小さく笑った三春は、

「懺悔って、もしかして恵里子とのこと、ですか——？」

「それもありますが、その他にもいろいろと……。というのも、貴女の私への思いは吊り橋効果がもたらした偽物だと思っていたんです」

「はい……？」

意味がわからないと瞬く三春に、「話せば長くなるのですが……」とそれまでの経緯を説明した龍生は、

「これまで貴女からの『好き』を信じ切れなかったことで、千紗さんを傷付けたり不安にさせてしまっていたかもしれない……。もしそうだとしたらどうか謝罪させてください！」

そう言って深々と頭を下げる。もしも彼女への本気の思いを、それは嘘だと疑われてしまったら——。もしも己の『好き』を、信じるに足りない些末《さまつ》なものだと軽くあしらわれたら——。想像しただけでも悲しみに胸が潰れそうだ。こんなに寂しいことはない。

だが、意図的ではないにせよ、そんな冷淡な仕打ちを彼女にしてしまっていたのだ。そのせいで彼女の心が離れていったのだとしたら、それは当然の報いだ。以前は本当に己とイーブンだった、ともすると己よりも勝っていた彼女の『好き』が、今はもう完全に消滅してしまっていても何らおかしくはない。

だから、今ここで彼女への熱い思いをぶちまけたところでもう手遅れ――今さらそんなこと言われても、と冷笑されてしまうかもしれない。

だがもうそんなことを恐れるのはおしまいだ。己の卑屈さが、そのせいで生じていた彼女への過度な遠慮が、逆に彼女を傷付けていたのだとしたら、これまで踏み込めなかった一歩を全力で踏み出して、彼女との間にある見えない壁を崩さねば――。

恥も外聞も年甲斐もなく全てを曝《さら》け出《だ》す。それが消えてしまった彼女の『好き』に対して私ができる精一杯の礼儀――最大限の誠意を示すことにもなるのだろうから。

決心した龍生は、「これはまた新たな懺悔になるのですが」と前置きしてから、

「もし貴女が私とは違う他の誰かを好きになったらどうするか――貴女からのそんな問いに、私は以前祝福すると答えました。陰ながらではあるが、貴女と相手の幸せを祈ると――。ですがそれは撤回させてください」

これまでの人生の中で、これだけはどうしても譲れないという我《わ》が儘《まま》を通したこと

は意外と少ない、というか、ほとんどなかったのではないかと思う。幼いころからこの強面で周囲を震撼《しんかん》させていたし、それを申し訳なく感じていたから、不用意に人を脅かさぬよう、顔はともかく内面だけはできるだけ主張を控えるようにしてきた。

さすがに家では外見を気にすることはなかったが、父が亡くなってからは彼の分まで母や妹を支えねばと頭がいっぱいで、幸か不幸か我が儘という概念をすっかり忘れてしまっていた。どんなことでも存外すんなりと諦めてこられたのだ。多少心が痛むことがあっても、所詮は我慢できてしまえる範疇《はんちゅう》だった。

――が、今回ばかりは違う。三春の幸せのために身を退かねば――何度そう説き伏せようとしても、聞き分けのない己が首を振り、我が儘にも思い描いてしまうのだ、彼女とともに年老いていく未来を――。

「正直、千紗さんと一緒にいると心が休まらない。貴女に嫌われたらどうしようと始終ドキドキしてしまうし、私風情が貴女を幸せにできるのか不安で、今も現在進行形でハラハラ……心音など常にデスメタル状態の乱れ打ちで、アラフォーの身にはかなりこたえる……！」

胸をがしりと押さえて、切実にそう訴えかけた龍生は、

「――ですが、私にとってはそんな気疲れさえ喜びなんです。貴女のためならどんな

気苦労も厭《いと》いはしない！　もし貴女を失うことになったら、その方がよっぽど気が休まらなくなるでしょう。どこかで貴女が悲しい思いをしていないか、始終気になってしまって――」

三春の宝石のように輝く双眸を見つめながら、心の内をありのままに吐露していく。

「千紗さんを誰にも譲りたくないんです。もし私より貴女の幸せに適任な――若くて眉目秀麗《びもくしゅうれい》な、停電のときなんかにはその白目の輝きでもって周囲を照らし出せるほどの超絶スペック主がいたとしても、それでも譲れない。エゴ剝き出しの見苦しい言い分ですが、ですがそれでも、たとえ他の何を失っても、貴女のことだけは諦めたくないんです！」

彼女の本気を無下にするような愚かな私だ。千紗さんはもうとっくに失望しているかもしれない。だとしても――限りあるこの命あればこそ、私は彼女にこの身を――生涯を捧げたいのだ。寸刻も惜しまず、他の誰に委ねるでもなく、私がこの手で彼女を幸せにしたいのだ。そんな自分史上最大――そして最後の我が儘をどうか聞いてはくれまいか。切なる願いを込め、熱く鋭く真摯《しんし》な眼差しで彼女を見つめる。

「尖っているのに肝心なことは見逃してしまう、張りぼて状態の目元ですみません。メンタルも顔に似合わず弱々しい、見かけ倒しにもほどがある私です。――が、貴女を守るためにならもっとずっと、いくらでも強くなれると思うんです、というかなります！　ですからどうか、貴女のことを一生を掛けて守らせてください！」

ぶわり、と熱い風が吹いた。三春の美しい瞳が驚きに揺れている。

こんな軋みもしない頑丈な橋の上で、我ながらなんと青臭いことを叫んでしまったんだと、今さらながら恥ずかしくなってくる。だがようやく、何の包み隠しも、無粋な遠慮もなく、思いの丈をぶつけることができたと、ある種の達成感が体中に広がる。

が、それでも――。覆水盆に返らず、といったところか。

「いいんです」

三春はそう言って、静かに首を振った。

「私、龍生さんに守ってもらわなくてもいいんです」

いともあっさりと断られてしまった。

潰えてしまった彼女の『好き』を再び呼び戻すことは敵わなかったらしい。

Chocolate Celebration

最終章　チョコレート・セレブレーション

「いいんです。私、龍生さんに守ってもらわなくてもいいんです」

強い南風の吹く、夏の名残が色濃く香る橋で、スーパーの袋を手に北風と向き合う千紗。その足元に、己の虚像を飾り立ててくれるヒールはもうない。

――そうなんだ、別に彼に守ってもらわなくたっていい。

失ったヒール分だけ小さくなった千紗は強くそう思う。

だってもう気付いてしまったから――。

それはここに辿り着く少し前のことだ。眠る北風を父に任せ、逃げるように和室を後にした千紗は、駅前のスーパーで酔い覚ましになりそうなものを探していた。

コーヒーは外せないけど、すぐに飲める冷たい缶コーヒーと、本格的な淹れ立てのコーヒー、どっちがいいんだろう。迷った末に、彼がいつも飲んでいる銘柄の缶コーヒーと、確か酸味よりは苦さのある方が好きだったはず……と、苦味の強いマンデリンのコーヒー豆をカゴに入れる。

他に酔いに効くものって何かあったっけ。ウコン……は今さらだよね、もう飲んじゃった後だし。利き味噌用のお味噌が余ってるから、シジミを買ってお味噌汁にする？　確かあれ二日酔いにいいんだよね……と思い立つも、『私って家庭的でしょ？いい奥さんになると思いません？』アピールに取られそうで自主的に却下する。やっぱり重たい女だなんて、これ以上引かれたくはない。

もうコーヒーだけでいっか、とレジに向かおうとした千紗は、通りかかったお菓子コーナーに、そういえば、と思い出す。

千紗も北風と同じく、アルコールには弱い方だ。だから普段は極力飲まないようにしているのだが、仕事の付き合いで深酒してしまうこともたまにあって、そんなときは無性にチョコレートが食べたくなるし、食べた方が早く酔いが醒める気がする。チョコに含まれる糖分がアルコール分解に効いているのかもしれない。

そんな経験から、一応チョコも買っておこうかなと売り場を探す。龍生さんにはビターチョコの方がいいよね、カカオ七〇％とかの……。見つけて手を伸ばしかけるも、糖分控えめのチョコだと酔いには効かないかも……？　と首を捻る。――と、視界にふっと別のチョコが入ってきた。陳列用の箱に、一つ一つが行儀良く綺麗に並んだ小さなそれは——チロルチョコだ。

といっても、かつて千紗が無性に食べたくなったいちご味ではない。チロルの中では少し無愛想で大人顔のコーヒーヌガーだ。これだったら糖分もあるし、そこまで甘くないし、龍生さんでも大丈夫かもしれない。そう思って、試しに一粒だけカゴに入れる。自分用にいちごの味も欲しくなってしまったが、ここには置いてないようだ。

なんで私が探すときには見つからないんだろう……。会計を済ませてスーパーを出た千紗は、レジ袋を手に肩をすくめる。

いつだったか龍生さんがたくさん買ってきてくれたっけ……。まだ半年も経《た》っていないのに、遠い思い出のように感じられて無性に懐かしい。

恋の終わりを感じながら、色を失った通りを実家に向けて歩いていく。晩夏の熱が行き場のない愛の燃《も》え殻《がら》のように体に纏わり付く。堪えきれない寂しさに泣き出したみたいに汗がこぼれて、急にくらりと立ちくらみ——ハイヒールがピシッと軋んで、あ、この感じ前にも……と思った次の瞬間には地面に転げていた。

いい大人がこんな往来で——しかもお洒落《しゃれ》なカフェの前でこけちゃうなんて恥ずかしい……。いたた、と軽く捻った足元を確認すると、嘘でしょ？　またヒールが片方折れちゃってるんですけど——！

やめてよ、もう王子様もいないのに……と足をさすりながらも自力で立ち上がる。今日は本当にだめだ。最後ならせめて思い出くらい綺麗に残したいのに、それすらも上手くいかない。おちおち感傷にも浸っていられないんだから……。

嘆息しつつも、実家の近くだし、誰か知り合いに見られてたらいやだな……というか見られてないよね？　と顔を上げて周囲をきょろきょろ確認する——と、

「なんで——？」

思わず声に出してしまった。すぐそばのカフェ——そのテラス席に、正直今日は会いたくなかった人物がいたのだ。向こうは千紗に気付いていない。同じテーブルにいる、伸びまくったもさもさ前髪がホコリをキャッチしちゃいそうな彼との会話に夢中だったから——。

恵里子ってば、なんでこんなところに、しかも小霞君と一緒にいるの？　仕事じゃないよね、今日は会社休みだし……。まさかデート？　嘘でしょ、せっかく龍生さんとの真実の愛に目覚めたのに、よそ見なんてしして……！

言っちゃなんだけど小霞君、恵里子が飛びつくようなイケメンって部類ではないでしょ？　まぁ前髪育ちすぎて顔隠れちゃってるからどんな部類なのか正確には判定不可能だけど……って恵里子ってばまさか、龍生さんの良さを知ってからは容姿にこだ

わらない、もはや顔が見えてなくてもオッケーなオールラウンダーに進化しちゃったとか——？

だめよ、だめだめ、そんな不誠実なこと……！　居ても立っても居られなくなった千紗は、片足だけヒールのアンバランスな状態ながらもテラス席に乗り込んで、

「これはいったいどういうことなの？」

恵里子の前に立ち、険のある声音で呼び掛けると、彼女は「やば……」と、教師にタバコがバレた生徒みたいな顔になる。

「ち、千紗も何か飲む？　今日はあたしが奢《おご》るわよ？」

「誤魔化さないで。やっとイケメンの呪縛《じゅばく》から解き放たれたんでしょ？　だったら、他に目移りしてないでちゃんと龍生さんのことだけ見ててよ！」

「冗談よして。そりゃ人間顔だけじゃないってことはわかるけど、目の保養になるのはどう考えたってイケメンよ？　彼のことは見てて飽きないけど、だからって目移りするなってのはどう考えても無理……」

「なによそれ……！」

あんまりな恵里子の物言いにカチンときてしまう。——と、肌を刺すようなピリピリムードに耐えかねたらしい。あたふたと手を振った小霞が、「二人ともやめてくだ

さい、僕のために争わないで……！」なんてあたかもヒロインのようなことを言う。

私が怒ってるのはあなたのためじゃないんですけど……。彼のピント外れな発言に脱力した千紗は、「悪いけどちょっと黙っててくれるかな？」とかわして戦闘再開、

「恵里子ってば、龍生さんに大切な人ですなんて言われて調子に乗ってるんじゃない？　本物のファッション巻物までもらえちゃった人は随分と余裕なのね！」

と声を尖らせる。私が喉から手が出るくらい欲しかったものを一身に受けておいて、早速浮気だなんてひどすぎるわ……！　苛立ちを露《あら》わにする千紗に、「なんで千紗がそれを……」と困惑顔になった恵里子は、だけどすぐに全てを理解したようで「――なるほど、あんた、いたのねあそこに……」とこめかみを押さえる。

「そうよ、だからもう隠し事はなしでお願い」

ここまできたらもうちゃんと大人にならなくちゃ。ちゃんと私から切り出して龍生さんを自由に――恵里子の元へ行かせてあげなくちゃ。かろうじて片足に残るヒールの魔法を頼りに己に言い聞かせた千紗は、

「ねぇ恵里子、お願いだから今までの移り気な恋愛観はすっぱり捨ててほしいの。恵里子が龍生さんに本気なんだったら、これからは龍生さんだけを一途に思ってくれるんだったら私……」

他の人になら絶対に御免だけど、恵里子になら彼を任せてもいい。その方が龍生さんだってきっと幸せになれるはずだから――。ようやく心を決めた千紗は、胸の中でだめだよと、みーみー泣き叫ぶ恋の子猫を押《お》し退《の》けて、

「私、いつも恵里子に助けてもらってばかりで、恩を返せるとしたら今しかないと思うの……。恵里子と龍生さんが……私の大好きな二人が本気で一緒になりたいって言うんだったら私、恨み言なんて言わない……。たぶん私の方が誰よりも彼への『好き』が重いけど、重すぎて彼の女神にはなり損ねちゃったけど、だけどこれからは守護神にクラスチェンジして二人のことを祝福……」

「へぇ、彼のこと私にくれちゃうんだ。ならあんたの『好き』はどうなるのよ」

「それは……恵里子と龍生さん、二人が幸せならいずれは浄化されて……」

「うそつき」

千紗の言葉を遮った恵里子が吐き捨てるように言った。

「いい子ちゃんぶってんじゃないわよ。そんなんで自分の方が彼のことを好きだなんてよく言えたものね。彼よりも自分のことが可愛くて仕方ないくせに！」

「どういう意味よそれ……」

思いもよらぬボディーブローに、千紗の顔が強張る。

「だってそうでしょ？　あの日ファミレスであたしたちの逢《あ》い引《び》きを見てたくせに、声も掛けられずに逃げちゃうなんて、あたしたちの幸せのためなら身を退けるだなんて、そんなのはただの偽善よ、優しさじゃない！」

長い睫毛の下の双眸をキッと光らせた恵里子は、

「あんたはね、自分の醜《みにく》い部分を曝け出すのが怖いのよ。本当の自分をぶつけて北風さんにフラれるのが怖いの。ええかっこしいだから彼のためだなんて顔してるけど、本当は自分が一番可愛いの！　彼と本気でぶつかる勇気もないのに、優等生気取って勝手に人の幸せ決めてんじゃないわよ！」

グサグサと核心を突いてくる恵里子。千紗の心を見透かしたような言葉に息が止まりそうになる。「そんなこと言ったって仕方ないじゃない……」と震える声をやっとのことで絞り出した千紗は、

「だって龍生さんは私ほどの『好き』を持ってない。彼の本気は今、恵里子に向かおうとしてるの！　それは恵里子だって感じてるはずよ？　彼に大切な人だなんて堂々と宣言してもらっておいて、私の逃げ場まで奪わないでよ……！」

そりゃ恵里子に痛いとこ衝かれたのも事実だけど、それでも私、本当に二人のこと大切に思ってるんだから……！　こんなことがあっても恵里子とは親友でいたいって

願ってるんだから……！

涙目になって訴える千紗に、「彼の気持ちがわからないの？　あんた今まで北風さんの何を見てきたのよ……」と呆れたように首を振った恵里子は、

「彼があたしのこと大切だなんて宣言できたのは、簡単にそう言えちゃうくらいの存在だからよ、あたしのこと真剣に背負い込もうなんて思っちゃいないの。だけど千紗に対してはそうじゃない。あんたのことは軽々しく公言できないくらい本気なのよ。あんたのこと生真面目に愛しすぎて思い詰めて自制しまくって、結果動けなくなっちゃうような鈍くさい男なの！」

はっきりと言い切った恵里子。そのまっすぐな瞳が千紗をとらえる。

「醜い自分を見せて嫌われるのが怖い——それはわかるけど、本音を言えない程度の薄っぺらい関係で終わっていいの？　恋の後も一緒にいたいなら衝突を恐れちゃだめよ。相手を思いやりながらもちゃんと自分をぶつけてすれ違いや誤解を打ち消して、絆深めて苦難に立ち向かっていくの。結婚するって——家族になるってそういうことよ。血の繋がらない相手と血の繋がりを超えてわかり合うってことよ……！」

「ただの家族ごっこじゃなくて……？」

——ただ結婚したくらいじゃ、家族ごっこはできても本当の家族にはなれないわ。

かつての恵里子の忠告を思い出して呟く千紗に、そう、と頷いた恵里子は、

「言ったでしょ？　結婚なんて全然ハッピーエンドじゃない。育った環境も価値観も違う他人と四六時中一緒にいなきゃいけないのよ？　どう考えたって面倒くさい予感しかしないし、相手に失望することも信頼が揺らぐこともあるわよ。そんな状態の中でもクリアしなきゃいけない人生の課題は家族の人数分増えていくハードモード――ぶっちゃけ結婚するまでより、した後の方が圧倒的に大変なの」

そんな大変な苦労わざわざ抱え込むくらいなら、一人気ままに生きてた方がよっぽど自由よ、ハッピーよ、と首をすくめた恵里子は、

「だけどそれでも他人といることを選ぶんだったら、家族になりたいって願うんだったら、なおさら腹割って話せなきゃだめじゃない。あんたは――あんたの胸にいる薄ら寒い子猫は何て言ってるの？　あたし、あんたと彼が前に揉めてたときにも話したわよね、大人のフリして大事なものまで手放すなって――」

覚えてる。まだ北風と正式に付き合う前――アルバイトで経理に来ていた莉衣奈を恋のライバルだと勘違いして彼を諦めようとしていた千紗に、恵里子がかけてくれた言葉だ。あの励ましがあったから、彼に素直な気持ちをぶつけることができたのだ。

あの日の勇気をもう一度――と、枯れかけていた恋の息吹《いぶき》を感じる千紗だったが、

「でも、だけどそれじゃ恵里子は……？　恵里子の本気はどこへ行くの……？」

いつも千紗を叱咤《しった》してくれる――今度もまた背中を押そうとしてくれる恵里子を差し置いて、自分だけ北風の元へ走ってしまっていいのだろうか。千紗の胸がきゅうっと痛む。

「恵里子は信じないかもしれないけど私、綺麗事抜きで恵里子には幸せになってほしいって、ずっと前から思ってるの……。恵里子の気持ちを踏みにじるようなことだけは、いくら胸の子猫が騒いでたってできないよ……」

「バカね、だからってお下がりみたいに彼のこと譲ってもらって、それであたしが喜ぶとでも思うの？　正直こんな鳥肌総立ちなこと言うのは主義に反するんだけど、あたしだってあんたに負けないくらいにはあんたのこと大切に思ってるし、綺麗事抜きで幸せになってほしいのよ。泣いても笑っても人生は一度きり。生まれ変わってもまた巡り会いたいって思えるような人がいるなら、その手は絶対に放してはだめ……！」

懇願するように切に訴えかけてきた恵里子は、

「あんたがちゃんと幸せになってくれなきゃ、あたしだっていつまでたっても前に進めないじゃない……」

涙の滲んだ彼女の美しく熱い瞳に、「行きなさい」と後押しされて、

「ごめん恵里子……私、やっぱり彼のことだけは譲れない……！」

こくり、と自らも涙ながらに頷いた千紗は北風の待つ実家へと走り出す。

――私ばかだ……。また変に大人ぶって片意地張って、大切なものを手放すところだった……。

『あんた今まで北風さんの何を見てきたのよ……』

先ほどの恵里子の言葉が何度も胸に刺さる。彼女の言う通りだ。結局のところ千紗は、これ以上北風に嫌われたくないという保身から、子どもじみた――だけど確かな本音を打ち明けられずにいた。口では彼のためと言いながら、気にしていたのは自分がどう思われるかということばかり。己のことで頭がいっぱいで、彼の気持ちをちっともわかろうとしていなかったのだ。

彼に甘えてほしいと言いながら、己のロマンチックな幻想を一方的に押しつけて、もっとこうしてほしいとか、ああしてほしかったとか勝手な不満や不安を溜め込んで、挙げ句の果てには、もし誰か他の人を好きになったらどうします？　なんて試すようなことまで聞いてしまった。

肝心なことは何も伝えてないのに――理解してもらう努力もなしに、彼がわかってくれないだの、『好き』が足りないだのと拗ねてるなんて、ワガママすぎるにもほどがある。そんな謎の『察して』オーラで迫られたら、そりゃ龍生さんだって息苦しくもなるし、壁だってできちゃうよ……。

――知っていたはずなのに……。顔に似合わず優しすぎる彼は、我慢することに慣れっこな人なんだってことを。その上ちょっとズレてて、人の言葉を裏読みなんてできなくて、かと思えば何気ない一言に思い詰めてとんでもない解釈しちゃう人なんだってことを――。

そんな彼だからこそ、私がちゃんと素直に思いを伝えて、私の前では我慢なんてしなくていいんですって安心させてあげなくちゃいけなかったのに、自分のことばかりで彼のことちっともわかってあげられなかった……！

「ああもう、私のばか！　龍生さんは甘えることに不慣れな人だからって、莉衣奈ちゃんからもお願いされてたのに……！」

――早く彼に会いたい……！　もう手遅れかもしれないけど、それでも会ってちゃんと話がしたい……！

気持ちばかりが逸《はや》ってしまうけれど、片足のヒールが折れたアンバランスな状態ではどうにも走りづらい。いっそパンプスを脱いでしまおうか……とも思ったけれど、分厚い靴下ならまだしも薄いストッキングで、晩夏とはいえ照り返しの強い道を歩くなんてちょっとした火渡り修行じゃない？　ガラス片とかあったら怪我しちゃいそう……。それも愛の試練だというなら行けなくはないけど……でもほぼ素足で歩道を爆走してきたって知ったら龍生さん、私の足裏に雑菌付着しまくりなんじゃないかって引くよね？　問答無用で除菌スプレーかけられて、ともすると私ごと駆除されかねないよね？　えーやだやだ、それはだめ！　もう変にカッコつけて女神ぶったりしないから話くらいは聞いてちょうだい——？

防護服を着た北風につまみ出される絵を想像してぶんぶんと首を振った千紗は、それならもういっそのこと……と、立ち止まってその場にしゃがみ込み、まだヒールの残っている方のパンプスを脱いで——

「えいっ！」

ハイヒール部分を歩道に思いっきり打ち付けてみる。——と、この靴、構造上に欠陥でもあるんじゃないかな、ってほど綺麗にヒールが折れて、左右ちょうどいいバランスの、ちょっと不格好なローヒールパンプスが出来上がる。

これじゃシンデレラなんてとても気取れないけど、もう王子様が助けにきてくれなくったっていい。だって大切な人は、ちゃんと自分の足で迎えにいくから——。

よし、と気合いを入れ直し、新生パンプスで駆け出した千紗。もうすぐ、もうすぐよ……と、息を切らせながらも橋のたもとに辿り着く――と、橋の向こうに愛しい人の姿が見えて、鈍色《にびいろ》にくすんでいた世界が色鮮やかに蘇る。

「――貴女のことを一生を掛けて守らせてください！」

千紗のそばに駆けつけ、真摯に訴えかけてくれた北風。彼の言葉に「いいんです」と千紗は首を振る。

「私、龍生さんに守ってもらわなくてもいいんです――」

ヒールを失った足元が、まだちょっと心許《こころもと》ない。だけど大丈夫――彼の前では武装なんていらない。夏の残り香のように熱い風を受けながら、千紗はありのままの自分を語り出す。

「私、こう見えて図太いっていうか、誰かに守ってもらわなきゃいけないほど儚くはないんです。会社でも全身オシャレ要塞《ようさい》で守りを固めてますし、隙がなさすぎて可愛げがないってこの前後輩にも言われちゃって……実際自分でもそう思います。結婚に憧れがないといえば嘘になりますけど、だけどしなくたってどうにかこうにか一人で生きていけるくらいには逞しくて、むしろしない方が自分のことだけに集中できる分、今の強さを維持できていいのかも、なんて気までしてきちゃうんですけど――」

そこまで言って、北風の鋭くも優しさに溢れた瞳をまっすぐに見つめる。

「だけどそれでも、隣に龍生さんがいてくれたらとっても嬉しいんです」

とっても嬉しいだなんて、子どもの感想文かってほどの語彙力《ごいりょく》に、自分でもおかしくなってしまう。本物のレディなら美辞麗句でもっと素敵に訴えかけるんだろうけど、だけど今はもうそんなこと気にしない。

「先週のお休みは龍生さんに会えなくて、あのときも始終思ってました。隣にあなたがいてくれたらいいのにって。テレビを見ても雑誌を読んでも、あなたのことばかり考えてしまって……」

今日は駆け引きなんて一切なし。ちょっとズレてる困った――だけど愛おしい彼にもちゃんと誤解なく伝わるよう、飾らない言葉で本音をぶつけよう。そうやって、少しずつでもいいから二人の間にある見えない壁を崩していきたいから――。

そんな思いを込めて千紗は続ける。

「他の日だってそうです。会社帰りに綺麗な月が出てたら、龍生さんにも見せてあげたいなって思うし、美味しいカフェを見つけた日は、龍生さんにも教えてあげなきゃって思うし、いつだってあなたのこと考えちゃうんです。たとえばもし明日世界が終わるとしても、それでもやっぱりあなたのことを想うし、あなたのそばにいたいんです、私――」

泣いても笑っても一度きり——楽しいことばかりじゃない人生だからこそ、その先にどんな苦難が待っていたとしても彼のそばにいたい。大変な苦労を重ねなければいけないならそれは彼と一緒に——ううん、彼のためにしたい。いつも人の幸せばかりを考えて、損な役回りになってしまう甘え下手で幸せ下手な彼を、私の手で守ってあげたいんだ。溢れ出る思いに突き動かされ、こんなこと自分から言うのは思い描いていたロマンチックな理想とは全然違うけど、だけどそれでも——

「私のこと、別に守ってくれなくてもいいんです。ただこの先の人生を、ずっと私のそばで一緒に歩いてほしいんです。だから私とけっこ……」

「どうかご無礼をお許しください……！」

不意に抱き寄せられ、一世一代の告白が北風の唇で塞《ふさ》がれる。思いがけないキスに、千紗の体を幸せな衝撃が走って、

「申し訳ありませんが、それは私に言わせてください」

千紗に熱い眼差しを向けた北風は臆することなく情熱的に、

「私と結婚してください。私が千紗さんを……千紗を必ず幸せにします」

北風の誠意に満ちた力強い双眸に射貫かれて、恋の子猫はもう声さえ上げられない。愛の落雷に心地良くその身を震わせている。瞳に涙を浮かべながらも「はい……」と

頷いた千紗は、

「だけど人のために――私のために我慢なんてしないでくださいね。私、幸せにしてもらえなくてもいいんです。ずっと龍生さんのそばで、龍生さんを幸せにできればそれで……」

「では幸せに『する』でも『してもらう』でもなく、二人で幸せになりましょう。二人でずっと一緒に――。貴女がいれば私は無敵ですから、二人分の幸せでも必ずやこの手にできるでしょう」

いつになく凜々しく、自信に満ち溢れた彼に、もうやだ、心臓のラブビートが止まらない……！　それならこっちだって――。

お返しとばかりに上目遣いに北風を見つめた千紗は、

「覚悟してくださいね、これからは龍生さんのこと、腕によりを掛けて甘やかしまくりますから！」

「そっ、それは困ります……！　私にとっては貴女と一緒にいられることが最大の贅《ぜい》沢《たく》――最高の甘やかしなんです。これ以上甘やかされてしまっては体がドロドロに溶け出してしまい、人の形を留《とど》めてはいられなくなります……！」

北風の珍妙な抗議に、なんですかそれ、と吹き出す。

「安心してください。たとえでろんでろんにゲル化しちゃっても残らずすくい取ってちゃんと復元しますから。だから変に遠慮して動けなくなっちゃうくらいなら、その都度思いの丈をぶちまけてほしいんです。全部この手で受け止めてみせますから！」

「あああっ、その言葉だけでもうすでに骨抜き、軟体動物状態ですよ。すぐに液状化が始まってしまう……！　こんなにも慈愛に満ち溢れた千紗さんはやはり、地上に舞い降りた女神だぁぁぁっ！」

ふらふらと失神寸前になって褒め称えながらも北風は、

「ですがもう天へは返しません！　二度と放さず私が独り占めにします……！」

そんな痺《しび》れるような愛を叫ぶものだから、千紗も子猫もふにゃーんととろけ顔。

「はい……！　ぜひぜひお願いします！」と北風の大きな体にきゅうっとしがみつく。

「ああ、これ以上の幸せがあっていいのか……！」

「いいんです。私が一生をかけてあなたのそばで証明しますから。だから諦めて甘やかされてください！」

「千紗さん……！」

「龍生さん……！」

お互いを抱き締める腕に、ぎゅぅうっと力がこもる。――と、パチパチとまばらな、だけど温かい拍手とともに、「ブラボー！」なんて歓声が！

いったい何事——？　我に返って辺りを見回すと、通りがかりのご近所さんたちが
「若いっていいわねぇ」と千紗たちを見守っていた（この前北風のことを地上げ屋と勘違いしていたおばちゃんまで……！）。

「はわっ……！　す、すみません、実はもうそんなに若くもないのにこんな公衆の面前で……！」

恥ずかしくなって、慌てて北風から離れる千紗。だけど、「私たちに比べたらまだまだですよ」と、穏やかな笑みを見せる老夫婦に心がぽかぽかとしてくる。

近所のおばちゃんたちと同じく、密かに千紗たちの公開プロポーズ（？）を見守っていたらしい彼らは、千紗たちに負けないくらいに仲良しさん——しっかりと互いの手を握り合っていたのだ。手を繋いだままにこにこと幸せそうに去っていく彼らの後ろ姿に、あんな風にいつまでも仲睦まじくいられますように、と心の中で願いをかける。

が、それと同時に、己の気持ちを犠牲に発破を掛けてくれた恵里子の存在も気に掛かってしまって——

「あの……私、龍生さんのことはもちろん大事ですけど、恵里子のことも大切で失い

たくないんです。だから、このまま知らん顔はできないっていうか、もう一度ちゃんと話して、お礼を言うなり謝るなりして親友関係に傷が入らないようにしなくちゃって思うんですけど……」

唐突に切り出したせいか、北風は「はあ……」と反応に困っている。

「龍生さん、恵里子とその……いろいろあったんですよね？　もう薄々気付いてるとは思いますけど、彼女そのせいで龍生さんのこと真剣に愛し始めちゃったみたいで……」

「ほ、ほう……？」

間の抜けたフクロウみたいな声を出した北風は、「全くの謙遜《けんそん》抜きでそんなことはありえないと思うのですが……」と心当たりなさそうに首を捻りながらも、

「しかし、彼女に甚大《じんだい》な迷惑をかけてしまったのは紛れもない事実。一度改めて謝罪せねばとは思っていたんです」

と、恵里子と向き合う気はあるようだ。こういうことは後回しにしない方がいい。

そう判断した千紗たちは、恵里子がまだいるであろう駅前のカフェへと急いだ。

「すみません、お気持ちは大変ありがたいのですが……」

カフェに到着した千紗たちは、恵里子（とついでに小霞君）と合流。とりあえず飲み物だけ注文した後、北風は恵里子に向かって深々と頭を下げた。

「恵里子さんも十二分に素敵な方だとは思います。ですが私には千紗さんしか見えないんです……！」

千紗としては赤面ものの、だけど恵里子には残酷な言葉を告げる北風に、「悲しすぎてやりきれないわ……」と切なげにため息をこぼした恵里子は、

「ったく、なんでこのあたしがこんな顔が怖いだけのただのオッサンに、しかもミジンコほども愛しちゃいない男にフラれなきゃなんないのよ、不本意すぎてやりきれないわよ、もうっ……！」

恵里子が苛立ちを露わにテーブルを叩く。

「まあね、千紗が最初にここに乗り込んできた時点で、あー、そういう誤解しちゃったんだ、ばっかねーとは思ったけどね、まさかこんな男に形だけでもフラれる日が来るなんて……！　ああもう屈辱だわ、人生最大の汚点よっ！」

「いや、私も恵里子さんが私に恋慕しているなどまさかありえないだろうとは思ったのですが、千紗さんがそうおっしゃるので……その……すみませんっ……！」

不本意の塊と化した恵里子に、北風が再度頭を下げる。

「えっ、じゃあ恵里子は龍生さんに恋なんてしてないってこと――？　でっ、でも二人で密会とかしてたよね？　そもそもなんで二人は会うようになっちゃったの？」

混乱する千紗に、「それが、全ては私の不徳の致すところといいますか、始まりは全くの偶然なんです……」と苦笑を浮かべた北風は、

「実はウェディングフェアに行ったあの日、千紗さんと書店で結婚情報誌を見ていた際に気付いてしまったんです。三春家の美しいアルバムに収められないこの顔とはまた別の、結婚式を挙げるにあたって決して無視できない新たな問題に――」

深刻な表情で事の顛末《てんまつ》を明かし始めた北風は、

「というのもですね、千紗さんとは違い、私には結婚式に招待できるような友人が存在しないという悲しすぎる事実に思い至ったんです。両親とも死別しており、親戚づきあいも特になし――祝電くらいならくれるかもしれない遠縁の者が数人いるくらいで、多めに見積もっても参列者は莉衣奈のみ。想像してみてください、祝福ムード溢れるチャペル――新婦側は満員御礼だというのに新郎側は妹ただ一人……！　千紗さん側にばかり人口が密集しすぎてチャペルが傾き、床が抜けてしまうのでは――？　そんな不安に駆られてしまうほどのバランスの悪さです」

仮にそんなことになったら千紗さんがチャペルブレイカーとして末代まで非難され

てしまう……！　顔面蒼白で額を押さえる北風に、「や、いくらなんでも床は抜けないんじゃ……」とフォローした千紗は、

「そ、それに式には会社の……経理の方だって呼びますし、さすがに新郎側の参列者が莉衣奈ちゃん一人ってことはないんじゃないでしょうか……」

「本当に経理の皆さんを呼んでいいんでしょうか？　私が頼んだらパワハラとか言われませんかね？　ただでさえ強面ハラスメント状態なのに……！　それに、会社の者にどうにか出席してもらったとしても、席次表の肩書きを見れば私に友達がいないことは一目瞭然！　新婦の友人が百なのに対し、新郎はゼロ！　格差社会すぎて政府の力をもってしても到底手に負えない……！」

あのー、私、百人も友達呼びませんけどー。ていうか私だってそんなには友達いませんけどー！　もはや呆れ気味な千紗に構わず、北風はさらに続けて、

「そもそも友人ゼロって心証が悪すぎやしませんかね？　顔ではなく性格に問題があるように捉《とら》えられたり、あるいは裏社会の黒い交友関係は公にできないから誰も呼べないんだと疑われたり……ともすると、妹以外の縁者は抗争でやらかした報復で皆殺しにされてしまったんだ、なんてあらぬ噂を立てられてしまう可能性も大です！」

私はもうその手の噂には慣れっこなので今さら傷付きはしませんが、こんな私を選

んだ千紗さんまでが好奇の目に晒されてしまうのではと思うと心苦しくて――。北風はそう言って大きな嘆息をもらす。

「このままでは譲治さんの理想のアルバムどころかファビュラス・ウェディング全てが台無しになってしまう、そう思ったんです。あの結婚情報誌に、各々《おのおの》の生い立ち、そして二人が出会うまでを映像化したプロフィールムービーが必要だと書いてありましたが、それすらも私のパートだけ危うい仕上がりになること請け合いなんです。友達との記念写真など一枚もありませんし、それでなくても私の写真は基本ブレブレ、残像のような有り様でムービー化など到底できない……！」

無念そうに首を振る北風に、そういえば莉衣奈ちゃんに見せてもらったアルバムもやけにブレた写真が多かったなぁ……。彼の顔が怖すぎて、撮影者がみんな手ブレしちゃうからっていう衝撃の理由からだっけ、と思い出す。

「過去の写真はともかく、私の凶悪顔のせいで結婚式当日の写真までブレまくり――隣で微笑む千紗さんまでが残像化してしまうかもしれない。そう思ったら申し訳なさすぎて……。貴女の理想の結婚式をぶち壊してしまうのではと、情報誌を持つ手が恐怖に震えていました。いたたまれなくなった私は、愚かにも用事があるなどと突発的に嘘をついて逃げたんです。素敵な式をと楽しげに夢を膨らませる貴女の姿を直視できなくなってしまって……」

そうだったんだ……。てっきり結婚を急かしすぎちゃったからドン引きされたのかと思ってた。ほっとしつつも、でもそれでなんで恵里子と密会？ と腑に落ちない千紗に北風はさらに続けて、

「千紗さんと駅で別れた後、まっすぐ家に帰る気にはなれず、かといってどこか行く当てがあるわけでもなく、気付いたらオレオカールトンホテルの前にいました。貴女が書店でホテルウェディングも素敵だと言っていたのが耳に残っていたんです」

「えっ、あれからホテル行ったんですか？ そこで恵里子と触れ合いパークを……？」

千紗の問いに「触れ合いパーク？」と眉をひそめつつも、「結局ホテルの敷地には入りませんでした。というより入れなかったんです」と苦笑する北風。高級ホテルであるオレオカールトンのきらびやかな佇まいを前に畏縮してしまったのだという。

「あんなに豪華なホテルです。いざ結婚式を挙げるとなると、とんでもないセレブまでが押し寄せるのではないかと不安になったんです。ファビュラス繋がりで叶姉妹《かのうしまい》やそれこそ本物のブラピまでもが千紗さんを祝うために参戦するのではと思うと、どうにも怖《お》じ気《け》づいてしまって……」

あのー、私、叶姉妹ともブラピとも無縁なのでそんな心配必要ないんですけどー。

相変わらずちょっと……いや、かなりズレている北風にもはやツッコミの言葉が追いつかない。だが、こちらが呆れてしまうようなことにも真剣に思い悩んでいたらしい彼は、オレオカールトンそばのバーにフラりと立ち寄り、ヤケ酒をしてしまったという。

「普段は酒など嗜まない私ですが飲まずにはいられない状態でした。あの代理花婿とは違い、顔も若さも、S的センスすらも無惨な状態なのに、その上結婚式さえ満足に挙げられないのかと、貴女をちっとも幸せにできない己に絶望してしまったんです」

「そんな……。どうして相談してくれなかったんですか？　私、龍生さんを絶望させてまで結婚式を挙げようなんて思いません……！」

「だからですよ。千紗さんのことです、式はなしでもとか、私も友達呼びませんとか言い出しかねない。貴女は優しい人だから、私を気遣って本音を押し殺してしまうでしょう？　大丈夫ですと微笑んで、理想の結婚式を諦めてしまうだろう——その姿が易々《やすやす》と想像できたからこそ、千紗さんには絶対に話すまいと決めました。情報誌を見ながらあんなに楽しそうに結婚式への思いを語っていたんです。貴女のパーフェクト・ウェディングを何としても実現させてあげたいと思った」

それなのに己の力では実現できない——そんなジレンマから酒をあおりまくってし

まった北風は泥酔――ふらふらとバーを出たところで足がもつれ、その場に倒れ込んでしまったそうだ。

「私としたことが、どこの馬の骨とも知れない地べたに触れてしまったんです！　その地に蔓延《はびこ》る謎の雑菌に侵されてしまう……！　恐怖に陥った私は早急に除菌せねばといつも持ち歩いているスプレーを慌てて探し――危機的状況にいることが発覚しました。その日は噴射嫌いな譲治さんたちに会うため、除菌スプレーを自宅に封印してきていたんです。そんな菌と戦えない絶体絶命の私を通りすがりの親切な方が助けてくれました。それが恵里子さんです」

ええぇ、そこで恵里子なの？　じゃあ二人が会ったのは本当に全くの偶然だったってこと……？　驚く千紗に、「直接の面識はないし、放っておいてもよかったんだけどねー」と長めの前髪を搔き上げた恵里子は、

「北風さん『うわぁぁぁ菌がー！　菌が体を侵食していくー！』とか『今に見ていろ、貴様らなど必ずや皆殺しにしてくれるわ……！』なんて叫びまくってて、どう見てもラリッちゃってるようにしか見えないし、これ以上錯乱して警察沙汰にでもなったら笑えないなと思って手を貸したのよ。親友の顔面犯罪者な彼氏が前科一犯のリアル犯罪者になったらさすがに寝覚め悪いしね」

その錯乱状態な龍生さん、目に浮かぶなぁ……。除菌できなかったのは私の封印アドバイスのせいだから心が痛むけど……。「な、なんかごめんね……」と思わず謝ると、「ごめんどころの話じゃないわよ」と不満そうに唇を曲げた恵里子は、

「どうにか北風さんを静めなきゃと思ったけど除菌スプレーなんて持ち合わせてないし、仕方ないからカバンに入ってた制汗スプレーぶっ掛けたら落ち着いて……」

「ええっ、あれ除菌スプレーじゃなかったんですか——！」

どうりで香水のような、やたら良い香りがしたわけだ……と今度は北風が驚く。

「あんた酔ってたから微塵《みじん》も疑ってなかったわよね。っていうか酔ってたせいで、このあたしにとんでもないことしてくれたわよね？」

北風をキッと睨み付けた恵里子が頰をぴくぴくと引きつらせる。

「す、すみません、まさかあなたにあんなことを……あのような破廉恥な行為、通報されても文句は言えません！」

何度でも謝ります、と平謝り状態の北風。ええっ、まさか龍生さん、純粋に（？）酔ったはずみで恵里子に野獣化しちゃったの——？　それが一夜の過ちっちゃった原因なのね……？　息を呑む千紗に、「そうよもうほんと最低……！」と苛立ち混じりに嘆息した恵里子は、

「聞いてよ千紗、この男はね、あたしの真ん前で盛大に吐き散らかしちゃったのよ？」

「へ……？　吐き散らかしてって……それだけ？」

拍子抜けする千紗に、「それだけ？　じゃないでしょうよ！　このあたしに嘔吐物《おうとぶつ》の処理を手伝わせるなんて信じらんない……！」と憤慨する恵里子。北風も「そうですよ、酔っ払った末に公の場所で吐いてしまうなど、それだけ？　では済ませられない、大人として恥ずべき破廉恥極まりない行為です！」と自戒を込めて同意する。

しかもゲロ片付けて終わりじゃないのよ？　とさらに続けた恵里子は、

「酔いまくってた北風さん『友達が欲しい……！』なんて思春期の子どもみたいなことで泣きついてきたのよ、知るか！　って感じでしょ？　だけど話聞いてみたら……っていうか一方的に聞かされただけなんだけど、全部あんたのためだってのがわかって、仕方ないわねぇ千紗のためなら……ってことで手を貸すことになったのよ。ぶっちゃけバカバカしすぎて面白そうだし、暇つぶしには最適だと思って」

恵里子、最後の最後で本音ダダ漏れになってる……。相変わらず面白いことには目がないんだから……。呆れつつも「手を貸すって具体的には？」と首をかしげる。

「寂しい思い出ロンダリングです……」

悔恨に暮れた瞳で打ち明けたのは北風だった。

「恵里子さんの広い人脈を借りて、結婚式で披露可能な偽の友達を作り上げたんです。大学時代のサークル仲間……という設定の安室《あむろ》君、ゼミが一緒で苦楽を共にした……という設定の甲斐《かい》君——といった具合に架空の役を演じてもらえる方に協力をお願いして、大学生風な若作りメイクをしつつ仲良し風な写真も新たに撮り下ろしました。友人との思い出が皆無な私が、ボウリングやバーベキューやパラパラ、ブルース・リーごっこやドジョウ掬《すく》いに流鏑馬《やぶさめ》といった当時の大学生が必ず経験したという様々な遊びに挑んでみたんです。現役大学生の莉衣奈にこの話をしたら、写真を撮るなんてマニアックだと引かれてしまいましたが……」

マニアックなのは写真というより後半のブルース・リーごっことかの方だと思う。

恵里子ってば面白がってわざと変なのぶっ込んだわね？　とため息をつくと、

「千紗さんが呆れてしまうのももっともなことです、自分でもバカなことをしたと思っているので。嘘の経歴で貴女や貴女の大切な方たちを騙そうとしている——後ろめたすぎて会社で貴女と目が合ってもついそらしてしまった……！　この場を借りてお詫びさせてください！」

「えっ、後ろめたいってそれだけ……？　他にも隠し事あったんじゃないんですか？　その……なんというか……秘密の特訓とかは……？」

「ああ、忘れていました！　それもありましたね！」

うわぁ、やっぱりそれはあったんだ――？　どこかで覚悟していたこととはいえ、複雑な気持ちになってしまう千紗。その胸元にぶら下がる、ネックレスに通された例の指輪を見つめた北風は、

「すみませんがそれ、一旦返して頂いても……？」

「やっ、やだやだやだっ……！　唇は奪ってもいいけどこの指輪だけはだめー！」

思わず叫んでしまった千紗は、胸元の指輪を両手でキュッと隠す。今さら恵里子との熱い夜を思い出しちゃったから結婚はできないとか、そんなの絶対やだー！

「これはもう私がもらったんです、他の人になんて渡しちゃやですっ！　この指輪も龍生さんも誰にも譲りませんからっ……！」

子どもモード全開で駄々をこねまくるも、「貴女以外にこの指輪を渡したい人なんていません。絶対に取り上げたりしませんから、どうか……」と頼まれてしまっては渡すより他ない。諦めて返すと、「千紗さん、左手を出してください」と北風。戸惑いながらも差し出すと、先ほど返したばかりの指輪を北風がスッと薬指にはめてくれた。けれど――

「この指輪、私にはちょっと大きいんです。なくしちゃうといけないからサイズ調整

したいなとは思ってたんですけど、龍生さんの結婚に対する本気度がわからなくて先延ばしにしちゃってて……。でも今日その不安も解決できましたから、ちゃんとサイズ合わせしてこようと思います」

とりあえず今はチェーンに戻しておきますね、と早速指輪を外そうとするも、「どうかこのままで」と首を振った北風は、椅子から立ち上がって千紗の前に跪くと、

「これが私の特訓の成果です、どうかお納めください！」

そう言って、ジャケットのポケットから取り出した小箱をパカッと開く。中に入っていたのは指輪——といっても、キラキラと輝くダイヤモンドではなく、針金で文字の象《かたど》られたワイヤーリングだ。少し不格好なＬＯＶＥ　ＦＯＲＥＶＥＲの文字が千紗を見つめている。

「千紗さんに改めてプロポーズしようと心を込めて手作りしたのですが、先ほど橋の上で衝動的に求婚してしまった際はすっかりその存在を忘れていました。貴女に喜んで頂けるよう、できるだけロマンチックに演出するつもりだったのに……現実は漫画やドラマのようには上手くいかないものですね……」

ばつが悪そうに笑った北風は、だけど真剣な表情でワイヤーリングを手にすると、千紗の左手薬指——サイズの合わなかった形見の指輪を留めるようにピタリと重ねづ

けする。

「これでもう紛失の危険はありません。どうかセットで末長くご愛用ください」

　そう言って鋭い目元を優しく細める北風。正直なところ、ワイヤーアクセサリーなんて中高生ならいざ知らず、いい年したアラサー女性が恋人にもらって喜ぶようなものじゃない。けれどちょっと無骨な、だけど全身で懸命に愛を叫ぶ針金が彼の姿に重なって見えて――

「とっても嬉しいです……！」

　うっとりと吐息をもらしながら、薬指で優しい光を放つＬＯＶＥ　ＦＯＲＥＶＥＲにそっと口づける。そんな千紗の様子に「感無量です……！」と打ち震えた北風は、

「針金をペンチでぐねぐねしながら文字を作っていくのですが、簡単そうに見えてこれが意外と難しくて……。短期間ではありますが鍛錬に鍛錬を重ね、ようやく披露できるほどのクオリティに仕上がりました。土日も返上してかなり精進し……っといけない、莉衣奈に努力の過程はひけらかすなと予《あらかじ》め釘を刺されていたはずが、つい語ってしまった……！」

　面目ない、といたずらをしてしまった子どものような笑みを見せた北風は、

「恵里子さんにも改めてお礼を言わねば！　架空の友達作りに加え、指輪に関しても

いろいろとご協力頂いたんです。千紗さんが指輪のサイズに困っていると教えてくれたのも、今回弟子入りしたアクセサリー職人を紹介してくれたのも彼女で……」

「そうだったの？　私、二人が密会なんてしてるからてっきり……」

「あら、バーであんたが変に勘ぐってきたときちゃんと断っておいたはずよ？　悪いけどこれ以上は言えない、世の中には知らない方が幸せなこともあるんだって――」

サプライズの楽しみは当日まで取っておかなくちゃ、でしょ？　とウインクする恵里子に、「えぇぇ、あれってそういう意味だったのー？」と驚きが止まらない。

「恵里子さんには感謝してもしきれません。せっかくですから修行の成果を見せがてら、ありがとうの意を込めたＴＨＡＮＫ　ＹＯＵリングを作らせて頂いても？」

「そんなダッサいの絶対いらないから！　どうしてもっていうなら千紗同伴でランチ奢りなさい、一週間……いえ一ヵ月分よ！」

チッと舌打ちした恵里子からは北風に対する恋愛感情なんてものは微塵も感じられない。やっぱり二人の関係はシロだったんだ。安堵しつつも念のため、

「いっ、一応確認なんだけど、夜のレッスン的なことはしてないんだよね？」

ヒソヒソ声で恵里子に聞くと、

「んなわけあるかぁぁぁぁぁっ！」

大噴火した火山のような唸り声を上げた恵里子は、「あたしはね、イケメンのえっちが好きなのよ、コワモテのぼっちなんて論外よもう……」と両手で顔を覆って恨み言をこぼす。

「事故チョコの件では人づてとはいえ、あんたが真相を話す前にあたしがバラしちゃったってとこあるから一応責任は感じてたのよ？　二人の信頼関係が今ひとつなのはそのせいなのかもって。だから悪かったなーって今回協力してあげたのに……さっきなんて、あんたの誤解に合わせて熱演までしてあげたのに……ああもう心外すぎるわよ千紗のばかっ……！」

わー、変な疑い持っちゃってごめーん！　だって恵里子面白いこと好きだから、内面イケメン&ちょっとズレてる龍生さんに、ひょっとしたらひょっとするかなとか思っちゃって……！　両手を合わせて謝った千紗は、

「だけど私だって真剣に悩んだのよ？　恵里子とはこれからも仲良くしたいし、だけど恵里子は龍生さんへの思いがあるからそれはつらいのかな、とかいろいろ考えちゃって……。恵里子さえよければ三人でシェアハウス的な生活もありかなとか思ったり、いっそのこと一夫多妻OKな国に移住しちゃうか？　とか思って海外支社の情報調べたり……。あの恵里子がやっと真実の愛に気付いたんだと思ったらどうにか幸せにな

ってほしくて、でも龍生さんのことだけは譲れないから悶々と……」

あっ、でも龍生さんとの件でわだかまりがないのなら、今まで通りこれからも親友続けてもらえるんだよね？　気付いてぱぁっと明るい表情を見せる千紗に、ほんとばかなんだから、と呆れたように笑った恵里子は、

「だけど嫌いじゃないよ、あんたのそういうとこ——」

そう言ってぎゅうっとハグをくれる。

「あー、やっぱりこんなズレッズレで三白眼以外ピントぼけっぽけなオッサンなんかにあたしの千紗を渡すなんて嫌よー、もったいなーい！」

恨めしげに北風を見つめる恵里子に、ごめんね、そこまで嫌な相手との恋愛関係疑っちゃって……と深く反省する千紗だったが、

「でもファミレスでは二人とも随分楽しそうだったじゃない」

あれを見ちゃったからこそいろいろ不安になって変な疑惑抱いちゃたのよ？

「そうだっけ？　北風さん、いつもあんたの話しかしてなかったけどね。身振り手振りも加えながらいかにあんたのことが好きか語りまくってて、おかげであたしずっと鳥肌立ちっぱなしよ？　大根どころかヒノキ下ろせるんじゃないかってくらい頑固なブッツブツがしばらく引かなかったわよ」

思い出して二の腕をごしごしとさする恵里子に「ええ」と同意した北風は、

「あの泥酔してしまった夜も、私の話を聞いた恵里子さん、鳥肌が止まらないと困っていらしたので、少しでも緩和できればと、夏の暑い時期ではありますが鳥肌に効きそうな暖かい巻物を贈らせて頂きました。私の惚気のせいで恵里子さんに風邪を引かせてしまってはいけませんからね」

そう言ってキリッといい顔をする北風。ってちょっと待ってあの巻物にはそういう意味があったの――？　唖然とする千紗に、まさかあの場に千紗さんがいたとは思いませんでしたが、と逆に驚いた様子の彼は、

「千紗さん、いつも恵里子さんのことを家族のようなものだと話していたでしょう？　貴女の家族ということは私の家族も同然、末長く健康でいて頂きたいと思ったんです。千紗さんにとって大切な人は、私にとっても無条件に大切ですからね――」

まぁ、なんて心温まるいいお話なんでしょう！　だけどちょっと待って……？

「あの『恵里子さんは私の大切な人です』発言ってそういうこと――!?」

次々に発覚する壮大な誤解の数々に、嘘でしょ、私本気でショックだったのに！　と愕然としてしまう。だいたい紛らわしい発言多すぎよ龍生さん、あなた天然誤解発生機なの……？　と脱力していると、

「ねー、あんなこと言われたら普通誤解しますよねー。僕もあれ聞いたとき、一瞬頭が真っ白になりましたもん」

——ワンちゃんがしゃべった……！

正面に座っていた小霞が急に話し掛けてきて驚く。合流してから一言も話さず、千紗たちの様子をちょこんと見守るだけの彼だったから、その小柄な体型ともさもさな髪も相まって、もはや『わー、子犬ちゃんがこっち見てるー』くらいの気持ちになっていて、その犬が突然人語を話すものだから必要以上に驚嘆してしまった。ごめんね小霞君……。ていうか——

「恵里子も小霞君もどうしてこんなところにいたの？　この辺に用事ないよね……？」

ふと疑問に思って尋ねると、「北風さんに今日のこと聞いてたから、もしものときのためにスタンバってたのよ。しつこく結婚に反対されちゃうようなら突撃しようかなって。あたし、あんたのお父さんには結構信頼されてるしね」と恵里子。

「僕は恵里子さんの見張りです、変な男とイチャついてないかチェックしに」

顔の見えないワンちゃん……ではなく、小霞はそう言って恵里子の方を向くと、

「そういえばさっきの話で気になってることがあるんですけど、北風さんが泥酔した

日、オレオカールトンのそばで何してたんですか？　ひょっとしてまた変なイケメンとよからぬことを……」

「ししっ、してないわよ！　してないから変なコワモテボッチに遭遇しちゃったんじゃないの！　おかしな心配してんじゃないわよもう……！」

あれ、あのいつも余裕たっぷりな恵里子がペース乱されちゃってる？　驚いた千紗が、「ねぇ、もしかして二人は付き合ってるの……？」と聞くと、

「秒読みってとこですね」

子犬っぽく小首をかしげる小霞を、「モップ犬が調子乗んな！」と軽くはたいた恵里子は、

「喩えるならただのペットよ。変な誤解したら千紗でも承知しないから」

そう言って、少し赤くなった顔をフンと背ける。

「ふーん、そうなんだぁー」

納得したように返しつつも、なんだかニヤニヤとしてしまう。だって恵里子が赤面したところなんて初めて見たかも。照れ隠しなのか、彼のことモップ犬呼ばわりまでしちゃって……って――！

そういえば恵里子、前に言ってなかったっけ、最近妙なワンコに絡まれてるって。

確かモップみたいにもっさもさで垢抜けないワンちゃん……恵里子の顔見るなり飛んできてはお説教してくるって、あれまさか小霞君のこと——？

てっきりあの場の話題を変えるための雑すぎる誤魔化しとばかり思ってたけど、あながち全てが嘘というわけでもなかったらしい。

ひょっとしたら——恵里子に真実の愛を気付かせたのは小霞君なのかもしれない。だってさっき私を龍生さんの元へ送り出してくれた、あの愛に溢れた熱演が口先だけの言葉だったなんて思えない。最近になって、これまで影のように付きまとっていた憂いのようなものが恵里子から消えたのは紛れもない事実なのだ。彼女の心に何かしらの変化があったのだろう。それをもたらしたのが小霞君かどうか——今日のところはつつかずに見逃してあげよう。

四つ葉のクローバーくらいレアな恵里子の照れ顔を、だけど今度はちゃんと聞かせてよね、と千紗が見守る。視線に気付いて、「なによ、あんまりじろじろ見ないでよね、気持ち悪い」と鼻を鳴らした恵里子は、

「ってかあんたたちもう上手くいってるみたいだし、ひょっとしてあたしの出番ナシ？　せっかくお父さん説得するために〈北風龍生を息子にするべき7つのメリット〉って資料作ってきたのに！」

そう言ってカバンからタブレットを取り出した恵里子はシュッと画面をスワイプ。〈メリットその1　魔除け代わりになる。その効果はシーサー百体分に相当！〉などといった売り文句（？）が次々に表示されていく。

「千紗のお父さん、こういうハイテクなプレゼンとか、新書風な煽《あお》りに弱そうだなーと思って。絶対釣れると思ったのになぁー」

残念そうに肩をすくめる恵里子に、「なるほど、そういう手もありましたか」と北風が唸る。

「実は私も譲治さん対策に秘密兵器を用意していたのですが、恵里子さんのものとは違い、かなりヤバめな代物――譲治さんを誑かし、己をも傷付ける諸刃の剣なんです。正直使わずに済んでよかったとほっとしています……」

「もっ、諸刃の剣って……龍生さん、一体何を用意したんですか？」

怖いもの見たさで尋ねる千紗に、「しばしお待ちを……！」と、サッと後ろを向いて秘密兵器を装着した北風は、「これです……！」と千紗を向く。その衝撃の姿に「龍生さんのばか……」と、千紗は少し怒ったように首を振って、

「だめじゃないですか、自分の信念を曲げてそんなものにまで手を出して……！」

「千紗さんと結婚するためです。こんな卑怯な誤魔化しで貴女や貴女のご家族を謀《たばか》ろ

うとした私を、結婚詐欺だと訴えますか？」

「いいえ、あなたになら騙されてもいい……！」

完全に二人の世界だった千紗と北風の間に「いつまでそんな鳥肌コントしてんのよ……！」と恵里子が割って入る。

「てかいい年したオッサンがカラコンで盛ってんじゃないわよ！　目がくりくりすぎて逆に怖いっつーの！」

秘密兵器——カラーコンタクトによって不自然に黒目が大きくなった北風を恵里子が一喝する。

「わっ、私としてもこんな異物を己の眼球に乗せるなど主義に反するのですが、譲治さんに受け入れてもらいたい一心でつい雑菌に魂を売ってしまった……！　カラコンで無駄なギラつきを抑えた状態ならば、三春家のパーフェクト・アルバムにもどうにか紛れ込めると思ったのですが……」

秘密兵器の威力をもってしてもこの強面は隠せませんかね？　と、いつものギラつき三〇％オフな眼光が困ったように揺れる。

「雑菌に関しては、正しい使用法を守れば何の問題もないと思いますし、カラコン有りの方が確かに無駄な尖り感は減りますけど……」

北風のやたらと強調された黒目を見つめながら、純粋な感想を述べた千紗は、

「だけど私はいつもの龍生さんがいいです。ギラギラと痛いくらいに鋭い三白眼も込み込みパックであなたの全てが好きなんです」

だから早く裸眼に戻ってください、と微笑んだ千紗は、ふと思い出して、

「そういえば莉衣奈ちゃんからも、父を説得できる最終兵器があるって聞いてたんですけど、それがそのカラコンですか？」

「いいえ、莉衣奈にもらったのは譲治さん宛ての手紙です。確かジャケットの内ポケットに……あれ、ないぞ……。そうか、譲治さんと揉み合いになったときに落としてそのまま……」

「い、いつの間にそんな乱闘騒ぎに——？」

千紗がぎょっとしているところで、不意に北風の携帯が鳴った。「噂をすれば影——莉衣奈からです」と北風が電話に出ると——

『あっ、もしもし龍生ー？　私が用意した最後の切り札、ちゃんと千紗パパに渡してくれたー？』

北風の持つ携帯から莉衣奈の甲高い声が千紗の耳にも漏れ聞こえてくる。

『ほぼ天涯孤独で誤解されやすい可哀相な兄をよろしくお願いしますって、私の女子

高生時代の超絶可愛い写真と、ついでにパパとママの若いころの写真も入れておいたんだー！　家族が兄一人で寂しいから早く優しいお義父さんが欲しいです！　って追伸も付けといたから、莉衣奈ちゃんの魅力にパパさん即落ち間違いなしじゃないかって思うんだけど、首尾はどんな感じー？』

なるほどねー、カラコンよりはよっぽど効果ありそう。思わずふふっと吹き出していると、今度は千紗のスマホが震えた。噂をすれば影、再び――電話をかけてきたのは家で待っているはずの父で、

「もしもし？　ちょっといろいろあって、そっちに戻るの遅くなりそうなんだけど、何か買ってきてほしいものでもあった？」

『千紗ー！　どうして龍生君にあんなに可愛くて健気で兄想いの妹がいることを黙っていたんだい？　水くさいじゃないか、もー！』

千紗の問いには答えず、興奮気味に聞いてきた譲治。話の内容から察するに、乱闘騒ぎで落ちたという莉衣奈からの手紙を読んだらしい。

『しかも龍生君の父君、写真を見ると私に似てかなりカッコいいじゃないか！　顔が似ているんだ、内面もさぞかし優秀だったろう。そう、この私のようにな……！　そんな方の忘れ形見である龍生君を捨て置くわけにはいかんだろう！』

お父さんってば、ま一た超理論展開して一人盛り上がっちゃってる。はぁ、と呆れていると、譲治はさらにとんでもないことを言い出す。

『こうして北風家の面々を見るに、龍生君以外はかなりの美形揃い。龍生君もあの強烈な目元以外はそれほど悪くないし、遺伝子のポテンシャル的にはかなり可愛い孫――ファビュラス・ベイビーの誕生が期待できそうだな。千紗、ポッと出の尖らせ遺伝子に負けないよう、己の完璧すぎるＤＮＡを奮い立たせなさい！』

「ちょっ、お父さんったらおかしな無茶振りしないでよ！　しかも孫とか気が早すぎるからっ……！」

顔を真っ赤に大声を出してしまう千紗。その声は北風の持つ携帯の向こう側――莉衣奈の耳にも届いてしまったようで、

『あれ、今の千紗さんだよね、その感じだと私の作戦成功？　ってことは――龍生、帰りにお土産のサンダルよろしくね一っ！』

携帯から弾むような声が響いてきたかと思うと、北風の応答を待たずしてブツッと通話終了。莉衣奈ちゃんってば自由すぎる……！　苦笑しながらも千紗は譲治との会話を再開して、

「遺伝子のポテンシャルなんて言っても、お父さんの目指す完璧なアルバムにぴった

りな孫になるかはわからないわよ？」

私は龍生さんとの子どもだったらどんな子でも溺愛《できあい》しちゃう自信あるけど……！

ぽっと頬を染めながらも未来の家族像に思いを馳せていると、

『そのときはそのときだよ。絵にならない革新的な家族もいいじゃないか。完璧なアルバムなんかに収まりきらない、規格外の幸せを手にしなさい』

「お父さん……！」

珍しくまともなことを言う譲治にじーんとしていると、『今日はお父さんじゃなくて父上でおじゃるよ？』なんてまたいつもの調子に戻って、だけどゴホンと咳払いをした父は、

『龍生君はそこにいるんだろう？　私が今度キャッチボールをしようと誘っている、そう伝えてくれ』

えー、今度は何？　相変わらずわけがわからないと思いながらも一応伝えると、なぜだか嬉しそうに頷いた北風は、

「では私からは、将棋のお相手も是非お願いしたい、とお伝え願えますか……？」

「え、ええ……」

なんなのよ、この娘置いてきぼりな会話は！　戸惑いつつも北風の意向を伝え、譲

治との電話を終えた千紗は、

「父からの伝言です。将棋もいいが、海外ドラマ気分な日はチェスで頼む、と――」

買い物で家を空けていたわずかの時間で、北風と父との距離感が妙に縮んでいる。

「龍生さん、父と何かあったんですか？」

不思議に思って尋ねると、

「長年の夢が叶ったんです。やっぱり家族っていいものですね――」

北風はそう言って幸せそうに三白眼を細めた。


それから恵里子（とペットのワンちゃん……もとい小霞君）と別れた千紗たちは、実家に戻って軽く挨拶をしてから、あまり遅くなってもいけないから、と帰路につくべく駅へと向かう。

赤と青の溶け合う暮れゆく空が綺麗で、すっと筋を描く雲に夏の終わりを感じる。

彼とは逆方向の電車だから、駅に着いたら今日はお別れ――なのだけど、明日も会社ですぐ会えるのに、それでもなんだか名残惜しくなって、

「あの……これからうちに来ませんか？　そうだ、コーヒー！　龍生さんが好きそうなマンデリン買ったんです！　よかったらうちで飲みましょう？」

「しかし明日は会社もありますし、この時間からお邪魔してはご迷惑では？　ここから千紗さんのご自宅までは一時間くらいかかってしまいますし」

うん、確かにね。明日は魔の月曜日――土日に溜まった分の仕事が大洪水だろうから、余裕を持ってちょっと早めに家を出たいし、それを考えると今日は大人しく一人で帰るべきなんだろう。だけどヒールを失った靴じゃ、足元を見てももう魔法はかけられなくて、

「それでも、もう少し一緒にいたいんです――」

武装の解けた唇から本音がぽろりとこぼれる。――と、

「実は私も、もう少しだけ――」

北風がはにかんだように頷いて、千紗の表情がぱっと輝く。決まりですね、と二人同じ電車に乗って千紗の自宅へと向かう。

「あ……実は龍生さんに謝らなきゃいけないことがあって……」

家に着いて部屋に上がった千紗はあることを思い出す。「こっちです」と北風とともにベランダに向かい、植木鉢でくたっと葉を閉じたオジギソウを見せた千紗は、

「ごめんなさい、この子最近元気なくて……。やだ、朝見たときよりもずっとしょんぼりしてる……」

このまま枯れちゃったらどうしよう……。オジギソウの前でくしゅんとしおれる千紗に、「はて……」と戸惑いを見せた北風は、

「今、葉を閉じているのは単純に日が暮れたからでは……？」

「え、あ……そっか……！　でっ、でもこれ見てください、枝にぽこぽこ小さい吹き出物みたいなのがたくさんできちゃってるんです……！」

千紗はそう言ってオジギソウの枝に付いた小さな楕円形《だえんけい》のでき物を指差す。以前栄養不足を疑って肥料を足してみたが、謎の吹き出物は数を増すばかりだった。一つ一つのでき物の中に、さらに小さいブツブツのようなものが膨らんでしまっている。もしかしたら何かの病気かもしれない。

「水のあげすぎもよくないなって、ここ一週間は水分量にもかなり気をつけてたんですけど、ちっとも治る気配がなくて……」

植木鉢の前でしょぼくれる千紗に、「ちょっとよろしいですか」とオジギソウのすぐそばまで近付いた北風は、

「ち、千紗さん……これは…………」

彼の言葉から呆れのようなものを感じる。植物の世話もまともにできないのかって絶句しちゃってるのかも……。でも一応言い訳させてもらうと私、もともとこういう

の苦手なんですよ？　花を見るのは好きですけど、自分で育てるとなると虫とかが寄ってきちゃうから、それが怖くて基本切り花しか飾ってこなかったような人間なんです。今日だって、私がオジギソウ育ててること知ったお父さん、千紗にそんなことできるのか――？　って顔ですごく驚いてたし……。朝顔の観察ですら親に代行してもらってたくらいだから、それも仕方ないのだけど……。

己の情けない過去に苦笑しつつも「本当にごめんなさい！」と正直に謝る。

「龍生さんがせっかく種から育て始めた大切な子だったのに……。私なりに精一杯頑張ってはみたんですけど、愛が重すぎたのかこんな無惨な結果に……」

「無惨だなんてとんでもない！　千紗さん、これは吹き出物ではなくつぼみです」

「つ、つぼみ――？　つぼみって、花が咲く前のあれですよね？　なんかイメージと全然違う……花のつぼみってこんなにぶつぶつしてましたっけ？」

もっとこう、畳んだ傘みたいに綺麗に花びらが閉じてるようなのを想像していた。驚いてまじまじとぽこぽこを見つめ、言われてみれば確かにつぼみだ！　とようやく気付く。オジギソウがつぼみを付けている……！　よかったぁと、安堵と感嘆の混じったため息がこぼれる。

「そういえば千紗さんはまだオジギソウの花を見たことがなかったんでしたね。きっと想像とは全く違う花が咲きますよ」

　これなんて明日にも咲くんじゃないでしょうか、と北風が少し赤みがかったつぼみを指差す。

「ピンク色のとても細い花びらが線香花火のように広がるんです。非常に愛らしい姿なのですが、花火と同じで儚く、ほんの一日しかもたないんです」

「ええっ、そんなにすぐ枯れちゃうんですか？」

　咲く前なのにもう悲しい。切なげにオジギソウのつぼみを見つめる千紗の肩に「大丈夫です」と北風が優しく手を置く。

「つぼみはたくさんありますし、毎日次々と新しい花が咲きますよ。花の季節が終わっても今度はトゲトゲの枝豆のような鞘《さや》ができて、その中から種が取れるんです。この子は手厚く育てたので無事越冬できましたが、オジギソウは寒さに弱い品種のため、通常だと冬には枯れてしまいます。ですが種を取っておいて、暖かくなってから蒔けばまた新たな芽を楽しめる」

「ちゃんと手を掛けてあげれば、花が散ったあとも楽しみはずっと続いていくんですね。それってなんだか恋みたい。花も恋も放っておけば枯れてしまってそれでおしまい。だけどちゃんと真心を込めて育てていけば一生ものになる――」

一度咲いて散っても諦めずにまた育んで、何度だって綺麗な花を咲かせてあげよう。

恋の一年草を愛の多年草に変えて、いつまでも一緒に歩いていきたいから――。

開花を待つオジギソウのつぼみたちにそんなことを思った千紗は、「コーヒー飲みましょうか」と北風と部屋に戻る。

「えっと、今日買ったコーヒー豆は……」

お湯を沸かしてカップを用意した千紗が、帰ってきてスーパーの袋どこ置いたっけ、と辺りを見回す。あ、ローテーブルの上ね……！　思い出して取りに行くと、

「これ、懐かしいですね」

ソファで待っていた北風が、レジ袋の脇に隠れていた赤色の手帳を手に取る。二人の交換日記だ。

「実は最近ずっと読み返してたんです、龍生さん成分が足りなくて……」

出しっぱなしにしてたの見つかっちゃった……！　少し照れながらも北風の隣に座った千紗は、

「今日思ったんですけど私たち、ちゃんと話し合わなきゃどんどんこじれていっちゃう、妙な方向に発想力豊かな思考の持ち主だと思うんです」

「ほう、言われてみれば少し心当たりがあります」

「少しじゃないと思いますけど……。だって私の『好き』が吊り橋効果によってもたらされた偽物だなんて信じてたんですよね？　今さらですけど、それってあんまりじゃないですか？」

本当にただ怖いだけのドキドキなら、胸の子猫はあんなに甘く鳴いたりしないわ。

困ったさんなんだから、と苦笑する千紗に、「恐縮です」と北風が頭を垂れる。

「これはお互いにですけど、『もー、早く話してくれたらよかったのにー！』ってことが多すぎると思うんです。だからこれからは自分の思ってることは溜め込まずにちゃんと言葉で伝えましょう？」

そう提案した千紗は、北風の持つ手帳をすっと拝借すると、

「そこでなんですけど、交換日記もう一回始めませんか？　伝えようとしても面と向かって言えないこともあると思うんです。そんなときはここに思いの丈をぶつけてみちゃったりしませんか？」

「で、ですが、私はそんなに不満を溜め込んでいるわけではないんです。はたしてそこに書いてまで糾弾するようなことがあるでしょうか」

困ったように眉根を寄せる北風に、そんなに大それたことじゃなくてもいいんです！　と手を振った千紗は、

「何かしてほしいこととか、逆にやめてほしいこととか、なんでも気付いたことをサラサラっと気軽に書いてもらえれば！　どんな些細なことでもいいんです、〈今日はカレーが食べたいぞー〉とかでも！　結婚した後もリビングなんかに手帳を置いて、毎日たった一言でもいいから互いの本音を交換しましょう？」

それがきっと、気を抜くとすぐに高くなってしまう見えない壁を崩すのに役だってくれると思うから。いつか壁を越えるくらいたくさん積み上がった歴代の交換日記を、こんなこともあったね、だけど二人なら乗り越えられたねって、読み返してみたい

——そんな幸せな夢を膨らませていると、

「本音を交換ということは、何か希望的なことではなく、純粋に感謝の思いを綴るのでもよいのでしょうか？」

それなら毎日何行でも書けてしまえそうだと意気込む北風に、もちろんそれでも大丈夫です、と頷く。

「だけど龍生さんには甘えたいこともたくさん書いてほしいですけどねー」

「いやしかし、そんなに甘やかされても私ばかりが幸せになってしまって、ちっとも千紗さんを幸せにできない……！」

それは困りますと首を振る北風に、「そんなことありません、龍生さんの幸せイコ

ール私の幸せなんです。繋がっているので分離して考えないでください」と千紗。

「それはつまり、私を甘やかすことが千紗さんを甘やかすことになると？　それなら私にだって貴女を甘やかさせてください！」

「えー、そしたら龍生さん結局私のためにいろいろ我慢しちゃうんじゃ……。甘やかすのは私だけの特権ってことにしませんか？」

「だめです、貴女の幸せイコール私の幸せでもあるんですから、私が幸せになるためにはとことん貴女を甘やかさせてもらわないと……！」

一歩も引かない北風が断固として主張する。こんなことでケンカしても仕方ない。

「じゃ、じゃあお互いに甘えっこしましょうか……？」と千紗が折れると、彼は嬉しそうに「はい……！」と頷いた。

——といっても、実は私もそこまで人に甘えるの得意じゃないんだよね……。いつも会社で武装ガッチガチ状態で戦ってるせいか、なかなか切り替えられずに、プライベートでもどう甘えていいかわからない。だけどもう、彼の前では片意地を張りたくない。そんな千紗の思いを察したのかは謎だけど、

「試しに練習してみますか」

北風がローテーブルにあったペンを手にする。「でっ、ではお先にどうぞ」と千紗

が手帳を渡すと、ふぅむと首を捻って一考した彼は、
〈結婚したら、我が家のお味噌汁は麦味噌にしても？　いろんなものを試して、父が愛した味を見つけてみたいんです〉
久し振りな丸文字が可愛く甘えてくる。その下に〈はい、もちろんです〉と返事をした千紗は、少し考えてから、
〈私のコーヒーに黒砂糖を入れようとするのはやめてください〉
「ええぇ、千紗さん、波照間島産の天然黒糖でないと駄目なタイプではなかったんですか――？　店になかなか置いてないので、大量に取り寄せたばかりです……！」
千紗のお願いを見た北風が驚愕にその身を震わせる。
「すみません、なかなか言えなかったんですけど、コーヒーには普通のお砂糖でいいかなって。でっ、でも天然黒糖自体は美味しいですし、体にも良さそうなので、取り寄せちゃった分は何か別の使い道を探しましょう！」
また楽しみが一つ増えましたね、と微笑む千紗に、ほっと胸を撫で下ろした北風は
〈了解しました〉とペンを走らせるとさらに続けて、
〈もっと頻繁に、空気を読まずに電話してしまってもいいでしょうか？〉
「もちろんです！　むしろ龍生さん、電話もメールも全然くれないから気持ちが離れ

「そうだったんですか？　それは大変申し訳ないことをしました……！　私としては、いつもわけもなく貴女に連絡したい熱がトルネードだったのですが、今ちょうどお忙しい最中かもしれない！　とか、特段理由もないのに電話して許されるのか？　とかいろいろ気になってしまって……」

　メールならいいかとも思ったのですが、携帯で長い文章を打つのは苦手なんです。

そう打ち明けた北風は、それまで携帯で長文を打つような相手がいなかったために、未だにメール操作に不慣れなのだと言った。それで交換日記時代とは違って、いつもやたらと簡潔で短い文面しかくれなくなったのね……。

「すみません、こんなことなら交換日記をやめるのではなかったと何度も後悔したのですが、今さら再開することで千紗さんに余計な負担がかかってしまうのではと思うと、それも言い出せず……」

　なるほど、と頷いた千紗は、受け取った手帳に〈電話、いつでも歓迎いたします！〉と書くと、そうだ、と思い出して、

〈メール、苦手ならそれでもいいですから、奇妙な鳩マークを多用するのはやめてください〉

「なんと！　あの鳩マーク、千紗さんがお好きだと聞いたから使用したのですが……」

「え、そんなこと誰に聞いたんですか？」

私言ってませんよね……？　驚く千紗に、恵里子さんです、と答えた北風は、

「ファミレスで彼女に千紗さんとのことを相談していたときです。恵里子さんと私の仲を誤解した小霞さんが突然乗り込んできてトラブルになったんです。そんな中、貴女からメールが来て……」

勘違いした小霞に問い詰められながらも、苦手なメール操作に四苦八苦している北風を見かねた恵里子がこう助言したのだという。

『ちょっとあんた、メールなんてしてないで、このモップ犬にあたしとは何でもないってちゃんと説明しなさいよ！　千紗への返信ならとりあえず鳩マークでも飛ばしときゃ後でどうとでもなるわよ。大丈夫、あの子単純だから、あんたからのメールなら鳩一つでもすぐニャーってときめいちゃうから！』

——鳩一つでもニャー？　北風から聞いた恵里子の言い草に、もしかして——と気付いた千紗は、

「それって、鳩じゃなくてハートの聞き違いなんじゃ……？」

うん、普段絵文字なんて使わない龍生さんからハート来たら確かにニャーってなっ

ちゃうわ、私……。悔しいけど恵里子にはいろいろ見透かされてしまっている。

「すみません、てっきり若い女性の間で空前の鳩ブームでも来ているのかと、己の過ちに少しも気付きませんでした。言われてみれば確かにハートの方がしっくりくる」

感慨深げに頷いた北風は、〈以後、鳩は全てハートに置き換えます〉と丸文字を躍らせる。それからも手帳を介した本音の開示は何往復も続いて、

〈結婚式にはちゃんと本人役で出演してください。もちろんカラコンもなしでお願いします〉

〈僭越ながら承知致しました。ですがせめて血走った眼球を浄化させるべく目薬をドーピングしようと思います〉

〈千紗さんのウェディングドレスですが、吸血鬼と、それから年齢にも関わりなく選んでほしいです。貴女が心から着たいと思った一着が一番似合うと思うので〉

〈はい、ありがたくそうさせて頂きます。念のため、結婚式当日はヴァンパイア対策の十字架も用意しておきますね！〉

そんななんでもないやり取りがあった後――

「――あの……もしよかったら呼び捨て、もう一度お願いできますか？　今日橋の上で呼んでくれたの、ものすごくキュンときたので……！」

手帳を介さずに直接言ってしまった……！　だめかな、と断られる覚悟をしたけれど、「実は自主練に励みまして……」とどこか不敵な笑みを浮かべた北風は、

「千紗はバカなんですか？　こんなにも私を夢中にさせて、貴女への熱い思いで温暖化が急速に進んだらどう責任を取るんです……！」

「ちょっ、なんですかそれ……！」

思ってたキュンとは違うけど、彼の不器用な努力が窺えてしまって、胸の中の子猫がぴょんぴょんと嬉しげに跳ねる。

「そうだ、エルボー入れますか？　ほら、大喜名さんへの反撃で音芽乃さんがよくやっていたでしょう」

さあどうぞ、ご自由にお入れくださいと、北風が体をねじって脇腹を差し出す。

え、えーっと、それも本音のお願いに含まれるのかな――？　よくわからなかったけれど、せっかくだし――。えいっ！　と北風の脇腹を軽く小突いてみる。

ふわり、と漂ってきたのは、彼らしい消毒液の香りで――

「あの……今ものすごくぎゅっとしたいんですけど……いいですか？」

千紗の伏し目がちなお願いに、「奇遇ですね、私もです……」と北風も伏し目がちになって答える。

「き、気が合いますね……」

「それはまあ……両思いですからね……」

「そ、そうでしたね……」

「で、では……」

　お互いにぎゅうっと抱き締め合って、先ほどよりも深く感じるエタノールに胸が甘く疼く。

　もっと、もっと壁を壊したい――。

　熱い思いに頬を染めた千紗。ちらりと視界に見えたのは、ローテーブルの上のレジ袋だ。あの中に入っているのはマンデリンのコーヒーと、それから――。

　抱き合っていた体を一旦離し、袋の中からコーヒーヌガーのチロルチョコを取り出した千紗は北風に差し出して、

「これ、食べさせてくれませんか？」

「お安いご用です」

　頼もしい顔を見せた北風。だけど千紗の意図は伝わっていないらしい。包み紙を剝くと、千紗の口の前に「どうぞ」と運んでくる。そこはせめて『あーん』とかもっと恋人っぽく迫ってくるところよ？　それに――

「これ、龍生さんでも大丈夫なビター系のチョコなんです。だけど私、今ものすごーく甘いのが欲しい気分で――」

だからもっと甘くして？　たとえばあの日の朝みたいに――。

千紗の熱を帯びた眼差しに、おねだりの意図をようやく察した北風は「い、いや、しかしですね……」と真っ赤になってうろたえる。

あなたのこと甘やかすなんて言っておきながらごめんね、照れて困ってるその顔もたまらなく愛おしくて――

「私のこと、甘やかしてくれるんでしょう？」

少し意地悪に彼を求める。

「で、ですがその……私も一応男ですので、これ以上の接近は何が起こっても責任は持てないというか……いえ、責任は取りますが！　それでも、何か間違いがあって貴女を傷付けてしまったらと思うと……」

「……間違えてもいいんです。というか、龍生さんとなら何も間違いなんかじゃありませんから……」

だからねぇ、お願い――。濡《ぬ》れたような瞳で彼を見上げる。――と、

「忠告はしました。どうなっても知りませんよ……」

余裕のない、切なげな声をこぼした北風は、剝き出しのチョコレートをタバコのようにくわえて――

触れ合った唇から伝わる甘いチョコレート。中に隠れていたのは人生に潜む苦難のようにほろ苦いコーヒーヌガーだ。だけど彼と一緒なら、彼と分かち合うのなら、どんな苦味も甘美な喜びに変えられる。

――だからもっと、もっとください。

あなたの苦しみも悲しみも、全部分けてほしいから――。

行き交うチョコレートが、二人の未来を祝福するように広がる。くらくらとのぼせそうなほどの幸せが、ベランダのオジギソウにも届いているかしら。もしそうなら、朝にはその愛の花を私たちに見せてね――？

数え切れぬほどのキスに全身が色付く。甘い痛みに熱を持った二人はまさにチョコレート――どこまでが彼で、どこからが自分かわからなくなるほど甘やかにとろける。

そんな互いを目一杯甘やかした、文字通り甘い一夜を越えて――

――訪れた翌年、二度目のバレンタイン。

厳かなパイプオルガンの音色に誘われるようにしてチャペルの扉が開いた。オーガンジーの花モチーフが咲き乱れる、フリルいっぱいの愛らしいドレスに身を包んだ千紗は、今日は何風な気分なんだろう、洋風挙式だからまた海外ドラマ風かな――？緊張でロボットみたいになった父の腕に手を添え、ゆっくりと、安心感に包まれながらバージンロードを歩く。

ふんわりと広がるドレスの下に隠れるパンプスは気負いすぎない、だけど可憐な七センチヒール。繊細なレースのフィンガーレスグローブから覗くのは、今日からは右手にお引っ越しした一粒ダイヤの指輪と、その上で優しく光るＬＯＶＥ　ＦＯＲＥＶＥＲのワイヤーリングだ。

ああ、なんて素敵なのかしら……。今日から彼と本物の家族になっていくんだわ。そんな実感に胸がときめき、二人で育てていく未来への夢が無限大に膨らんでいく。

長いようで短い一年間、思えばいろんなことがあった。始まりはお礼のつもりで渡した義理用のチョコレート。五〇〇分の一の奇跡で彼の手に舞い込んだそれは、たくさんの誤解と混乱、そして運命の恋を引き寄せてくれた。

そんな奇跡の恋が実ってからも誤解は止《とど》まることを知らずに、ときにすれ違ったり、別れを覚悟したり――見えない壁に悩まされ続けてきたけど、それでもやっぱり彼のそばにいたいと、そのためなら形ばかりのレディは捨ててもいいと、やっと気付くことができたんだ――。

一身に注がれる参列者の視線に照れながらもようやく辿り着いた祭壇。その前で待っていたのはカラコンもなしの正真正銘、本物の王子様だ。

もうマフィア感なんて気にしない。一生に一度の純白のタキシードを貫禄たっぷりに着こなした彼の眼光は、ひょっとして目薬の効果なのかな、いつもよりさらに鋭くギラついているけれど、千紗としてはずうっと見つめていたいほどに愛おしい。

そんな彼の性格は、王子と呼ぶにはかなり生真面目。しかも極度にズレてて甘え下手。だけど千紗が一緒に幸せになりたいのは――生まれ変わってもまた巡り会いたいと思えるのはこの人をおいて他にないと、胸の子猫も聖歌隊と一緒にみゃーみゃー甘い声を奏《かな》でている。

北風とのこれからの日々に思いを馳せた千紗は、ステンドグラスからこぼれる眩《まばゆ》い光の中、照れながらも優しいキスをくれる三白眼の王子様に心からの約束を――。

私、北風千紗は、これからの日々がホワイトチョコのように甘やかなときも、ビターチョコのようにほろ苦いときも、この命ある限り――いいえ、たとえ天に召されても、いつまでもあなたを愛し、真心を込めて甘やかし続けることをここに誓います。

あとがき

ハッピーエンドのその先を書くのって野暮じゃないですか。なのでチョコレート・コンフュージョンは続編ナシでいいかなって思います――。そんな風に考えていた時期が私にもありました。ですが担当さまより吉報をいただいてしまったのです。『チョコレート・コンフュージョンがコミック化するかもしれないYO！　そのためには続編があるといいNE！』と――。それを聞いた私はうっかり答えてしまいました。『続編？　全然アリですね！　え、ハッピーエンドの先は野暮じゃないかって？　やだなぁ誰ですか、そんなこと言ったの。ビバ・コミカライズですよ、続編激ラブ☆』

とまあそんなわけで、『チョコレート・コンフュージョン』よもやの続編『チョコレート・セレブレーション』が爆誕致しました、どうぞお納めください。……と、なんだかふざけた紹介になってしまいましたが、コミカライズ版、冗談抜きで凄いんです！　三池《みいけ》ろむこ先生の繊細なタッチ&巧みな構成&素敵センスがキラキラ詰まったまさに宝石箱！　こりゃあもうチェックするしかないばい、マストバイ級ミラクルコミックになっておりますので、皆さまにも是非楽しんでいただけたら嬉しいです。月刊コミック電撃マオウにて絶賛連載中&コミックス第一巻好評発売中です！

　ご挨拶が遅くなりました。お久しぶりです、星奏《せいそう》なつめです。え？　はじめましてですか……!?　くどいようですが本作は続編となっておりますので、至急前作『チョコレート・コンフュージョン』の手配をお願い致しますっ……！

　というわけで、正真正銘の続編です。が、はっきり言って書くのものすっごく大変でした。だって、くっついちゃった二人のその後なんて、何をすればいいんでしょう。龍生のことを密かに想っていた新キャラが恋のライバルとして襲来！　的なお話にはしたくなくて、でもまさか事故で龍生が記憶喪失！　でもって千紗のことも忘れちゃって一度は破局してしまう二人！　からの〈愛しています〉の草書入り巻物チョコ（千紗手作り）が登場、受け取った龍生は『はっ、この巻物、以前どこかで……うっ……！』的な展開でいくのもいかがなものか……。

　とてもじゃないけど続編で長編一本なんて無理！　連作短編にしてどうにか誤魔化そう。一話目を龍生＆千紗のA面にして、二話目を恵里子視点のB面にすればどうにかページが稼げる……そんな風に考えていた時期が私にもあ……（以下略）。

　というのも、十を聞いても一しか理解できないけれど、一を聞いたら十は妄想できる私は、龍生＆千紗に思いを馳せすぎ、気付けば『ちょっと長すぎるんでばっさりカットしてもらっていいですか、このままだと厚さ的に威圧感あるんで！』的ボリュームのA面を書いてしまい、B面は幻となってしまったのです。が、B面に繋がる伏線を丸々カットしてしまうとA面まで成り立たなくなってしまうため、削りきれなかったB面用の新キャラがちょっとだけ顔を覗かせていたりします（前髪もっさもさな子なので正確に言うと顔は見えていませんが……！）。もう二度と連作短編なんて無謀なこと言い出しませんので、どうか生暖かい目で見守ってやってくださいませ……！

なお、本作には千紗たちの他にもバカップルがちらほらと登場しております。……ではなく、夢子が登場しております。二人は前作『ハッピー・レボリューション』出身なのですが、私の周りでは大喜名人気が凄まじく（みんな龍生には無反応だったのに……！）、もっと大喜名を〜〜！　というリクエストにできる範囲で応えてみました。二人の馴れ初めが気になった方は是非、前作もチェックしていただけますと幸いです。頭の中で軍曹をジタバタさせながら読みたい人生応援系小説（？）になっております（綾崎《あやさき》先生パロってごめんなさい&今回も神推薦文ありがとうございます……！）。

さて、今回もこっそりガッツリ宣伝を入れたところで、ここからは謝辞になります。この本の刊行にご尽力いただいた全ての皆さまに心より御礼申し上げます。特に今回、かなりヤバみを感じるスケジュールでの進行になってしまい、編集の荒木《あらき》さま&藤原《ふじわら》さまをはじめ、様々な方にご迷惑をお掛けしてしまったのではと、赤べこ状態で頭を下げまくりたい思いです。本当にすみません&ありがとうございます……！

　前作に引き続き、本書のイラストを担当してくださったカスヤナガトさま。龍生&千紗の幸せそうな晴れ姿に、よかったねぇと田舎の母状態でほろりです。あまりの喜びに胸の子猫もぽぽぽーんと分身、大増殖で感謝を叫んでおります。みゃ〜〜！

　ファビュラスなコミカライズをしてくださった三池さま。美麗すぎる原稿にいつもハァハァ（興奮）ダラダラ（感涙）、ちょっと（かなり？）気持ち悪い人間加湿器と化している私ですが、今後ともどうぞよろしくお願い致します！

　いつも私に力をくれる家族、親戚、友人、そしてなにより、この本を手にしてくださったあなたへ最大級の感謝を……！　幸せなコミカライズが実現&こうして続編を刊行できましたのはひとえに拙作を応援してくださった皆さまのおかげです！

　今年は例年より多めに執筆時間を取れそうです。徒歩スピードだった刊行が競歩くらいにはなれるかも？　内容的には何系になるんでしょうか、自分でも謎ですが、タイトル的には既刊全て語尾が『ション（ジョン）』と無駄に韻《いん》を踏んでいるので、次も揃えてまさかのなろう系『俺の糠床《ぬかどこ》が異世界ダンジョン』とかでしょうか⁉

　また次の作品でもあなたとお会いできますことを心より願って！

星奏なつめ

星奏なつめ　著作リスト

チョコレート・コンフュージョン（メディアワークス文庫）
チョコレート・セレブレーション（同）
ハッピー・レボリューション（同）

本書は書き下ろしです。

メディアワークス文庫

チョコレート・セレブレーション

星奏《せいそう》なつめ

2018年1月25日　初版発行

発行者　郡司 聡
発行　株式会社KADOKAWA
〒102 - 8177　東京都千代田区富士見2 - 13 - 3
プロデュース　アスキー・メディアワークス
〒102 - 8584　東京都千代田区富士見1 - 8 - 19
電話03 - 5216 - 8399（編集）
電話03 - 3238 - 1854（営業）
装丁者　渡辺宏一（有限会社ニイナナニイゴオ）
印刷・製本　旭印刷株式会社

Printed in Japan
ISBN978-4-04-893626-2 C0193

メディアワークス文庫　http://mwbunko.com/
株式会社KADOKAWA　http://www.kadokawa.co.jp/

本書に対するご意見、ご感想をお寄せください。

あて先
〒102-8584　東京都千代田区富士見1-8-19　アスキー・メディアワークス
メディアワークス文庫編集部
「星奏なつめ先生」係